Le Pacte du silence

Martine Delomme

Le Pacte du silence

ÉDITIONS
FRANCE
LOISIRS

Ce récit est une fiction. Toute ressemblance avec des personnages existants, ou ayant existé, serait purement fortuite.

Édition du Club France Loisirs,
avec l'autorisation des Éditions Calmann-Lévy.

Éditions France Loisirs,
123, boulevard de Grenelle, Paris
www.franceloisirs.com

© Éditions Calmann-Lévy, 2016

ISBN : 978-2-298-10685-5

Quel bonheur de retrouver mes amies du CLUB FRANCE-LOISIRS d'un roman à l'autre !

Avec le Pacte du silence, Elisabeth, mon héroïne, vous entraîne dans l'univers magique des Porcelainiers, et dans son monde à elle, un monde trouble, mystérieux, où le passé quand il surgit, peut bouleverser toute une vie.

Merci à toutes et à tous de votre constance, de votre gentillesse.

C'est de votre soutien que naît mon désir d'écrire, encore et encore ...

Avec toute ma sympathie,

Martine

1

Avec un soupir d'agacement, Élisabeth Astier jeta un coup d'œil furtif à sa montre. 17 heures. L'entreprise de location avait vingt minutes de retard. Dans le hall, les huit tables rondes étaient déjà en place, et Élisabeth attendait la livraison des chaises pour juger enfin de la disposition de la salle. Pour calmer son impatience, elle entreprit un énième tour d'inspection.

Le hall de réception des Porcelaines Astier resplendissait sous les feux des lustres en cristal de Baccarat. Les murs revêtus de miroirs et de tapisseries d'Aubusson, les vitrines abritant la collection des porcelaines familiales, tout était en ordre et rutilant. Face à l'immense escalier de chêne, la table était dressée pour le cocktail.

La manufacture des Porcelaines Astier qu'Élisabeth dirigeait depuis bientôt vingt ans était située à quelques encablures de Limoges. La famille possédait aussi un hôtel particulier rue du Consulat, dans le centre-ville. Le rez-de-chaussée de l'immeuble accueillait les services administratifs de la société et le hall de réception. Au premier étage, une galerie desservait les appartements privés, six pièces en enfilade sur cent cinquante mètres carrés.

De nouveau, Élisabeth regarda l'heure. Cette attente qui n'en finissait pas la mettait hors d'elle. Elle se dirigea vers le fond de la salle où elle avait laissé son attaché-case. Elle l'ouvrit et sortit une liasse de documents d'où elle piocha le discours qu'elle prononcerait samedi soir en accueillant ses invités. Sous sa houlette, la famille s'apprêtait à célébrer le centenaire de l'aïeule, Hortense Denefer. Relire son speech ne lui semblait pas superflu, car devant les notables de la ville et de nombreuses relations professionnelles, elle n'avait pas le droit à l'erreur. Et en attendant la livraison des chaises, elle éviterait cette impression désagréable de temps perdu. Elle s'assit sur une marche d'escalier et parcourut le texte à mi-voix sous l'œil amusé des employés qui dépliaient les nappes de percale blanche.

Soudain, une jeune femme s'approcha d'elle, les bras chargés de serviettes de table :

— Je crois que nos chaises arrivent enfin, Madame !

Élisabeth regarda par la fenêtre qui donnait sur les jardins derrière l'immeuble et en effet, elle vit le véhicule de livraison qui remontait l'allée, précédé de la voiture de son fils. Elle abandonna ses papiers sur une marche d'escalier, jeta négligemment une étole sur son tailleur-pantalon et se rendit sur le perron côté jardin. Le soleil de cette fin d'après-midi perçait les nuages par intermittence. Mais la pluie menaçait. D'emblée, Élisabeth embrassa Louis. Pourtant, ils s'étaient déjà croisés au moins deux ou trois fois au cours de la journée, mais peu importe. Poser un baiser sur la joue de son fils quand il s'approchait d'elle faisait partie d'un rituel. Comme un petit bonheur sans cesse renouvelé.

— Tu es seul, Louis ?

— Oui. Sophie avait rendez-vous chez le coiffeur, je crois.

Le livreur avait déjà retiré les sangles de sa cargaison et il entassait les piles de chaises recouvertes d'un film plastique sur un diable.

— Je suis désolé pour le retard, Madame. Où dois-je les déposer ?

— Suivez-moi, répliqua Élisabeth d'un ton peu amène.

Elle le guida le long du corridor qui menait dans le hall, et Louis leur emboîta le pas. Elle s'apprêtait à lui demander comment s'était déroulée sa réunion au syndicat des porcelainiers, lorsqu'Hervé Louvain, le directeur adjoint de la société les rejoignit.

— J'ai aperçu le camion de location par la fenêtre de mon bureau.

Au geste d'impatience d'Élisabeth, il comprit qu'elle était excédée.

— Tu as sûrement autre chose à faire, dit-il, si tu veux je m'occupe de surveiller la mise en place des chaises.

— Avec plaisir, Hervé, merci.

Elle prit le bras de son fils et l'entraîna à l'écart.

— Tu te sens mieux ? demanda-t-il. Elles sont là tes chaises !

— Je ne supporte pas l'inexactitude.

— Ce n'est pas si grave, maman, le livreur était peut-être bloqué dans les embouteillages ?

— À Limoges ?

11

Il salua sa répartie d'un sourire qui creusa ses fossettes. Grand, la silhouette mince et athlétique, le teint mat, il avait l'allure d'un jeune homme qui vit au grand air. Pourtant en dehors de quelques parcours de golf, il consacrait le plus clair de son temps à la gestion de l'entreprise familiale, aux côtés de sa mère. *Il est si beau*, pensa Élisabeth. Dans son entourage on lui répétait souvent qu'il lui ressemblait. Mais elle savait que c'était faux. À vingt-huit ans, c'était le portrait de son père.

Ils avaient rejoint le bas de l'escalier où elle avait laissé ses papiers. Elle les rassembla et les glissa dans son sac.

— Avec ce retard, j'ai eu le temps de relire mon petit exposé. Je dois être à la hauteur pour accueillir le maire.

— Tu crois qu'il viendra ?

— Il ne peut pas manquer de faire une apparition.

La manufacture Astier était une des plus prestigieuses fabriques de porcelaine, installée à Limoges depuis cent-vingt ans. La société employait une centaine de personnes et les pièces qui sortaient des ateliers enluminaient les tables aux quatre coins du monde. Et, sans toutefois s'impliquer personnellement, Élisabeth savait se montrer généreuse en apportant sa contribution au bénéfice d'associations caritatives gérées par la ville ou la région.

À présent les chaises capitonnées de cuir ivoire entouraient les tables. C'était du plus bel effet.

— Tu as finalement opté pour plusieurs tables rondes ? demanda Louis.

Elle avait longtemps hésité entre divers aménagements. Une seule grande table, ouverte sur la magnifique rosace du parquet, ou quatre, plus petites, campées aux angles de la salle.

— Des tables de huit personnes permettront de placer les invités en ménageant toutes les susceptibilités.

Elle pensait à sa cousine Nathalie.

Hortense Denefer qui fêterait ses cent ans le 18 mars, avait donné naissance à deux filles. Claudie, l'aînée, avait épousé un éleveur du Limousin, Étienne Gendron. La cadette, Gisèle, était une jeune fille particulièrement jolie et brillante. Elle avait tout juste vingt ans lorsque Jean, l'héritier des Porcelaines Astier demanda sa main. Ils s'étaient rencontrés au bal de l'université et leurs fiançailles furent l'aboutissement de longues tractations familiales et financières, car les Denefer, au contraire des Astier, n'étaient pas fortunés. Le mariage de Jean et Gisèle marqua les esprits de la bonne société limousine pendant des mois. En 1955, la naissance d'Élisabeth combla le jeune couple de bonheur. Un bonheur éphémère puisque quatre ans plus tard, Jean mourut en Algérie, où l'armée l'avait appelé. Gisèle Astier se retrouva veuve à vingt-quatre ans. Désemparée face au chagrin de la petite Élisabeth qui réclamait son papa, elle décida que l'enfant serait sa priorité. Elle comprit par ailleurs qu'elle n'avait pas les compétences requises pour gérer la société. Pour échapper à la tutelle de ses beaux-parents, elle eut la sagesse d'engager un fondé de pouvoir, Roger Legaret. Sous l'autorité de cet homme austère et intègre, les Porcelaines Astier connurent un fabuleux essor. Il créa un réseau commercial international, s'attacha les services de créateurs de génie et parvint à convaincre le conseil d'administration de racheter plusieurs petites fabriques en difficulté. Lorsque Élisabeth reprit la direction de la société en 1995, un quart de la production était vendu à l'exportation. Aujourd'hui, grâce à elle, ce créneau atteignait quelque quarante-cinq pour cent des ventes.

Quant à l'autre branche de la famille, les Gendron, leur histoire fut plus simple. Étienne et Claudie eurent un fils, Christian. En 1979, il épousa Nathalie Danglois, héritière d'une petite laiterie située dans le Massif central. Si les rapports entre Élisabeth et son cousin Christian étaient toujours restés affectueux, en revanche, il n'en fut pas de même pour les deux cousines par alliance. Nathalie ne se privait pas de montrer à Élisabeth qu'elle ne l'aimait pas. De son côté, Élisabeth n'éprouvait guère d'attirance pour sa cousine, mais elle s'efforçait de rester courtoise.

En observant la disposition des tables dans le hall, Élisabeth savait déjà où elle installerait Christian, Nathalie et leurs enfants. Mais elle avait bien du mal à choisir les quatre invités qui compléteraient la table. Perdue dans ses pensées, elle sursauta en entendant la voix d'Hervé Louvain, tout près d'elle.

— J'ai récupéré la facture de la location des chaises, je la dépose au service comptable en passant. Ah ! J'ai réglé le problème de la livraison de kaolin. On va devoir jongler avec les horaires des équipes, mais nous n'aurons que très peu de retard dans notre planning.

— Ouf, ça me soulage d'un poids ! Je t'avoue que je commençais à m'inquiéter pour nos propres délais de production.

Autrefois le sous-sol du Limousin regorgeait de kaolin, le matériau qui apporte à la porcelaine une blancheur incomparable. Et cette richesse favorisa l'implantation des porcelainiers autour de Limoges. Mais les ressources s'épuisèrent au fil du temps, et aujourd'hui la plupart du kaolin arrivait de Chine.

Hervé s'éloignait déjà, lorsque Louis l'interpella :

— C'est toujours d'accord pour notre parcours de golf dimanche matin ?

— Si le temps le permet, avec plaisir.

— Je passe te prendre à 10 heures ?

— Plutôt 10 heures moins le quart, répondit Hervé, nous aurons le temps de boire un café avant de partir.

Il leur adressa un signe de la main en les quittant, et Élisabeth le suivit des yeux tandis qu'il traversait le hall à grands pas.

— Toujours aussi pressé notre cher Hervé, n'est-ce pas maman ? Tu sais que je l'aime beaucoup !

— Bien sûr mon chéri, je n'en doute pas. Mais pourquoi cette déclaration soudaine ?

— Tu n'as pas envie de profiter de cette réception exceptionnelle pour officialiser votre vie commune ?

Élisabeth nota l'éclair de malice dans le regard de son fils. Elle lui savait gré d'avoir accepté la présence d'Hervé. À vrai dire la vie amoureuse de sa mère n'était pas un secret pour lui. Il n'avait aucun souvenir de son père. Il les avait quittés l'année de ses cinq ans et il n'était jamais revenu. Sa mère l'avait élevé seule jusqu'à son entrée à l'université. À cette

15

époque, Hervé avait fait une discrète incursion dans son quotidien. Mais, dix ans plus tard, ils vivaient toujours chacun de leur côté. Louis ne comprenait pas ce besoin de retenue chez sa mère. Il lui paraissait naturel qu'après tant d'années leur liaison prenne une tournure plus officielle. Il s'était souvent demandé pourquoi Hervé acceptait cette situation avec autant de passivité. Mais lorsqu'il contemplait sa mère, ses yeux d'ambre aux reflets dorés, le carré de ses cheveux mi-longs d'un blond cendré, sa démarche souple et assurée, à cinquante-neuf ans passés, elle avait l'allure d'une jeune femme. Et il admettait qu'un homme puisse l'attendre dix ans !

— Ce serait une belle occasion de reconnaître la place qu'il occupe dans ton existence, insista Louis.

— Ce n'est pas à l'ordre du jour ! Mais je te remercie de me l'avoir suggéré.

Ils remontèrent le hall. D'un geste familier, Louis posa le bras autour de ses épaules :

— Plus tard, quand tu repenseras à ta vie, tout ce que tu verras sera rattaché à la porcelaine ! Et tu regretteras peut-être de n'avoir laissé aucun espace pour autre chose.

— Mais si, mon grand, pour toi !

— Oui, mais aujourd'hui j'ai commencé une autre vie.

— Je sais… tu as trouvé la femme que tu aimes.

— J'espère que tu l'aimes aussi ?

— Bien sûr, répliqua-t-elle un peu trop vite.

Elle observa son fils à la dérobée en espérant qu'il n'avait pas remarqué son peu d'enthousiasme. En vérité, elle n'aimait pas beaucoup Sophie, et parfois elle se fustigeait de cette distance qu'elle maintenait entre elles. L'animosité entre belle-mère et belle-fille, quel cliché! Mais elle n'avait pas approuvé le mariage de son fils avec cette jeune professeure des écoles qui s'était empressée d'abandonner son poste pour courir les boutiques et les soirées dansantes. Comme si elle avait attendu cette chance toute sa vie. Ce qui ne l'empêchait pas de critiquer ouvertement cette industrie du luxe qui faisait la richesse de la famille. Élisabeth la jugeait insignifiante, frivole, avec un visage banal. Toutefois, elle avait un corps et une démarche superbes, des atouts qu'elle utilisait à bon escient.

Élisabeth n'avait toujours pas résolu l'agencement de la table de ses cousins.

— J'aimerais bien jeter un coup d'œil au plan de la salle, tu m'accompagnes? demanda-t-elle à son fils, tu me donneras ton avis. Je ne voudrais surtout pas commettre d'impair.

— Comme si tu en étais capable!

Ils regagnaient l'escalier où elle avait laissé son attaché-case, lorsque l'épouse de Louis fit irruption dans le hall, les bras chargés de sacs estampillés de prestigieux logos.

— Il y a un monde fou dans le centre-ville! s'écria la jeune femme. Et j'ai passé deux heures chez le visagiste.

Élisabeth soupira en regardant sa coiffure. Une coupe décalée et une frange qui lui mangeait la moitié du visage. Et pourquoi ne disait-elle pas qu'elle sortait de chez son coiffeur, comme tout le monde? Louis se précipita vers sa femme et lui prit les paquets comme s'il s'attendait à la voir ployer sous le fardeau de ses emplettes.

— Maman je vais aider Sophie à monter ses paquets. Ça ira, tu t'en sortiras avec ton plan de salle ?

— Ne t'inquiète pas, je gère !

Elle se mordit les lèvres pour ne pas ajouter : «Que de manières pour un étage à grimper !» Après le mariage de Louis, Élisabeth avait quitté les appartements privés du premier étage de l'immeuble. Elle avait laissé la place au jeune couple, pour acquérir une maison en dehors de la ville. Elle avait encore en mémoire le dédain de sa belle-fille devant les meubles et les tapis anciens, les miroirs vénitiens.

Avant d'emprunter l'escalier, Louis posa le traditionnel baiser sur la joue de sa mère :

— J'ai réservé une table au *Versailles* ce soir. Ça te ferait plaisir de te joindre à nous ? Je t'invite !

— Merci, mon chéri, mais je crois que je vais consacrer ma soirée à vérifier les détails de la réception. Une autre fois.

Comme elle se retournait pour déplier la double page où figurait la place de ses invités, elle surprit le soulagement sur le visage de sa belle-fille.

2

18 heures. Le cocktail réunissait une centaine de personnes dans le hall de réception. Le maire prit la parole et félicita Élisabeth en insistant sur son dynamisme qui avait fait des Porcelaines Astier un des fleurons de l'activité locale à travers le monde. Puis il souhaita un joyeux anniversaire à Hortense. Les regards se tournèrent vers la vieille dame qui n'accorda aucun intérêt au représentant de la ville. Seule, son assiette l'inquiétait. Elle avait de temps à autre un petit geste de la main ou un clignement de paupières afin qu'on la remplisse. Le discours du maire achevé, Élisabeth prit son fils par le bras et l'entraîna vers l'estrade aménagée près de la vaste cheminée de marbre. Elle se rappelait chaque mot du texte qu'elle avait répété. D'abord remercier le personnel, puis expliquer le nouvel essor insufflé à l'entreprise grâce à deux nouveaux contrats à l'exportation.

— Ce qui va nous permettre de créer une quinzaine d'emplois supplémentaires. Nous prévoyons aussi quelques travaux d'extension d'un de nos ateliers.

À la fin de son exposé, elle eut un geste affectueux en direction de Louis et elle affirma que la relève était assurée. Le regard complice qu'ils échangèrent ne passa pas inaperçu. Mais, en quittant l'estrade, Élisabeth marqua un temps d'arrêt, vaguement mal à l'aise. Elle avait oublié Sophie. La jeune femme était restée parmi les invités, vacillante sur ses chaussures aux talons trop hauts. Sa robe vert bouteille, courte et moulante, détonait au milieu des tenues sobres.

Après les photos d'usage, quelques mots à la presse et une dernière coupe de champagne, le maire et ses adjoints se retirèrent.

Au grand soulagement d'Élisabeth la soirée se déroulait dans une ambiance amicale et sereine. Au milieu du repas, elle se leva et fit le tour du hall. En allant d'une table à l'autre, elle échangeait quelques mots avec chaque convive. Finalement, la disposition de la salle se révélait pertinente. À la table de Louis, elle avait placé de jeunes chefs d'entreprise locaux et un client norvégien de passage. Elle s'approcha de ses cousins Christian et Nathalie Gendron. Leur fille Mylène, son fiancé Joël et des amis qui dirigeaient une exploitation forestière complétaient la tablée. Élisabeth était ravie de pouvoir discuter avec son cousin. Les occasions n'étaient pas si fréquentes. Il l'accueillit avec un grand sourire :

— Ta réception est très réussie !

— Merci, mais je suis désolée que tes parents n'aient pas pu vous accompagner.

— Mon père a du mal à se déplacer et maman n'aime pas le laisser seul.

— Je comprends. Tu as des nouvelles de Sylvain et de sa petite famille ?

Christian et Nathalie avaient deux enfants. L'aîné, Sylvain, avait opté pour une carrière militaire. Il vivait à Reims avec sa femme et leurs trois enfants. Quant à Mylène, la cadette, elle avait montré dès son plus jeune âge un véritable engouement pour l'élevage et l'agriculture. Mylène avait un an de moins que Louis, et Élisabeth avait toujours été attentive à ce qu'ils entretiennent de bonnes relations. Elle invitait régulièrement sa petite cousine à déjeuner ou à dîner. Un an plus tôt, Mylène avait présenté Joël à ses cousins, avant même qu'il ne rencontre ses parents. Sa mère ne le lui avait pas encore pardonné. En revanche, Élisabeth avait peu de contacts avec Sylvain et elle le regrettait d'autant plus que le fils aîné de Christian et Nathalie était aussi son filleul.

— Nous n'avons pas vu notre fils depuis longtemps, expliqua Christian avec une pointe de regret dans la voix.

— Ils ne sont même pas venus pour Noël dernier ! lança Nathalie.

Le ton était sec, et Élisabeth se hâta de changer de conversation.

— Tu as une très jolie robe, Nathalie, ce voile de coton floqué, ces tons chauds, c'est ravissant.

— Pourtant, elle coûte moins cher que la tienne !

Élisabeth surprit le froncement de sourcils de Christian et le regard navré de Mylène. Pourquoi les échanges avec Nathalie étaient-ils toujours aussi difficiles ? Elle n'avait pas voulu se montrer condescendante. Nathalie était incontestablement charmante dans sa robe aux tons ocre et brun. Elle avait les traits fins, de jolis yeux verts, mais, avec ce visage hostile et ces lèvres pincées, elle donnait l'impression d'avoir renoncé à tous les plaisirs de la vie. Décontenancée, Élisabeth échangea quelques civilités avec les amis présents à la table, puis elle les quitta et acheva son tour de salle avant de reprendre sa place à côté d'Hervé Louvain.

Il avait remarqué qu'elle était restée longtemps à la table de ses cousins, et à son visage crispé il devina que, comme à l'accoutumée, la rencontre des deux cousines avait tourné court...

— Tout se passe bien ? s'enquit-il en lui effleurant le bras.

Elle répondit d'un hochement de tête. Il s'apprêtait à lui demander si ce n'était pas prématuré d'avoir évoqué les marchés russe et indien comme elle l'avait fait pendant son discours de bienvenue, mais il fut accaparé par sa voisine de table qui avait renversé quelques gouttes de vin sur sa jupe. Manuelle Naud était la meilleure amie d'Élisabeth. D'humeur égale, une gentillesse à toute épreuve, elle était délicieuse, séduisante et drôle. Mais d'une maladresse légendaire. Elle se leva pour se rendre aux toilettes, et au passage elle bouscula Gisèle Astier qui prenait soin d'Hortense pelotonnée dans les coussins de son fauteuil roulant. La vieille dame tenait à goûter à tous les plats et sa fille préparait des bouchées, emplissait son verre, lui essuyait la bouche. Un maître d'hôtel s'avança vers la table et proposa du champagne. Hortense tendit son verre mais Gisèle l'arrêta. Contrariée, la vieille dame repoussa la cuillère que sa fille avançait. Élisabeth croisa le regard d'Hervé, et ils se retinrent de rire.

Elle se tourna alors vers Roger Legaret, assis à sa gauche. Le fondé de pouvoir que sa mère avait engagé cinquante ans plus tôt était de toutes les manifestations officielles. Aujourd'hui, c'était un homme de quatre-vingts ans, maigre et voûté, avec une épaisse tignasse blanche. Mais il avait gardé cette élégante autorité et ce regard sérieux. Un peu plus tôt, il avait félicité Élisabeth pour les marchés en gestation. Il savait depuis longtemps qu'au contraire de sa mère c'était une femme d'affaires avisée et redoutable. Des qualités qu'il avait eu la satisfaction de déceler chez Louis au cours de leurs rares rencontres.

Élisabeth surprit le sourire furtif entre sa mère et Roger. Elle avait toujours été intriguée par les liens qui les rapprochaient, sans toutefois chercher à s'immiscer dans leurs relations. Lorsqu'elle avait rejoint la société familiale en 1982, elle avait apprécié de travailler aux côtés de cet homme aux qualités exceptionnelles. Il lui avait appris à être exigeante plus encore avec elle même qu'avec les autres. Mais au fil des années, les conflits sous-jacents avaient pris de l'ampleur. Elle était la jeunesse novatrice, et Legaret représentait un certain conservatisme. En prenant la direction de l'entreprise en 1995, elle avait compris qu'il n'y avait pas de place pour deux à la tête des Porcelaines Astier. Peu à peu, elle l'avait mis sur la touche, jusqu'à l'entretien décisif où elle lui avait suggéré qu'il était temps pour lui d'envisager une retraite méritée. Gisèle avait plaidé sa cause, mais Élisabeth avait tenu bon. Une grande réception fut organisée au siège de la société. Elle prononça un discours solennel avec juste ce qu'il fallait d'émotion pour donner l'impression qu'elle regrettait le départ de son homme de confiance. Personne ne vit le soupir de soulagement qu'elle avait poussé en regagnant son bureau après la cérémonie. Toutefois, Élisabeth

lui avait conservé une place au conseil d'administration, aux côtés de Gisèle.

À 23 heures, la réception touchait à sa fin. Par petits
groupes, les invités quittaient leur table et venaient
féliciter Élisabeth avant de prendre congé. Après
la légère effervescence de ces premiers départs, les
amis les plus proches et quelques relations professionnelles s'attardèrent encore. Élisabeth se sentit
enfin soulagée. Elle remarqua que son fils l'observait
depuis sa table. Il leva son verre dans sa direction
avec un petit clin d'œil qui signifiait « détends-toi,
tu vois tout s'est bien passé »…

C'est exactement ce que déclara Manuelle Naud
en revenant des lavabos.

— Relax, ma belle ! Comme d'habitude, c'était
grandiose.

Manuelle n'avait pas fait disparaître la tache de
vin, mais sa jupe s'auréolait maintenant de larges
traces humides.

Recroquevillée dans son fauteuil, Hortense
boudait toujours, le regard dans le vague, le visage
éteint. À aucun moment elle n'avait compris que
cette soirée lui était destinée. Gisèle sortit une
lingette de son sac et la passa sur le visage et les
mains de sa mère.

— Tu as besoin d'aide, Maman ? demanda
Élisabeth.

— Non merci, je viens d'appeler le chauffeur, il
est temps que nous partions. Mais avant je voulais
te faire un petit cadeau pour te remercier d'avoir
organisé cette réception. Ça m'a fait du bien de sortir
un peu.

Élisabeth prit le paquet enrubanné et se garda de répondre pour ne pas engager la conversation sur un terrain mouvant. Depuis trois ans, Gisèle avait décidé de rallier la maison de retraite de sa mère, Les Amandiers, une ancienne abbaye rénovée à quelques dizaines de kilomètres de Limoges. Pourtant, à soixante-dix-neuf ans, Gisèle faisait preuve d'une vitalité exceptionnelle et Élisabeth lui avait maintes fois proposé de placer Hortense dans un établissement médicalisé où un personnel qualifié prendrait soin d'elle. Elle avait toujours refusé en arguant que c'était à elle de veiller sur sa mère.

Élisabeth délia le ruban de soie et découvrit un écrin qu'elle ouvrit avec précaution. À l'intérieur étaient nichés deux pendants d'oreilles en émeraude sertis de brillants. Gisèle connaissait le penchant de sa fille pour le vert tendre des feuillages. Une nuance qui rappelait les herbiers qu'elles composaient ensemble lorsque Élisabeth était enfant.

— Oh maman, quel beau cadeau… je suis touchée, merci !

— C'est peu de chose, ma chérie. Excuse-moi, mais nous devons rentrer maintenant, sinon ta grand-mère va s'endormir dans son fauteuil.

D'un même mouvement, elles se tournèrent vers Hortense. Soudain, le visage de l'aïeule, flasque, ramolli jusqu'à l'inconsistance sembla émerger de sa torpeur.

— Je veux du champagne ! s'écria-t-elle d'une voix aiguë qui s'éleva un instant au-dessus du brouhaha.

Élisabeth la considéra avec un sourire indulgent, avant de s'adresser à sa mère :

— Elle ira se coucher ensuite, accordons-lui ce plaisir !

Elle versa un peu de champagne dans une flûte qu'elle offrit à la vieille dame. La coupe tangua dangereusement entre ses doigts déformés par l'arthrite et quelques gouttes glissèrent sur le pan de sa veste. Hortense fixait sa petite-fille et une lueur s'anima dans ses yeux.

— Où est François ?

Élisabeth sentit son pouls s'emballer. Elle eut du mal à soutenir le regard de sa grand-mère. Quelque chose l'alerta dans la façon dont Hortense avait haussé les sourcils en prononçant le nom de son ex-mari. Elle ressentit la nécessité de l'arrêter.

— Il n'est pas là, grand-mère. Goûte ce champagne, je suis sûre que tu vas l'apprécier, il est délicieux.

— Ne change pas de conversation ! J'aimerais revoir ton mari avant de mourir.

Élisabeth perçut le mouvement des derniers invités qui se regroupaient autour d'elles, ses cousins au premier rang. Gisèle retira la flûte des mains de la vieille dame et lui noua son écharpe autour du cou. Hortense la repoussa et garda les yeux fixés sur sa petite-fille.

— Où est François ? répéta-t-elle en haussant le ton.

— Il est parti il y a plus de vingt ans, répliqua Élisabeth, et tu le sais bien.

— Parti ? Comment ça « parti » ? Je croyais qu'il était en prison.

Gisèle eut un brusque mouvement de recul. Élisabeth devint livide.

Autour d'elles les murmures avaient cessé, et un instant de stupeur plana sur l'assemblée. Les visages étaient graves, les regards se croisaient, attentifs, intrigués. Ils allaient d'Élisabeth à Hortense, engoncée dans son fauteuil, un vague sourire aux lèvres.

— Ça suffit! s'écria Gisèle. Je t'aide à enfiler ton manteau et nous partons.

Elle s'apprêtait à lutter pour habiller sa mère de force, mais Hortense ne lui opposa aucune résistance. Affaissée dans son fauteuil, elle était redevenue une vieille dame malade au regard absent. Élisabeth s'employa à rassembler ses esprits et balaya la salle des yeux. Il n'y avait plus aucun notable ni un seul journaliste et elle en remercia le ciel. Elle se surprit à trembler en croisant le regard de son fils. Sophie lui parlait en lui secouant le bras. Il ne l'écoutait pas. Il fixait sa mère d'un air hébété, les yeux écarquillés. Elle devait dire quelque chose pour dissiper la gêne. Dans un premier temps, et après avoir consulté sa mère d'un signe de tête, elle héla le chauffeur qui attendait un peu en retrait. Aussitôt, il empoigna le fauteuil roulant et se dirigea vers la sortie. Gisèle lui emboîta le pas accompagnée de Roger Legaret qui lui prit le bras. Après leur départ, Élisabeth demanda aux quelques personnes toujours figées dans le silence de bien vouloir excuser cet incident. Elle paraissait avoir surmonté la violente émotion qui lui avait ôté le sang du visage un instant plus tôt.

— Ma grand-mère a cent ans! lança-t-elle sur un ton qu'elle voulait enjoué. C'est d'ailleurs pour cela que nous étions réunis ce soir. Et je vous remercie d'être venus l'honorer.

Quelques sourires polis accueillirent ses excuses, mais le malaise persistait parmi les invités qui se dévisageaient avec circonspection. Élisabeth nota qu'Hervé était resté à l'écart. C'était la première fois qu'il ne volait pas à son secours dans un moment difficile. Elle n'aurait su expliquer l'expression singulière qui s'afficha un instant sur ses traits. Un peu comme s'il l'épiait avec un soupçon d'ironie, ou de défi. Une pensée lui traversa l'esprit. Était-il au courant ? Ce n'était pas possible, il avait rallié l'entreprise familiale bien après les événements. Soudain, il changea d'attitude et lui adressa un sourire affectueux.

Devinant que la soirée était en train de tourner court, le personnel entreprit de débarrasser les tables, mais en prenant soin de laisser les verres et les tasses de porcelaine. Ce fut comme un signal. Élisabeth affronta une nouvelle vague de départ, des remerciements, des félicitations. Les couples invoquaient la fatigue, le brouillard qui perturbait la circulation. Mais elle devinait la curiosité dans le regard des derniers convives. L'appétence malsaine qui se grise au parfum du scandale. Manuelle Naud lui proposa de lui tenir compagnie autour d'un dernier verre. Elle refusa.

— Je te remercie, mais je vais rentrer. Je suis fatiguée.

Ses cousins prirent congé à leur tour. Christian pressa doucement son épaule et lui murmura « désolé » au creux de l'oreille. Elle lui sut gré de ce geste attentionné. En revanche, elle accueillit le baiser hostile de Nathalie avec une certaine réticence. L'animosité de sa cousine était palpable.

Les employés s'affairaient toujours au rangement de la salle. Et Élisabeth se retrouva seule avec son fils, sa belle-fille et Hervé. Elle ne se sentait pas la force d'affronter leurs questions. Aussi fut-elle reconnaissante à Hervé de rompre le silence :

— Je vais te raccompagner chez toi, dit-il en lui tendant son manteau et son sac.

Elle hésita un peu. Il envisageait certainement de passer la nuit avec elle et, au fond, elle savait qu'elle apprécierait sa présence. Mais elle anticipait déjà la conversation qui dévierait sur cette fin de soirée pour le moins énigmatique. En cet instant elle aspirait surtout à être seule. Hervé fit de son mieux pour dissimuler sa déception lorsqu'elle déclina son offre. Il lui adressa les recommandations d'usage... Qu'elle se repose, qu'elle l'appelle en cas de besoin. Et il quitta la salle sans se retourner. Louis s'approcha d'elle, sa femme toujours accrochée à son bras. Elle comprit alors que, depuis la remarque incongrue de sa grand-mère, elle avait redouté ce moment. Louis arborait un air grave, et il attaqua d'emblée :

— Que voulait dire grand-mère Hortense ? Il y a quelque chose que je ne sais pas à propos de l'absence de mon père ?

— Elle a cent ans, Louis ! Elle confond tout et elle finit par ne plus savoir ce qu'elle dit !

— Vraiment ? Si c'était aussi simple, je ne comprends pas pourquoi grand-mère Gisèle et toi vous paraissiez si embarrassées tout à l'heure.

Visiblement, il attendait des réponses qu'elle n'avait pas envie de lui donner. Du moins, pas ce soir. Elle se sentit prise d'un vertige qu'elle attribua au champagne. Sans doute avait-elle bu une ou deux coupes au-delà du raisonnable. Elle soupira et enfila son manteau.

— C'est vrai qu'il y a certaines choses que tu ignores. Je te propose que nous ayons une conversation demain.

— Mais enfin! s'écria Sophie, nous avons le droit de savoir ce que signifie la scène à laquelle nous venons d'assister.

Élisabeth fusilla sa belle-fille d'un regard glacial.

— J'accorde ce droit à *mon fils*, en effet, mais j'ai dit demain. Ce soir, je suis épuisée. Bonne nuit, les enfants.

Elle leur tourna le dos, laissant Louis médusé. Sa mère ne l'avait encore jamais quitté sans l'embrasser.

Il lui fallut une demi-heure pour rentrer chez elle. Un trajet qui ne durait guère plus d'une dizaine de minutes en temps normal. Élisabeth voyait le paysage défiler… la ville céda la place à la campagne drapée de brume. Éblouie par les phares des voitures qui circulaient en sens inverse, elle avait du mal à distinguer le bas-côté de la route. Ses mains tremblaient sur le volant. Les souvenirs qu'elle s'efforçait d'oublier depuis si longtemps l'assaillaient avec une violence inouïe.

Elle emprunta enfin le chemin qui remontait jusqu'à sa demeure et ouvrit le portail à distance. Les lampadaires s'allumèrent, éclairant l'allée et la façade de la maison nichée au milieu des chênes pédonculés et des marronniers. Elle abandonna sa voiture au pied du perron et grimpa la volée de sept marches avant de déverrouiller la porte. Sept. Son chiffre préféré. Elle avait toujours entendu dire, sans trop y croire, que c'était un chiffre symbolique, un peu mystérieux. Elle entra et enclencha l'alarme avant de se débarrasser de son manteau et de ses chaussures. Puis elle chercha son téléphone mobile dans son sac et composa le numéro de sa mère qui décrocha presque aussitôt.

— Je voulais juste m'assurer que vous étiez bien rentrées, grand-mère et toi.

— Je l'ai mise au lit, mais elle dormait déjà dans la voiture.

Maintenant qu'elle a bien semé la pagaille, elle peut dormir tranquille, pensa Élisabeth. Mais elle n'exprima rien de son amertume.

— Roger nous a accompagnées jusqu'à notre appartement. Il m'a confié qu'il était inquiet. Tu crois que la bévue de ta grand-mère aura des suites ? demanda Gisèle comme si elle avait deviné les pensées de sa fille.

Élisabeth revoyait l'étonnement sur le visage de son fils. Des conséquences, il y en aurait certainement. Toutefois, elle ne voulait pas inquiéter sa mère.

— Je suis sûre que tout le monde aura mis sa remarque sur le compte de son grand âge. D'ailleurs, j'ai dit quelques mots dans ce sens après votre départ, mais je t'accorde que ce fut un moment difficile à vivre. Tu dois être épuisée après une telle soirée.

Puis elle invoqua sa propre fatigue pour mettre un terme à la conversation :

— Repose-toi maman, je te rappellerai demain.

Elle se dirigea vers la cuisine et lança la cafetière, en sachant que, si elle avalait un expresso à une heure aussi avancée, elle ne fermerait pas l'œil de la nuit. N'était-ce pas ce qu'elle désirait au fond ? Ne pas dormir, pour ne pas rêver. Elle laissa tomber un morceau de sucre dans sa tasse et revint vers le salon au moment où le téléphone sonnait. C'était son amie Manuelle.

— Je me doutais bien que tu ne dormais pas, je te dérange ?

— Je m'apprêtais à boire un café !

— Ce n'est pas le meilleur remède pour passer une bonne nuit. Hervé est avec toi ?

— Il m'a proposé de venir, mais j'ai refusé. J'ai besoin d'être seule.

— Tu es sûre que ça va aller ? demanda Manuelle avec insistance. Tu as accusé le coup après le dérapage de ta grand-mère. Ta mère aussi d'ailleurs. On aurait dit qu'Hortense avait réveillé un fantôme.

— J'étais surtout embarrassée vis-à-vis de Louis. Il a compris que l'impair de son arrière-grand-mère n'était pas totalement anodin.

— Tu vas lui dire la vérité ?

C'était la question qui la taraudait depuis des heures. Et elle avait jusqu'à demain pour y réfléchir.

— Je ne pourrai pas faire l'économie d'une explication, toutefois j'essaierai de lui en dire le moins possible.

Mais comment lui expliquer ? Ce ne serait pas facile et elle le savait. Avec les moyens d'information modernes, Louis pourrait découvrir toute l'affaire par lui-même, s'il le voulait vraiment.

— Si tu as besoin de moi, je suis là, tu sais.

Élisabeth en était sûre. Elle raccrocha en promettant à Manuelle de lui donner des nouvelles très vite. Depuis le collège, elles étaient les meilleures amies du monde. L'époque où elles s'étaient baptisées «jumelles de cœur». Elles avaient toujours été là l'une pour l'autre. Élisabeth avait épaulé Manuelle pendant l'échec de son premier mariage et l'interminable procédure de divorce qui avait suivi. Et à partir de ce samedi glacial de février 1990, Élisabeth avait pu compter sur l'amitié et le soutien de son amie.

Elle but son café et ramena la tasse dans la cuisine avant de reprendre sa place au creux du canapé. C'était la première fois qu'elle se sentait aussi désemparée dans sa maison. En abandonnant les appartements privés de l'hôtel particulier du centre-ville, elle était tombée sur une occasion inespérée. Un beau terrain planté d'arbres séculaires acquis par un jeune couple qui s'était séparé, les fondations de leur maison à peine commencées. Élisabeth avait racheté le terrain et avec le concours d'un architecte elle avait repensé les plans. Et son rêve s'était réalisé. Avoir une demeure bien à elle, avec des murs clairs et d'immenses baies vitrées ouvertes sur les jardins et la forêt.

Elle s'approcha de la fenêtre et appuya son front contre la vitre froide. Malgré la brume, quelques rayons de lune perçaient à travers les arbres. Elle se demanda si elle devait prendre un somnifère. Après le café, ce n'était pas malin. Il lui arrivait parfois d'avoir recours à un sédatif. Chaque fois qu'une transaction cruciale se préparait à l'entre-prise, elle était en proie à une impatience fiévreuse, et elle pouvait rester éveillée des nuits entières à échafauder des prévisions, tirer des plans sur la comète. Elle activa la commande électrique pour baisser les volets et revint s'asseoir. Le téléphone retentit dans le silence, et Élisabeth vit le numéro d'Hervé s'afficher sur l'écran lumineux. Elle tendit la main pour décrocher mais se ravisa. Elle n'avait pas envie d'accorder la moindre explication à qui que ce soit. Si le voile était levé sur ces événements vieux de vingt-quatre ans, la primeur en revenait à Louis. Certes, Hervé était un homme adorable, courtois et distingué. Depuis plus de dix ans, il avait su être un ami charmant et un amant affectueux. Toutefois, dès le début de leur liaison, elle avait fixé les règles : ils auraient chacun leur domicile et ils se retrouveraient le week-end. Il avait accepté ses conditions sans élever la moindre objection. Et c'était sans doute cet aspect un peu trop lisse de sa personnalité qui l'agaçait parfois. Tout était si convenu avec lui !

Elle résista à l'envie de se servir une deuxième tasse de café. Elle ouvrit son sac à main et retira les somptueux pendants d'oreilles que sa mère lui avait offerts. Elle prit conscience alors qu'elle ne l'avait pas remerciée comme elle l'aurait dû et se promit de rattraper son erreur dès le lendemain. Pour l'heure, mieux valait ranger les bijoux dans le coffre de sa chambre.

En s'appuyant à la rampe, elle grimpa l'escalier menant à la mezzanine. Il ouvrait sur un vaste bureau bibliothèque. Au fond le couloir donnait sur trois chambres et deux salles de bains. Élisabeth se sentait épuisée. Elle avait envie d'une douche, de s'allonger dans son lit. Même si elle ne dormait pas, elle pourrait au moins lire et se reposer. Elle vérifia que tous les volets étaient fermés et jeta machinalement un dernier coup d'œil au système d'alarme. Elle entrait dans sa chambre lorsque le téléphone sonna de nouveau. Elle s'attendait à être abreuvée de questions après la soirée, mais elle pensait que ses proches auraient la décence d'attendre le lendemain. Elle reconnut le numéro de la ferme de ses cousins et laissa le répondeur s'enclencher. Nathalie était la dernière personne à laquelle elle avait envie de parler ce soir. Elle imaginait déjà ses reproches, ses cris d'orfraie.

Dans la chambre, elle alluma les lampes et tira les rideaux. Avant d'ouvrir la bonnetière pour accrocher sa veste sur un cintre, elle vit son image en pied se refléter dans le miroir. Sa robe de grand couturier en soie bleu nuit mettait sa silhouette en valeur. De petite taille, elle avait toujours été mince, sans être maigre. Elle ôta les peignes en ivoire ornés de perles et ses cheveux retrouvèrent leur chute naturelle, frôlant ses épaules. Dans quelques mois, elle aurait soixante ans. Elle refoula tant bien que mal la vague de nostalgie qu'elle sentait naître en elle. Ce n'était pas le moment. Mais mon Dieu, quelle soirée! Elle qui s'était donné tant de mal pour que tout soit irréprochable. Et il avait suffi d'une phrase de sa grand-mère pour tout gâcher.

Après avoir pris une douche, elle saisit la combinaison du coffre mural et sortit son coffret à bijoux, un joli boîtier en bois de rose incrusté de nacre. Le cadeau de sa grand-mère pour sa communion. Dans le fond, ses doigts frôlèrent l'écrin qui contenait toujours son alliance. Presque malgré elle, elle l'ouvrit et retira l'anneau. Il scintillait sous la lumière dorée des lampes. Élisabeth le fit tourner au creux de sa paume, en admirant le travail du joaillier. De l'or gris finement ciselé, des pierres aux reflets d'ambre pur. «Comme tes yeux», lui avait dit François, lorsqu'ils avaient choisi leurs bagues de mariage. À l'intérieur, des initiales gravées. Et une date : *22 janvier 1983.*

Il y avait longtemps qu'elle ne s'était pas autorisée à revivre la période heureuse de son mariage. Elle se souvenait du temps... des giboulées de neige fondue s'étaient abattues sur le cortège. L'église, à peine chauffée, retenait le givre sur les vitraux. Dans sa robe de dentelle, elle avait cru mourir de froid. Et pourtant, elle était rayonnante, la main de François serrant la sienne.

Élisabeth avait rencontré François Ranval l'année précédente, au baptême de Sylvain, le fils aîné de ses cousins. Il était un ami d'enfance de Nathalie, et, à travers la recomposition des familles, ils étaient devenus cousins par alliance. Il avait été choisi pour être le parrain du bébé et Élisabeth avait accepté d'être la marraine. Après la cérémonie religieuse, il s'était assis près d'elle pour le repas. Et ils ne s'étaient plus quittés de la journée, se découvrant des passions communes pour le théâtre, la musique, les randonnées. Ils avaient parlé de leur travail aussi. Il était directeur de production d'une cave coopérative viticole en Languedoc-Roussillon. Ce jour-là, tout le monde avait remarqué leurs apartés, leurs fous rires. Peu de temps après le baptême de Sylvain,

36

ils s'étaient revus chez Christian et Nathalie. En quelques mois, ils s'étaient fiancés, puis mariés.

Élisabeth glissa l'anneau au bout de son doigt et le retira aussitôt. Ses pensées la ramenèrent à Nathalie et à son comportement étrange le jour de son mariage. Omniprésente, elle trottinait d'un groupe à l'autre, accueillait les invités, s'immisçait dans l'organisation, comme si elle voulait s'approprier la cérémonie sous prétexte que le marié lui était proche. Un peu plus tard, elle avait glissé à l'oreille d'Élisabeth : « Le destin nous réserve bien des surprises, tu ne crois pas ? Je m'efforce chaque jour d'avancer dans la bonne société et tu viens de faire un sacré bond en arrière en épousant un prolétaire ! » Élisabeth était restée bouche bée. Elle n'avait jamais oublié cette réflexion curieuse et déplacée !

Les jeunes mariés passèrent deux semaines en Italie, et dès leur retour François intégra les Porcelaines Astier. Il eut l'intelligence de bien s'entendre avec Roger Legaret. Les deux hommes avaient un parcours comparable. D'origine modeste, dotés d'un caractère ambitieux, ils étaient d'infatigables travailleurs, prêts à en découdre pour prouver leur talent. Très vite, François s'était vu attribuer un poste de confiance, alliant le contrôle de la production à une partie de la commercialisation. En 1985, Élisabeth donna naissance à un petit garçon qu'ils décidèrent de prénommer Louis, comme le fondateur de la maison Astier. Au grand bonheur de Gisèle qui veilla sur son petit-fils tandis que François et Élisabeth se consacraient à l'essor de l'entreprise. Tout était parfait. Une image un peu naïve du bonheur. Jusqu'au 17 février 1990...

Vingt-quatre ans s'étaient écoulés, mais en évoquant les événements, Élisabeth sentait encore les larmes lui venir aux yeux et une sueur froide sur sa nuque. Elle se souvenait du jour où, désespérée, elle avait retiré l'alliance de son doigt pour l'enfouir tout au fond de son coffre à bijoux. Et le combat qu'elle avait dû mener ensuite. Seule. Mais aujourd'hui, la solitude qui l'entourait et qu'elle avait choisie l'effrayait. Un frisson la traversa. Elle s'étendit sans prendre la peine d'ôter le couvre-lit, et essaya de fermer les yeux. Mais ses paupières refusèrent de lui obéir, comme pour la contraindre à rester éveillée et à se souvenir.

Elle gagna la salle de bains, emplit un verre d'eau et avala un somnifère.

3

Après une nuit agitée malgré le sédatif, Élisabeth s'éveilla avec une migraine lancinante. Elle se leva en jetant un coup d'œil sur la pile de livres entassés sur sa table de chevet. Le dimanche, elle avait ses habitudes. Elle se levait tôt, composait un plateau d'un copieux petit déjeuner et, en s'efforçant d'ignorer l'attaché-case posé dans un coin du salon, elle retournait dans son lit pour deux heures de lecture. Ce matin n'avait rien d'un dimanche ordinaire. Ébranlée par les souvenirs et par les cauchemars qui avaient hanté ses rares moments de sommeil, rien ne lui semblait réel. Elle avala deux cachets d'aspirine avec un verre d'eau et se prépara un café serré. Pendant qu'il coulait, elle rangea le désordre qu'elle avait laissé la veille et regarda par la fenêtre de la cuisine. Une brume épaisse enveloppait la campagne. L'atmosphère était grise et triste à l'unisson des sentiments qui l'animaient. Le café était prêt. Elle se servit une tasse qu'elle but d'un trait. 8 heures. Elle avait le temps de prendre un bain, de se laver les cheveux et de soigner son maquillage pour effacer les ravages de ces dernières heures. Ensuite, impossible de tergiverser. Elle devrait appeler Louis.

*

* *

Sophie but quelques gorgées du thé que son mari lui avait infusé.

— Ça fait du bien, dit-elle avec un sourire reconnaissant, mais je ne sais pas si je vais le garder.

Louis venait juste d'ouvrir les volets dans la grande chambre de leur appartement. Sophie soupira avant de reposer la tasse dans sa soucoupe. Sous cette lumière blafarde, les meubles anciens et les tentures paraissaient plus sinistres encore. Elle se laissa aller au creux des oreillers. Le visage pâle, les cheveux tombant lourdement sur ses épaules, elle avait une mine épouvantable. Louis vint s'asseoir près d'elle et releva les bretelles de sa chemise de nuit qui glissaient sur ses bras. Puis il lui caressa le front et les joues :

— Ça va ?

Elle eut une grimace éloquente.

— Courage, ma chérie, le médecin a dit que c'était l'affaire de quelques semaines. Ensuite, les nausées disparaîtront et tu te sentiras beaucoup mieux.

— Ça ne me console pas vraiment.

— Je sais, mais tu n'es pas obligée de bouger, reste allongée.

Sa sollicitude l'émut. C'était réellement le plus adorable des maris. Rassurée, elle but une autre gorgée de thé, et aussitôt elle se précipita dans la salle de bains. En revenant se coucher quelques minutes plus tard, elle était livide. Mais elle se sentait mieux. C'était le moment de lancer l'offensive.

— Que comptes-tu faire à propos de ce qui s'est passé hier soir ?

— Je vais attendre que ma mère m'appelle, répliqua Louis en s'éloignant un peu d'elle.

— Il me semble que tu es en droit d'exiger des éclaircissements. Ta mère, ta grand-mère, et ce vieux schnock de Legaret, tu as vu la tête qu'ils faisaient tous ? Et ta mère qui essaie de nous faire croire qu'il s'agit seulement des divagations d'une vieille bonne femme. Elle ne manque pas d'air ! Et elle te cache quelque chose de pas beau, moi je te le dis.

— Je suis sûr qu'elle a une explication plausible.

— Elle te racontera ce qui l'arrange. Et tu vas encore te laisser manipuler ! s'indigna la jeune femme en toisant son mari d'un regard furieux.

— Ma mère ne me manipule pas, ce n'est pas son genre.

— Ah non ? En t'élevant seule, elle t'a placé dans une situation de dépendance affective au point d'avoir tout pouvoir sur toi. Dans votre monde, comment ça s'appelle si ce n'est pas de la manipulation ?

Elle se rendit compte de l'agacement de Louis. Il n'appréciait pas ses perpétuelles diatribes à l'encontre d'Élisabeth, et il ne s'était jamais privé de le lui faire comprendre.

— Tu es injuste, dit-il avec un haussement d'épaule. Je souhaite à tous les enfants à demi-orphelins d'avoir une mère comme la mienne. Elle m'a soutenu dans le choix de mes études en témoignant le plus grand intérêt pour tout ce que j'ai fait. Même mes idées les plus farfelues. Mon année passée en Chine par exemple ! Je voulais percer les secrets de fabrication de la porcelaine chinoise, en réalité je n'ai rien appris et...

— Oui mon chéri, je sais, coupa-t-elle, en somme la seule de tes décisions qu'elle n'a pas appréciée c'est ton mariage.

Il posa sur elle un regard irrité et quitta le bord du lit. Elle ne l'entraînerait pas dans cette voie. Il aimait trop sa mère pour éprouver le moindre ressentiment à son égard.

— Tu me prends pour une idiote ? reprit-elle devant son mutisme, tu crois que je ne sais pas qu'elle a désapprouvé ton choix ?

La sonnerie du téléphone empêcha Louis de répondre. Il décrocha son portable et sortit de la chambre. Sophie appuya ses mains sur son estomac. Elle était sûre que c'était sa belle-mère qui appelait. Elle devait se lever, prendre une douche et s'habiller au plus vite, pour accompagner Louis à Nieul. Au moment de poser les pieds par terre, elle fut prise d'une nouvelle nausée qu'elle refréna de justesse. Vaincue, elle se recoucha. Louis revint presque aussitôt.

— C'était ma mère, elle veut me parler.

— Il va falloir que tu m'aides à me préparer.

— Ce n'est pas une bonne idée, ma chérie. Elle a exigé que je vienne seul.

Sophie perçut l'affront comme une gifle en plein visage.

— Tu ne peux pas y aller sans moi ! Je veux savoir ce qu'elle va te raconter, ça me regarde aussi.

Il était debout au pied du lit, avec cet air buté qu'elle connaissait bien.

— Elle a été très claire, si je ne viens pas seul elle ne dira rien. D'ailleurs, tu ne tiens même pas debout.

Il se pencha pour l'embrasser, mais elle le repoussa :

— Aide-moi à me lever !

Il traversa la chambre et se retourna sur le seuil.

— Je suis désolé. Tu ferais mieux de te reposer.

Il sortit en refermant doucement la porte. Piquée au vif d'être ainsi tenue à l'écart, Sophie se laissa retomber sur les oreillers. D'un geste rageur elle envoya les draps au loin. Le plateau de son petit déjeuner bascula et se renversa sur le tapis persan. «Bien fait», murmura-t-elle.

Elle était la femme de Louis depuis deux ans et elle n'avait jamais pu maîtriser son aversion pour sa belle-mère. Avec ses grands airs, sa perfection en tout… Même quand elle s'efforçait d'être aimable, elle ne pouvait pas s'empêcher de se montrer condescendante à son égard. Et cette façon qu'elle avait de signifier à mots découverts que son fils méritait mieux qu'elle. Elle ne pouvait plus la supporter. Pour elle, écartelée entre son amour pour Louis et l'amour de Louis pour sa mère, la situation était intenable. Elle devait faire en sorte que cela cesse. Et vite.

*
* *

Louis prit la route de Nieul. Le jour avait du mal à percer le ruban de brume qui s'enroulait à l'horizon. Il conduisait doucement en tapotant son volant du bout des doigts. Il s'en voulait d'avoir quitté l'appartement malgré les cris de sa femme. Il ressassait les mots qu'elle lui avait jetés à la figure. Dépendance affective. Manipulation. Elle se trompait du tout au tout. Sa mère n'était pas manipulatrice. Au contraire, elle était la sincérité même. Chez elle les sentiments n'étaient jamais feints. Si elle riait c'est qu'elle était joyeuse, si elle se crispait c'est qu'elle était en proie à une vive contrariété. L'affection qui les unissait était exceptionnelle. Lorsqu'il était enfant, sa grand-mère Gisèle lui faisait souvent remarquer à quel point il ressemblait à sa mère. « Et tu as son caractère ! » s'empressait-elle d'ajouter avec un sourire malicieux. Son père absent, il s'était attaché au modèle maternel. De toutes ses forces. Il avait mis un point d'honneur à exceller dans ses études, puis à s'engager dans la société familiale, certain de tenir ces aptitudes de sa mère.

Pourtant, sa femme avait raison sur un point. Élisabeth n'avait pas réellement approuvé son mariage. Il avait rencontré Sophie au cours d'une soirée mondaine, au bénéficie d'une œuvre caritative. Son grain de beauté sur la joue, une nuque délicate, une voix juvénile, presque enfantine... et cette démarche de mannequin ! Au premier regard, il était tombé amoureux, et il avait décidé de la conquérir. Un soir, il l'avait présentée à sa mère, et le lendemain il lui avait demandé ce qu'elle pensait de la jeune femme. Il avait trouvé qu'elle réfléchissait un peu trop longtemps. « Ce n'est pas facile de porter un jugement aussi rapide », avait-elle répondu. Il s'attendait pourtant à ce qu'elle énumère toutes les qualités qu'il appréciait chez sa future femme, ravissante, enjouée, pleine d'humour. Mais Élisabeth n'avait pas donné son avis et il était resté sur une impression de non-dit entre eux.

Il accéléra. La soirée lui avait laissé un sentiment bizarre et il était impatient d'entendre ce que sa mère avait à lui dire. Et lui aussi devait lui parler. Sophie était enceinte de deux mois et Élisabeth ne le savait pas encore. «Mais si mon père est un repris de justice…», pensa-t-il. Il avait le droit de savoir. Il gara enfin sa voiture devant la maison. Il prit son manteau et grimpa les marches du perron. Il eut à peine le temps de poser le doigt sur la sonnette et la porte s'ouvrit à toute volée.

— Entre vite, mon chéri, l'air est frisquet ce matin.

Ils s'embrassèrent et elle lui proposa du café.

— Je viens juste de le faire, il est tout chaud !

Il la suivit dans la cuisine et l'observa tandis qu'elle emplissait les tasses. Quelques gouttes tombèrent dans le plateau. Il prit conscience de sa nervosité, et cela le mit mal à l'aise.

— Maman, je me fais du souci pour toi. Ça va ?

Il lui enleva le plateau des mains et elle saisit la coupelle où elle avait étalé quelques biscuits au chocolat et à la cannelle. Dans le salon, elle prit place dans l'un des fauteuils et Louis s'installa en face d'elle, les jambes croisées. Elle but quelques gorgées de café brûlant et planta son regard dans celui de son fils. Elle décida d'aller droit au but :

— Ce qu'a dit ton arrière-grand-mère est exact. Ton père a été condamné à quinze ans de prison.

Ce fut comme une décharge d'adrénaline. Après un moment de stupéfaction, il demanda :

— Quinze ans ? Mais qu'a-t-il fait ?

— C'est une longue histoire. Je ne sais pas si c'est judicieux de remuer tout cela aujourd'hui.

Louis décroisa les jambes et son pied heurta la table tandis qu'il se penchait vers sa mère.

— Bien sûr que c'est important! Je ne te l'ai pas encore dit mais Sophie attend un enfant. Nous voulions l'annoncer hier, mais la fin de la soirée a pris une tournure imprévisible.

Élisabeth ne manifesta aucune émotion en apprenant qu'elle allait être grand-mère. Elle se contenta d'un sourire furtif.

— Je suis ravie pour toi, enfin pour vous. Toutefois ça ne change rien au fait que le passé devrait rester le passé.

— Ça change beaucoup de choses au contraire! Sophie et moi nous voulons une grande famille. Et les enfants ont le droit de savoir qui sont leurs parents.

Très jeune, Élisabeth avait souffert d'être fille unique. Malgré les arguments de sa mère qui prétendait que c'était préférable pour éviter les conflits de succession. Plus tard, en épousant François, elle s'était promis d'avoir deux ou trois enfants. Mais le destin avait décidé pour elle. Louis avait-il regretté d'être fils unique? Elle comprenait son désir d'une grande famille et les questions qu'il se posait. Et c'était à elle qu'il incombait de lui apporter les réponses.

— D'accord, je vais te raconter, dit-elle.

Il nota que sa voix, d'habitude basse, avait monté d'une octave et il se sentit vaguement inquiet. Ce qu'elle allait dire était pénible et il devina qu'il lui en coûtait. Il fut tenté de l'arrêter. Mais Sophie avait raison, il devait savoir. De son côté, Élisabeth se demandait par où commencer son récit. Elle n'était pas sûre d'avoir encore les repères chronologiques de cette période où sa vie avait basculé. Des images se bousculaient, des scènes qu'elle avait maintes fois imaginées et repoussées. Des bruits de tôle éclatée, des cris. Pouvait-elle résumer toute cette horreur en quelques phrases ? Louis ne la quittait pas des yeux. Il remarqua ses mains tremblantes. Avec ses cheveux noués en catogan, sa robe de fin lainage bleu et son visage crispé, pour la première fois elle lui parut vulnérable.

— Ton père rentrait d'un salon des Arts de la table à Florence. Sur une route de montagne, entre la frontière italienne et Chambéry, il a provoqué un accident...

Elle but quelques gouttes de café et reprit, la gorge nouée :

— Un car scolaire qui se rendait en classe de neige. Neuf enfants et une de leurs accompagnatrices ont été tués dans la collision.

Élisabeth se sentit bouleversée par l'effroi qu'elle vit naître sur le visage de son fils. Elle se tut, et un silence pesant s'installa entre eux.

— C'est arrivé comment ? Quand ? demanda-t-il enfin.

— Le 17 février 1990. Au col de l'Épine. Un moment d'inattention... ton père a empiété sur la partie gauche de la chaussée. Le car roulait en sens inverse. Le chauffeur a voulu éviter le choc, mais il a perdu le contrôle et le véhicule a quitté la route pour atterrir dans un ravin.

Machinalement, Louis prit un biscuit et grignota une bouchée. Ces délicieux biscuits que sa mère achetait chez un artisan chocolatier et qu'elle servait toujours pour accompagner le café et le thé.

— Je te sers une autre tasse ? demanda-t-elle en prenant la cafetière.

— Non merci.

Il imaginait l'accident, les véhicules de secours sur les routes de montagne, les enfants morts et son père au milieu de ce drame épouvantable. Il sentit une vague nausée lui retourner l'estomac. La gorge nouée, il déglutit plusieurs fois. Il avait du mal à trouver des mots.

— Quel cauchemar cela a dû être pour toutes ces familles, dit-il enfin. Et pour papa qui en assumait la responsabilité. Mais aussi horrible soit-il c'était un accident. Je n'arrive pas à comprendre la gravité de sa peine. Toutes ces années de prison.

— Pour beaucoup de personnes, ce n'était pas encore suffisant. Ton père avait pris le volant après un repas d'affaires bien arrosé. À cette époque, les pouvoirs publics avaient décidé de lutter par tous les moyens pour faire baisser le nombre de tués sur les routes. Le parlement débattait de la loi Évin et des ravages de l'alcool au volant. Tout le monde a pensé que la justice avait voulu faire un exemple.

Louis songea à sa femme, à l'enfant qu'elle attendait. À leur appartement semblable à un musée aux dires de Sophie, mais qu'il avait toujours trouvé chaleureux et douillet. Pendant vingt ans, il avait vécu dans un univers confortable, raffiné, entouré de l'amour de sa mère, de la tendresse de sa grand-mère. Soudain, tout basculait.

— Que s'est-il passé ensuite ?

— Il y a eu un procès, expliqua-t-elle, ton père a été jugé et reconnu coupable.

Il l'observait avec un mélange de surprise et de déception. Comment avait-elle pu lui cacher cette tragédie pendant toutes ces années ? Il ne comprenait pas les raisons de ce silence. Y avait-il autre chose dont elle refusait de parler ?

Élisabeth était figée, le nez au-dessus de sa tasse qui diffusait des arômes de moka, de praline. Sa migraine avait repris de plus belle. Elle devinait le désarroi de son fils. Les doutes aussi. Et elle se sentit gagnée par une profonde tristesse.

— Le procès s'est déroulé dans la région ? demanda Louis après un long silence.

— Non, à Grenoble, dans la juridiction où l'accident avait eu lieu.

— Tu étais présente ?

— Je… non, ton père ne l'a pas voulu. Juste après son arrestation, il m'a appelée depuis la gendarmerie. Il m'a expliqué l'ambiance horrible autour de lui, les interrogatoires, les journalistes qui assiégeaient la brigade. Il voulait que j'attende un peu avant de me déplacer. Deux jours plus tard, il m'a écrit. Une longue lettre dans laquelle il me demandait pardon. Il reconnaissait sa faute, et il souhaitait l'assumer seul. Il me suppliait de penser d'abord à toi, et il me pressait de l'oublier, de vivre ma vie. Entre-temps, Legaret avait envoyé l'avocat de l'entreprise pour avoir un peu plus de détails sur l'affaire. À son retour, il m'a annoncé que ton père demandait le divorce.

— Tu veux dire que tu l'as laissé tomber ?

— Je ne l'ai pas laissé tomber ! se récria-t-elle. C'est lui qui avait pris la décision et je l'ai acceptée.

Louis la dévisageait, les yeux écarquillés. Au-delà de la peine qui l'accablait, quelque chose s'éveilla en lui, de la déception, et le commencement d'une vague colère. Il en voulait à sa mère de lui avoir dissimulé la vérité quant au soi-disant *abandon* de son père. Par son silence, elle lui avait dérobé une partie de sa vie. Élisabeth lisait la confusion dans le regard de son fils.

— Nous l'avions perdu, Louis, expliqua-t-elle d'une voix douce. Rien de ce que j'aurais pu faire n'aurait modifié le cours de notre vie. Roger Legaret m'a recommandé d'accepter la procédure de divorce et cela m'est apparu comme la seule chose sensée à faire.

— Pourquoi ne m'en as-tu pas parlé ? J'ai l'impression que tu m'as menti ma vie entière.

— Tu avais cinq ans au moment des faits. Lorsque tu as été en âge de comprendre, j'ai jugé qu'il était trop tard. À quoi bon ressusciter cette histoire ?

Louis songeait au rôle de Legaret dans cette affaire. À ce que Sophie pensait de lui, *un vieux schnock despote et sectaire.*

— J'ai du mal à comprendre ton attitude, maman. C'était ton mari, il avait besoin de toi. Et tu as laissé ton fondé de pouvoir te séparer de lui, et l'éloigner de moi ?

— Notre principal souci fut de te tenir à l'écart. Tu ne peux pas te rendre compte aujourd'hui. Roger Legaret m'avait montré les articles dans la presse grenobloise. La violence de la vindicte publique…

c'était effrayant! J'ai voulu te protéger avant tout. Et je te rappelle que c'est ton père qui a exigé notre séparation. C'est à sa demande que nous avons divorcé.

La procédure s'était déroulée sans heurt ni publicité. Les papiers étaient arrivés par courrier, directement au cabinet de l'avocat d'Élisabeth. Et, un jour, Legaret avait posé un dossier sur le coin de son bureau en lui disant «C'est fini mon petit, vous êtes libre».

Qu'avait-elle éprouvé alors? Des années après, elle ne savait toujours pas avec certitude. De la tristesse, de la peur aussi. Et la conviction d'un immense gâchis.

Empli d'amertume, Louis acheva de boire son café en silence. Il ne pouvait s'empêcher de penser à cet homme quelque part... un homme dont il ignorait tout et qui était son père. Comment sa mère avait-elle pu l'abandonner aussi facilement? Soudain, elle lui parut différente. Une femme capable de dissimulation, de petits arrangements lui permettant de s'accommoder du poids de la vérité. Pourrait-il encore la regarder comme avant? Son téléphone mobile résonna pour la troisième fois. Sophie devait s'impatienter et elle venait aux nouvelles. Il l'ignora et reporta son attention sur sa mère qui l'observait à la dérobée.

Soudain, quelque chose prit forme en lui, un désir, un besoin vital... Revoir son père, ce rêve qui avait bercé toute son enfance. Il savait que sa mère ne comprendrait pas. Elle se sentirait blessée, mais il s'en moquait. Il la regarda, les sourcils froncés au point de ne plus former qu'une ligne.

— Tu dois le retrouver, maman, je veux le voir !

Élisabeth sursauta. Après une vaine tentative pour contenir sa panique, elle répondit d'une voix mal assurée :

— Tu es sérieux ?

— Tout à fait. Je veux le rencontrer. Il a payé sa dette et, que tu le veuilles ou non, c'est mon père.

À cela, Élisabeth n'avait rien à répondre. Louis la toisait d'un air buté. Elle comprit qu'elle pourrait argumenter pendant des heures, il ne changerait pas d'avis. Le visage toujours aussi fermé, il quitta son siège, reprit son manteau et ses clés.

— S'il le faut, je t'aiderai dans tes démarches, dit-il avec une certaine fermeté, mais nous devons tout mettre en œuvre pour le retrouver.

Appuyée contre le dossier de son fauteuil, Élisabeth se raidit. Aussi loin que remontaient ses souvenirs, Louis ne l'avait jamais vue manifester la moindre crainte. Pourtant, en cet instant, elle paraissait terrorisée.

Elle se leva à son tour et le raccompagna jusqu'à la porte. Il se pencha pour l'embrasser et lui tapota l'épaule dans un geste qu'il voulut affectueux mais si maladroit qu'elle en fut blessée. Elle le regarda s'installer au volant, refermer la portière. Cependant, il attendit quelques instants avant de démarrer. Elle savait qu'il l'observait dans son rétroviseur. Qu'attendait-il ? Qu'elle coure vers lui pour lui demander pardon ? Il n'en était pas question. Elle eut le cœur serré en voyant la voiture quitter l'allée et prendre la route de Limoges. Elle avait eu beaucoup de mal à rester calme tandis qu'il exprimait ses exigences sur un ton péremptoire. C'était presque un ultimatum. Et elle n'avait pas la moindre petite idée de ce qu'elle devait faire pour retrouver François.

4

Le jeudi suivant, Élisabeth se rendit aux Aubiers, la ferme de ses cousins. Louis était revenu à la charge à deux reprises. Il ne tenait plus en place à l'idée de revoir son père. Comprenant qu'il ne céderait pas, Élisabeth avait réfléchi aux moyens dont elle disposait pour retrouver son ex-mari. Nathalie était la seule parente de François qu'elle connaissait.

Elle se gara devant la grande bâtisse en pierre brune. Tous les volets étaient ouverts, mais personne ne répondit à son coup de sonnette. Elle laissa sa voiture et traversa à pied la route départementale pour rejoindre les hangars plantés au milieu des champs. En marchant, elle prit plaisir à humer cette odeur enivrante de terre féconde. À l'entrée des bâtiments, Mylène troquait sa paire de bottes contre des tennis et, en apercevant Élisabeth, elle lui adressa un grand geste de la main. Elles s'embrassèrent et, aussitôt, Mylène invita Élisabeth à visiter ses récentes installations. Après un baccalauréat professionnel en gestion d'entreprise agricole, la jeune femme avait rejoint ses parents dans la ferme familiale, à la grande satisfaction de son père. Et, bravant les exigences économiques du Limousin, elle s'était lancée dans la production de fromages fermiers. Elle avait réussi à convaincre ses parents d'acheter des vaches laitières et de consacrer quelques hectares à la culture de fourrage en bannissant les pesticides.

— J'en suis parfois à me demander si j'ai bien fait, confia-t-elle à Élisabeth, tandis qu'elles se dirigeaient vers la laiterie.

— Je suis sûre que c'est une bonne idée. Tu avais bien établi un prévisionnel?

Élisabeth s'interrompit, comprenant trop tard que sa réaction de chef d'entreprise expérimenté pouvait blesser sa petite cousine.

— En raisonnant d'abord en termes de rentabilité, je dois te paraître bien mercantile! s'excusa-t-elle.

— Pas du tout, tu as parfaitement raison. Mais pour moi, ce n'est pas aussi simple. Toute notre région est vouée à l'élevage des bêtes à viande. Alors, quand on démarre une activité à contre-courant, tu sais, la rentabilité, on l'oublie dans un premier temps!

Mylène guetta une approbation sur le visage d'Élisabeth. Elle ne pouvait ignorer ses talents de femme d'affaires que sa mère évoquait sur un ton allant du sarcasme à la haine à peine larvée. Elle prit son sourire comme un encouragement.

— Je suis sûre d'avoir des atouts, poursuivit-elle, l'herbe que mangent mes vaches favorise les acides gras insaturés qui sont excellents pour la santé. C'est scientifiquement prouvé! Et grâce à notre micro-climat les bêtes profitent de deux cents jours de pâturage par an, ce qui est presque un record.

— J'imagine que tu as dû faire de gros investissements dans le matériel pour la fabrication des fromages.

— J'ai réussi à décrocher une petite aide du Conseil général, mais j'ai dû batailler. Ce n'est pas facile, surtout quand on est une femme.

— Je sais, répondit Élisabeth avec un clin d'œil entendu.

— Toutefois j'ai eu la chance de rencontrer Joël. Ses études en gestion des PME, le fait qu'il s'implique avec moi dans l'aventure a joué en ma faveur.

— Et c'est un homme! ajouta Élisabeth en riant.

Elles traversèrent les étables où les vaches étaient alignées devant leurs mangeoires garnies de foin. Deux d'entre elles donnaient la tétée à leur petit veau.

— Je vais te montrer mon laboratoire. Dès le départ, j'ai décidé de jouer la carte de la qualité en produisant des fromages fermiers.

— Qu'est-ce qui fait leur différence? demanda Élisabeth en suivant sa petite cousine dans un bâtiment carrelé de blanc, rutilant de propreté.

Le lait était brassé dans une immense cuve de métal. Vêtue de blanc de pied en cap, équipée de gants et coiffée d'un bonnet, une jeune fille s'aidait d'une grande louche pour remplir des moules avec une crème épaisse.

— Dans le cas du fromage laitier, expliqua Mylène, le fermier vend son lait à la laiterie qui se charge de la fabrication. En revanche, un fromage fermier est impérativement élaboré dans un atelier de production situé sur l'exploitation qui produit le lait. Et ce, tous les jours de l'année, puisqu'on trait les vaches chaque jour.

En l'écoutant, Élisabeth découvrait une jeune femme volontaire, passionnée par son travail. Elle avait un visage pétillant d'intelligence et montrait une grande sensibilité. Ce qui la différenciait de sa mère, à laquelle elle ressemblait pourtant physiquement. Les conflits entre elles devaient être épiques.

— Je t'admire, Mylène, tu as beaucoup de mérite.

— Veux-tu goûter mon fromage?

Élisabeth accepta d'un signe de tête et elles gagnèrent une pièce à l'arrière du laboratoire où régnait une température assez fraîche. Le long des murs, des clayettes supportaient des centaines de fromages à la croûte plus ou moins dorée.

— Après avoir séché quatre à six jours dans une chambre froide, ils s'affinent dans cette pièce.

Mylène se dirigea vers une petite table drapée d'une nappe multicolore. Elle coupa une tranche de fromage qu'elle offrit à Élisabeth.

— Merci! Cette visite est passionnante et je suis ravie de te voir aussi épanouie dans ton travail. C'est important de se consacrer à un métier qu'on aime.

Soudain, une voix de stentor jaillit dans leur dos.

— C'est ça, encourage-la à faire encore plus de bêtises!

Nathalie les avait rejointes, portant un panier empli de bûches. Élisabeth vit sa petite cousine piquer un fard et elle éprouva de la peine pour elle.

— Je trouve que c'est une excellente idée de se démarquer. Mylène a choisi un créneau original, et...

— Ça lui fait perdre un temps précieux pour un résultat médiocre.

— Pour l'instant! rétorqua Élisabeth en souriant à la jeune femme. Mais elle a misé sur la qualité de ses produits et ça paiera tôt ou tard.

Mylène savait que sa mère était en désaccord avec ses initiatives. Pour elle, le Limousin était une région où on élevait des vaches à viande, et elle devait le rester. Toutefois, son père l'avait soutenue, trop heureux de la garder près de lui à la ferme. Depuis, la jeune femme cumulait des journées de quinze heures de travail, des nuits d'insomnie quand il fallait honorer les échéances.

— J'ai seulement demandé quelques hectares de terre et qu'on me laisse au moins une chance de mener mon projet, dit-elle, visiblement contrariée.

Élisabeth sentit la tension monter entre la mère et la fille. Elle piocha une autre bouchée de fromage sur la planche à découper. Il était succulent. Fondant, crémeux, avec un petit arrière goût de noisette.

— C'est un délice! Je te félicite de te lancer dans une telle aventure.

— Inutile de prendre cet air protecteur comme si tu étais concernée! s'écria Nathalie.

Accoutumée au persiflage de sa cousine, Élisabeth resta impavide.

— J'ai à te parler. Pouvons-nous nous voir un instant?

Nathalie ne cacha pas sa surprise. Élisabeth n'était pas venue à la ferme depuis si longtemps! Elle n'ignorait pas que Christian voyait sa cousine de temps à autre et que Mylène était régulièrement invitée chez les Astier. Et subitement Élisabeth voulait lui parler *à elle*.

— Bien, répondit-elle à contrecœur, allons jusqu'à la maison.

Élisabeth embrassa Mylène en lui souhaitant bon courage. Puis elle emboîta le pas à sa cousine. Elles traversèrent la route et longèrent le chemin menant à la ferme, sans avoir échangé un mot. Nathalie entra dans la maison et guida Élisabeth jusqu'à une pièce tenant lieu de bureau.

— Je t'écoute, dit-elle, sans l'inviter à prendre un siège.

— Je voudrais savoir si tu es restée en contact avec François ?

La question sidéra Nathalie. Elle ouvrit la bouche, se ravisa, pour finalement lancer :

— Il est bien temps de t'en préoccuper !

Élisabeth n'avait aucune envie que la conversation dégénère en dispute. La meilleure façon d'infléchir l'agressivité de Nathalie était encore de lui dire la vérité.

— J'ai raconté à Louis ce qui s'est passé en 1990. Il veut voir son père et je ne vois pas comment l'en empêcher.

— Tu ne crois pas que c'est un peu tard ? Et qui te dit qu'il est toujours vivant ?

Sous le coup de l'émotion, Élisabeth se figea. Elle n'avait jamais envisagé le décès de François.

— Et s'il est vivant, ajouta Nathalie comme si elle devinait ses pensées, es-tu sûre qu'il ait envie de vous revoir ? Tu as ta part de responsabilité dans ce qui s'est passé à l'époque. Pendant des années, François a brûlé la chandelle par les deux bouts. Il s'épuisait au travail pour être à la hauteur de ce que vous attendiez de lui, vous *les Astier*. Et il n'en faisait jamais assez.

Elles se regardaient en chiens de faïence, dressées de part et d'autre de la table qui croulait sous les papiers. Élisabeth n'était guère surprise par la violence des propos de sa cousine. Elle éprouva un pincement au cœur… cette culpabilité dont elle n'avait pu se départir depuis vingt ans.

Nathalie brassait des enveloppes posées sur un coin du bureau, mais sans prêter attention à ce qu'elle faisait.

— Tu pourrais aussi découvrir que certaines personnes n'ont pas envie qu'on réveille le passé.

Élisabeth se braqua. Était-elle en train de la menacer ?

— Tout ce que je veux savoir, c'est si tu connais un moyen de joindre le père de mon fils !

— Je n'en ai aucune idée. Et même si je le savais, je ne te le dirais pas. Laisse-le où il est. Il a assez souffert à cause de toi, de ta famille et de votre fric ! À présent, si tu n'as rien d'autre à me dire, j'ai du travail, moi !

Élisabeth n'insista pas. Elle prit congé avec l'impression qu'elle aurait pu s'éviter cette corvée. S'il existait une possibilité de retrouver François, ce n'était pas auprès de sa cousine qu'elle la découvrirait.

Nathalie écouta le ronronnement du coupé qui s'éloignait. Elle imaginait Élisabeth, dans son jean griffé et son blouson de cuir fauve, jetant un regard désolé sur la terre et les brins de paille collés à ses chaussures.

Au début de son mariage, elle avait pris plaisir à prononcer le nom de sa cousine, comme une référence à la bourgeoisie enracinée dans la région depuis des siècles. Mais elle avait vite compris qu'elle n'en ferait jamais partie. Quand on n'a pas d'arbre généalogique, pas de fortune familiale à gérer, on fait figure de parent pauvre. Elle détestait la ferme qui satisfaisait son mari, et aujourd'hui passionnait sa fille. Heureusement, il y avait Sylvain. Lui au moins, avait su quitter la terre! Elle l'imposait comme un modèle au reste de la famille. Des portraits de lui en uniforme trônaient partout dans la maison. Il était sa réussite, et il lui manquait tellement. Elle avait parfois l'impression que Reims était au bout du monde. Et avec ses maudites bêtes qu'il fallait soigner tous les jours de l'année, pas question de prendre des congés.

Elle s'installa au bureau et lança l'ordinateur. Elle devait rentrer des factures, vérifier des comptes avant de préparer le déjeuner. Bien sûr qu'elle détestait sa vie! Et elle se reprochait parfois de compenser son désappointement par le besoin d'humilier son mari et sa fille. Et Élisabeth! Elle éprouvait à son égard une jalousie pathologique dont elle n'avait jamais pu se départir. Elle saisit une facture qu'elle reposa aussitôt en pensant à leur conversation. Elle était bien placée pour savoir que François était vivant. Après son divorce, il lui avait écrit en expliquant qu'il avait changé les termes de son contrat d'assurance-vie. Sylvain et Mylène en étaient devenus les bénéficiaires, et depuis lors c'était elle qui payait les cotisations. Pourtant, elle n'avait jamais su où il était. De temps à autre, elle recevait un message de vœux, une carte de vacances, toujours oblitérés de villes différentes, parfois même d'un pays européen limitrophe de la France.

Néanmoins, elle n'était pas disposée à partager ces informations avec Élisabeth.

5

Élisabeth traversa le hall des Porcelaines Astier et longea le couloir menant aux services administratifs. Au passage, l'hôtesse d'accueil lui remit quelques lettres qui lui étaient personnellement destinées. Elle entra dans son bureau, posa son attaché-case et se débarrassa de son manteau. Bénédicte, son assistante, la rejoignit aussitôt, prête à réciter la liste des appels en attente. Élisabeth décida ce qui était important et ce qui pouvait attendre, avant de jeter un coup d'œil à son agenda ouvert sur le sous-main. Sa journée était chargée. Elle demanda à Bénédicte de reporter trois de ses rendez-vous à la semaine suivante. Puis elle la remercia d'un signe de tête et la jeune femme prit congé.

Avant de gagner le centre de Limoges, elle avait fait une halte à la manufacture et emporté les esquisses de sérigraphies pour la collection de leur futur client en Inde. Le jeune designer qui avait récemment rejoint le bureau d'études avait fait preuve d'une ingéniosité qui l'avait impressionnée. Même si en dernier lieu la décision lui appartenait, elle devait recueillir l'avis de Louis et celui d'Hervé. Elle tira les rideaux à fond et une lumière pâle se coula dans la pièce. En traversant le couloir tout à l'heure, elle avait entendu quelqu'un parler du printemps. Certes, l'hiver avait cédé le pas, mais qui l'aurait supposé avec ce vent glacial et ces nuages lourds qui annonçaient une tempête de neige.

Élisabeth s'installa à son bureau et, son dossier ouvert devant elle, elle se plongea dans l'étude de rentabilité que le directeur financier lui avait remise la veille. Elle devait l'étudier avant d'aborder les prochaines négociations avec la société Hirapatih à New Delhi. Le groupe Hirapatih possédait une chaîne d'hôtels-restaurants de luxe et le P-DG avait décidé d'équiper toutes les tables de ses établissements avec de la porcelaine de Limoges.

La porte de son bureau était restée entrouverte, et soudain Élisabeth eut l'impression d'être observée. Elle leva la tête. Hervé Louvain se tenait dans l'embrasure et il la regardait d'un air curieux. Sa présence avait toujours eu un effet apaisant sur elle. Alors pourquoi ressentait-elle un malaise latent depuis quelque temps ? En réalité, c'était depuis qu'elle lui avait relaté les événements qui avaient bouleversé sa vie et celle de sa famille vingt ans plus tôt. Au lendemain de la gaffe de son aïeule, elle avait jugé préférable de le mettre dans la confidence. De toute façon, Louis lui en aurait parlé tôt ou tard. Comme toujours, Hervé avait compati mais sans montrer de réelle surprise. Elle eut alors la certitude qu'il était déjà au courant de toute l'affaire. En cela, elle n'était pas vraiment étonnée. Connaissant Hervé, elle le jugeait capable de se renseigner sur le passé des personnes qui l'employaient. Au cours de la discussion, elle lui avait fait part de la volonté de Louis de revoir son père et de ses propres doutes. Il s'était contenté de souligner qu'à l'époque, sous l'égide de Legaret, elle avait sûrement pris les bonnes décisions.

Il l'observait toujours depuis le seuil du bureau, comme s'il retenait un élan ou un question. Elle lui sourit, referma son dossier et l'invita à entrer.

— Est-ce que Louis est arrivé ? demanda-t-elle.

— Je ne l'ai pas encore vu.

Qu'est-ce que Sophie avait encore inventé pour retenir son mari auprès d'elle ?

— Nous devons avancer dans le dossier Hirapatih.

Elle lui montra les esquisses et lui demanda ce qu'il en pensait.

— Moi, j'aime assez, dit-elle, c'est léché, un brin novateur, mais en même temps l'ensemble garde un certain classicisme.

Hervé examina les planches une à une, en prenant son temps. De fines arabesques dorées sur un fond parme, des orchidées aux courbes douces sur un fin voile pourpre.

Ils étaient de part et d'autre du bureau, et Élisabeth se fit la remarque qu'il y avait souvent quelque chose entre eux.

— Tu n'as pas oublié le déjeuner avec notre client allemand ? demanda-t-il.

— Bénédicte me l'a rappelé tout à l'heure. Mais j'aurais bien aimé voir Louis avant de quitter le bureau.

— Les rapports sont toujours tendus entre vous ?

— Il ne cesse de me tarabuster pour que je retrouve son père. Mais je t'avoue que la démarche ne m'enchante guère.

— Tu n'es pas responsable de ce qui est arrivé il y a vingt-quatre ans, ce n'est pas toi qui conduisais cette voiture.

— C'est surtout que je ne sais pas quoi faire, ni par où commencer à chercher.

— Pourquoi ne contactes-tu pas ton avocat? Il pourrait peut-être te donner de bons conseils, les personnes ou les organismes à contacter.

Elle convint que c'était une bonne idée et le remercia. Ses recommandations étaient toujours précieuses. Elle songea qu'ils n'avaient pas passé une soirée en tête-à-tête depuis un sacré bout de temps!

— Et si nous dînions ensemble ce soir? Je t'attends à 20 heures?

Il hocha la tête avec un léger sourire et se leva. Il se retourna sur le seuil et Élisabeth surprit un éclair d'impatience contenue dans son regard. Comme une fissure dans son masque.

Ils s'étaient rencontrés lors d'un séminaire consacré à l'exportation des arts de la table. Une de ces manifestations incontournables organisées dans de magnifiques châteaux que les propriétaires ne pouvaient plus entretenir. Hervé était directeur commercial de l'usine Saint-Gobain de Compiègne. De son côté, Élisabeth songeait de plus en plus à remplacer Roger Legaret. Après le séminaire ils avaient gardé le contact, et quelques semaines plus tard elle l'avait engagé. Pendant des années, ils s'en tinrent à des relations strictement professionnelles. Refaire sa vie après son divorce n'avait jamais fait partie de ses priorités. Les hommes ne retenaient pas son intérêt assez longtemps pour qu'elle envisage de former un couple. Elle était toujours déçue parce que sans doute trop exigeante. Pourtant, au cours d'un voyage d'affaires à Manhattan, ils avaient partagé la même chambre. Depuis, il n'était pas seulement son directeur adjoint, mais aussi son ami et un compagnon à mi-temps, dévoué et fidèle.

Elle fut parcourue d'un long frisson. Une boisson chaude serait la bienvenue. Elle aurait pu demander à son assistante qui, à son tour, aurait sollicité une stagiaire. Mais elle se refusait à gaspiller ainsi le temps de ses collaboratrices. Elle quitta son bureau en direction de la salle de pause. Dans le couloir, elle croisa Louis qui semblait tout essoufflé.

— Je ne suis pas en avance ce matin. Sophie ne se sentait pas bien. Elle passe du lit au canapé, et elle ne peut rien avaler sans se précipiter dans la salle de bains. Je ne suis pas tranquille à l'idée de la laisser seule.

Élisabeth se retint de lui dire qu'elle n'était pas la première femme enceinte de la création. Mais le dossier Hirapatih l'emportait sur les caprices d'une gamine mal élevée.

— Maman, ton planning est chargé aujourd'hui?

Elle devina aussitôt la question subsidiaire.

— Où en es-tu de tes démarches pour retrouver papa?

Papa. C'était la première fois qu'elle entendait ce mot dans la bouche de son fils adulte, et elle en éprouva une profonde confusion. Devait-elle se préparer à ne plus jouer un rôle prépondérant dans la vie de son fils? *C'est déjà le cas depuis qu'il est marié*, se dit-elle avec une pointe de nostalgie. Elle lui répéta les conseils d'Hervé.

— Ton avocat ? C'est une excellente initiative, et en tout cas un début de piste.

Élisabeth coupa court à la conversation et ne lui laissa pas le choix de son emploi du temps. Tant pis pour les malaises de Sophie.

— J'ai un rendez-vous pour le déjeuner, mais retrouve-moi dans mon bureau à 15 heures pour discuter du dossier indien.

La journée d'Élisabeth abonda d'entretiens téléphoniques, de rencontres avec les responsables de divers services, de dossiers à traiter, et elle n'eut guère le temps de penser à tout ce qui la tracassait en dehors de son travail. Le crépuscule descendait lorsqu'elle quitta le siège de la société. La neige tombait en serpentins qui se perdaient dans la lumière des réverbères. Avant de quitter Limoges, elle s'arrêta chez le traiteur. Elle s'en voulait toujours un peu de cette solution de facilité, mais Hervé avait l'habitude. Il savait qu'elle n'aimait pas cuisiner. Elle opta pour une quiche lorraine et des ballotins de saumon aux Saint-Jacques. Elle était sûre qu'il restait une demi-laitue quelque part dans le fond du frigo. En achetant le pain, elle prendrait des choux à la crème, le dessert préféré d'Hervé. Elle conduisait prudemment au milieu des averses de neige fondue. La plupart du temps, pendant son trajet de retour, elle laissait libre cours à ses pensées en analysant le bilan de sa journée de travail. Mais ce soir, ses préoccupations étaient ailleurs. Devait-elle céder sous la pression de son fils et prendre rendez-vous avec son avocat ? Ou bien laisser les souvenirs à leur place, enfouis au plus profond des mémoires ? Elle se rappelait les mots de sa cousine. Avait-elle intérêt à remuer le passé? Même si elle comprenait les interrogations de Louis, son impatience, qu'aurait-il éprouvé si elle l'avait traîné dans les parloirs d'une prison durant son adolescence? Elle avait fait ce qu'il fallait. Et, en tout état de cause, François ne lui avait pas laissé le choix.

Elle arriva enfin chez elle et releva le courrier dans sa boîte aux lettres. En roulant, elle avait écouté le bulletin météo et elle préféra rentrer sa voiture dans le garage. En remontant l'allée qui conduisait à la maison elle constata que, malgré la météo mauvaise, le jardinier avait bêché les parterres autour de la piscine. Elle avait hâte que le printemps s'installe pour repiquer les géraniums, les dahlias, sortir les rhododendrons et les azalées de la serre. Elle se réservait toujours une partie du jardinage. Rien ne l'apaisait davantage que planter, semer, désherber. Mais, faute de temps, elle laissait le gros œuvre à un voisin qui appréciait d'améliorer sa retraite d'un petit pécule mensuel.

Quelle journée...! elle était soulagée d'être enfin rentrée. *Je vieillis*, se dit-elle. Et aussitôt, elle se morigéna en riant toute seule. Dès sa quarante-cinquième année, sa mère répétait comme une litanie qu'elle se sentait vieillir. Elle se rappelait combien cela l'horripilait à l'époque. Elle ôta son manteau, ses chaussures, et déposa ses courses dans la cuisine. Hervé n'arriverait pas avant une heure. Elle avait le temps de se changer et de retoucher son maquillage. Elle commença par sortir un verre et se servit un fond de montravel blanc. Elle avait un petit faible pour ce vin dont le vignoble s'étendait près de Bergerac.

Tout en sirotant le vin aux arômes de fruits secs et de miel, elle gagna le salon et entreprit de trier son courrier. Au milieu des factures et des prospectus, elle aperçut une enveloppe de papier kraft avec son nom inscrit en caractères d'imprimerie. Une petite alarme résonna dans sa tête, qu'elle essaya en vain de repousser. L'enveloppe contenait la photocopie d'un article qui faisait la une du *Dauphiné Libéré* le 18 février 1990.

> «Tragique accident de car dans le col de l'Épine. 9 enfants et leur enseignante tués dans la collision. Les élèves de 5e du collège Pierre-et-Marie-Curie de Saint-Étienne se rendaient à Chamonix pour leur classe de neige...»

Il n'y avait rien d'autre dans l'enveloppe. Juste cette coupure de presse. Élisabeth se laissa tomber sur le canapé et se mit à trembler de tous ses membres. Qui avait déposé cette photocopie dans sa boîte aux lettres ? Et surtout pourquoi ? Elle pensa aussitôt à Nathalie. Non... Elle savait que sa cousine ne l'aimait pas, mais elle ne la jugeait pas capable d'un acte aussi malveillant. Cependant, la personne qui avait déposé ce message connaissait toute l'affaire ! À cette idée Élisabeth se sentit prise de panique.

Demain matin, à la première heure, elle appellerait son avocat.

6

Une semaine s'écoula et le vendredi matin, maître Lenoir rappela Élisabeth. Au ton de sa voix, elle devina son embarras.

— Je n'ai pas beaucoup d'information à vous communiquer chère madame, et j'en suis navré. Votre mari a bénéficié d'une remise de peine et il a quitté la prison de Grenoble en 2000. Il ne m'a pas été possible de le localiser, il a disparu.

— Comment cela, disparu ? Mais on ne disparaît pas comme ça, maître !

— J'en ai conscience, mais le fait est. J'ai même cherché dans les fichiers des déclarations fiscales et sociales. Depuis treize ans, aucun document officiel n'a été établi au nom de François Ranval.

Élisabeth repoussa le dossier sur lequel elle travaillait, et elle se mit à tapoter nerveusement le capuchon de son stylo sur son bureau.

— Alors la piste s'arrête là, il n'y a rien d'autre à faire ?

Maître Lenoir marqua une pause, avant de demander :

— Cette démarche est-elle si importante pour vous après toutes ces années ?

Ce n'était pas important *pour elle*. Mais Louis était obsédé par le désir de retrouver son père. Il lui en parlait tous les jours. À demi-mot, elle l'expliqua à son avocat.

— Dans ce cas me permettez-vous un conseil ?

Élisabeth laissa échapper un léger soupir. Ces derniers temps, elle n'en était plus à un conseil près.

— Je vous suggère de faire appel à un détective privé.

— Que fera-t-il de plus que vous ?

— Il dispose de moyens d'investigation plus adaptés. En particulier l'homme auquel je pense.

En réfléchissant, Élisabeth griffonnait des petits losanges sur le papier de son sous-main. De prime abord, elle rejetait l'idée de mêler une tierce personne aux différends familiaux.

— C'est un ancien commissaire de police, poursuivit maître Lenoir, il a démissionné il y a dix ans après une carrière ponctuée de succès très impressionnants.

— Pourquoi a-t-il quitté la police ?

— Le connaissant un peu, je dirais le désir de changement et un certain goût pour l'indépendance, je crois.

Élisabeth pensa à cette lettre anonyme déposée chez elle. Elle n'en avait parlé à personne. Un ancien policier...

— Et vous le connaissez dans le cadre de ses activités ?

— Oui, il travaille comme consultant auprès de plusieurs cabinets d'avocats, dont le mien. Et je m'en félicite car c'est un enquêteur hors pair.

À cet instant Élisabeth vit le signal d'un double appel sur son téléphone. Avant de raccrocher, elle demanda à maître Lenoir de lui communiquer les coordonnés de ce détective par e-mail.

*
* *

Son troisième mois de grossesse s'achevait. Sophie était toujours fatiguée, mais les nausées s'espaçaient et elle se sentait beaucoup mieux. Elle avait encore un peu de mal à prendre un repas complet, mais elle s'alimentait suffisamment pour que cessent les vertiges. Dès qu'elle eut recouvré quelques forces, elle en profita pour courir les magasins. Elle se constitua une garde-robe de grossesse qui mettait en valeur le léger arrondi de son ventre. Puis elle s'inscrivit sur des forums Internet où des femmes enceintes et des jeunes mères échangeaient leurs expériences et leurs conseils.

Cet après-midi-là, elle installa son ordinateur portable dans sa chambre et conversa deux heures avec plusieurs jeunes femmes avant de décider qu'il était temps d'appeler Louis. Il lui avait proposé de l'emmener dîner dans un relais château et l'idée lui avait plu. Elle referma les rideaux de velours bleu qui encadraient les fenêtres à petits carreaux et s'apprêta à quitter la chambre. Sur le seuil, elle se ravisa. Cédant à une impulsion, elle revint s'installer devant l'ordinateur et saisit « accident de car, Isère, 1990 » sur un moteur de recherches. Elle repéra aussitôt ce qu'elle cherchait : *17 février 1990 - Isère*. Pendant plus d'une heure elle découvrit des témoignages, parcourut les archives des journaux qui relataient la collision. Des images défilèrent sous ses yeux. Elle se surprit à trembler en imaginant le véhicule dérapant dans le vide. Les journalistes parlaient d'une descente aux enfers sur dix mètres avant le choc en contrebas. Un témoin racontait que la désincarcération des victimes avait duré plus de huit heures. Certains corps furent impossibles à identifier tant ils étaient déchiquetés. D'autres articles évoquaient le procès, le coupable de l'accident conduit au tribunal sous haute surveillance pour éviter les débordements et les efforts déployés par les forces de l'ordre pour le soustraire au lynchage des familles.

Horrifiée, Sophie ne trouvait plus son souffle. Elle pratiqua plusieurs longues inspirations. Ses pensées galopaient à toute vitesse. Elle songeait à Louis. Sa mère avait poursuivi sa vie privilégiée de bourgeoise provinciale, à l'abri de la fortune familiale. Tandis que le destin de son père s'était joué ce jour-là. Soudain, elle exulta. Elle imprima tous les articles et les agrafa. Elle se rappelait sa première rencontre avec Élisabeth. Son air supérieur et sa manie de l'appeler « mon petit ». Et elle n'avait jamais pu effacer de sa mémoire l'humiliation du contrat de mariage. La réunion dans l'étude du notaire et ce qu'elle avait ressenti en écoutant la lecture des biens de la famille Astier. Une longue énumération qui soulignait son propre dénuement. Sa belle histoire d'amour était déjà entachée de méfiance à son égard. Et ce vieux débris de Legaret qui observait tout, comme le gardien du temple. Il avait pris soin de l'ignorer avec un mépris qu'il n'avait même pas cherché à dissimuler.

Sophie quitta sa chambre en emportant la liasse de documents. À présent, elle attendait Louis de pied ferme.

*
* *

Élisabeth travaillait d'arrache-pied sur le dossier indien et elle était inquiète. Les transactions se révélaient plus compliquées qu'il n'y paraissait. La production des pièces commandées par son client ne nécessitait aucun traitement particulier. Kaolin, feldspath, quartz, dans des proportions tenues secrètes qui avaient fait la gloire de la maison *Astier* où les trois quarts de la fabrication de la porcelaine s'effectuaient manuellement. Toutefois, les divers procédés de décoration avaient une incidence sur les coûts. Depuis la pose de chrome qui s'appliquait comme des planches de décalcomanie jusqu'à l'incrustation qui nécessitait un bain d'acide et une cuisson supplémentaire... le prix de revient était multiplié par trois. Élisabeth savait que son client indien exigerait le meilleur tout en négociant fermement les coûts.

Le coup de fil de sa mère acheva de la décourager. Sa grand-mère souffrait d'une insuffisance rénale, elle venait d'être hospitalisée d'urgence.

— Je te rejoins à la clinique, maman!

Elle se hâta d'éteindre son ordinateur, de refermer ses dossiers et elle enclencha le répondeur téléphonique. Elle fouillait ses poches à la recherche de ses clés, lorsque Louis et Sophie firent irruption dans le bureau.

— Maman, j'ai à te parler.

— Désolée, mais je n'ai pas le temps.

— Je te promets d'être bref, insista-t-il.

Il étala les documents rassemblés par sa femme au beau milieu du bureau.

— Sophie a entrepris quelques recherches.

— J'en déduis que vous vous sentez mieux ? ironisa Élisabeth en toisant sa belle-fille.

Louis pointa du doigt les photos de son père menotté, entouré de gendarmes.

— Je n'arrive toujours pas à m'expliquer ton attitude. Tu as effacé toutes ses traces de notre vie… ça t'arrangeait de te persuader qu'il n'avait jamais existé ?

— Je ne te permets pas ! s'écria Élisabeth. Tu avais cinq ans, tu ne sais pas de quoi tu parles.

C'était un choc de découvrir cette animosité dans le regard de son fils. Elle se sentit prise en faute et soudain très malheureuse. Sophie s'approcha du bureau et montra les clichés du car scolaire réduit à un amas de ferraille déchiquetée.

— Quand je pense au calvaire de ces enfants et de leurs familles ! Et vous êtes restée indifférente à toute cette souffrance, c'est indigne.

Élisabeth surprit son sourire en coin, proche de la jubilation, et elle ne put réprimer un brusque mouvement d'exaspération. Cette idiote s'amusait-elle à mesurer son ascendant sur Louis ?

— Vous n'êtes pas concernée par cette discussion, je vous prie de rester à l'écart.

Un silence épais suivit la remarque d'Élisabeth. Sophie fusilla sa belle-mère du regard et se tourna vers son mari, en attente de sa réaction. Louis ne put s'empêcher de jeter un coup d'œil oblique vers sa mère. La colère était si rare chez elle qu'elle en était dangereuse et il le savait. Un instant, il fut tenté de battre en retraite et de remettre la discussion à plus tard. Mais les articles sur le bureau l'attiraient comme un aimant. Les unes des journaux, le nom de son père en gras. Des mots évoquant le crime d'un inconnu qui portait seulement le même nom que lui. Il fut pris d'une stupide envie de pleurer. Mais par-dessus tout, il était furieux. Pour la première fois il éprouvait une réelle rancœur vis-à-vis de sa mère.

— Je suis d'accord avec Sophie, dit-il, ta désinvolture à l'égard de papa, c'est indigne de l'éducation que tu m'as donnée. Où sont donc passées tes belles leçons de morale ? Le sens du devoir, l'honneur ?

Sophie savourait l'instant. Elle avait réussi à mettre sa belle-mère dans une mauvaise posture. En dépit du luxe dans lequel elle vivait aujourd'hui, elle avait parfois la nostalgie de sa vie antérieure. Elle était heureuse pourtant, mais la présence critique d'Élisabeth lui pesait de plus en plus. Tout cela allait changer. La grossesse lui procurait un certain pouvoir sur son mari et elle avait enfin une arme contre cette vieille pimbêche.

— Où en sont tes recherches pour le retrouver ? demanda Louis, as-tu contacté le détective que maître Lenoir t'a recommandé ?

Le ton était inquisiteur et Élisabeth se sentit soudain très lasse.

— Nous en reparlerons demain.

Sophie éclata d'un rire forcé et tonitruant.

— Ben voyons! C'est trop facile de vous défiler dès qu'on met votre autorité en doute. Louis a le droit de savoir.

Elle avait ce timbre de voix haut perché qui donnait à Élisabeth une envie systématique de la rabrouer. Elle parvint à se dominer et s'adressa à son fils :

— Hortense vient d'entrer à l'hôpital en urgence. Je m'apprêtais à rejoindre ta grand-mère. C'est pour cette raison que je remets notre conversation à demain.

— C'est inutile! Si tu ne contactes pas ce détective privé, je le ferai. Que tu sois d'accord ou pas.

Élisabeth quitta l'entreprise en proie à une rage folle. Louis devait pourtant savoir qu'on ne lui forçait pas la main ainsi! Elle résista à l'envie de revenir sur ses pas pour lui dire son fait et le ramener à un peu plus de considération. Mais elle pensa à sa mère seule au chevet d'Hortense et se hâta jusqu'au parking.

*

* *

Le mercredi, Élisabeth arriva au restaurant avec un quart d'heure d'avance. Elle choisit une table un peu en retrait, près de la fenêtre qui donnait sur la rue Turgot. Les nuages avaient disparu et le ciel s'auréolait d'une clarté lumineuse. En cette fin avril le printemps s'installait au fil de journées un peu plus longues et un peu plus douces. Elle commanda un jus de fruit qu'elle sirota en attendant Manuelle. Elles déjeunaient ensemble une fois par semaine, et c'était au tour d'Élisabeth d'inviter son amie. Ce qu'elle avait fait avec un certain soulagement. À qui d'autre pourrait-elle se confier ?

Elles avaient deux personnalités opposées, mais qui les avaient rapprochées dès leur première rencontre dans la cour du collège Sainte-Marthe. Élisabeth, réservée, presque timide, toujours concentrée sur ses résultats scolaires. Et Manuelle, expansive, prête à toutes les folies, à affronter tous les interdits. Amies à la vie à la mort, c'était leur promesse d'adolescente, et elles l'avaient tenue. À l'approche de la soixantaine, Élisabeth éprouvait toujours une certaine appréhension à dévoiler ses sentiments. Elle avait gardé une silhouette élancée, tandis que Manuelle luttait toujours contre ses quatre ou cinq kilos en trop. Elle affirmait réguliè-rement avoir enfin trouvé le régime miracle mais elle reprenait le poids perdu avec une constance désespérante. Sa chevelure cendrée toujours en bataille, son visage poupin illuminé de magnifiques yeux bleus lui conféraient le charme attendrissant des femmes qui s'épanouissent dans leur cercle familial. Élisabeth avait aménagé sa vie en solitaire, tandis que Manuelle avouait volontiers qu'elle était incapable de vivre seule.

Élisabeth reposa son verre et joua machina-lement avec les plis de la serviette posée en triangle sur son assiette. Difficile de détacher ses pensées de la scène qui venait de l'opposer à son fils en pleine réunion de travail. Elle effectuait un tour de table des différents responsables de services en montrant les esquisses pour la commande de leur client indien. Elle attendait leur réaction avec une certaine sérénité. Elle savait amener ses collaborateurs à donner leur avis, mais en provoquant une brèche où elle s'engouffrait aussitôt pour imposer ses choix. Mais cette fois Louis n'avait pas hésité à la contredire en critiquant le travail du designer. À son avis, aucun des motifs de décoration ne convenait. Classicisme ou modernité, il fallait choisir. Dans ce cas précis, il pensait que le mélange des genres n'était pas pertinent.

— Et honnêtement, avait-il ajouté, c'est limite ringard ces croquis. Il faut créer une gamme beaucoup plus novatrice. Quelque chose de dynamique!

Élisabeth avait failli lui rappeler que les quelques mois qu'il avait passés en Chine ne faisaient pas de lui une sommité en matière de goût et de tradition orientales. Toutefois, devant son air buté, elle avait préféré se taire afin d'enrayer la dispute. Depuis elle éprouvait un malaise grandissant. Elle avait toujours eu suffisamment de caractère pour braver l'adversité et les contradictions, mais là, il s'agissait de son fils. Elle était désarmée. Leurs rapports avaient toujours été si exceptionnels! Comme c'est souvent le cas lorsqu'une mère élève seule son enfant. Mais, depuis qu'il avait découvert le passé de son père, il ne lui adressait plus la parole en dehors du bureau. Elle percevait alors un soupçon d'agressivité, des reproches larvés dans ses propos. Blessée, décontenancée, elle ne savait plus quelle attitude adopter.

— Ma pauvre chérie, je suis en retard!

Manuelle se glissa sur la chaise en face d'elle en essayant de remettre un peu d'ordre dans ses cheveux coiffés à la diable.

— Dieu du ciel, je n'arrête pas de courir depuis ce matin ! Une heure au téléphone avec ma belle-fille qui me confie les enfants pour les vacances de Pâques. Puis j'ai conduit Delphine à la gare et il s'en est fallu de peu qu'elle ne rate son train pour Bordeaux. En pleine période d'examens partiels ! Et pour couronner le tout un mari incapable de choisir la cravate pour assortir à son costume… Quelle vie !

Le premier mariage de Manuelle, presque imposé par ses parents, aurait pu s'achever dans un drame. Elle avait pourtant tenu six ans aux côtés de ce tyran diabolique. Le temps d'avoir deux enfants, Paul et Marine. Mais en 1990, à bout de forces, elle avait demandé le divorce. Une succession de compromis et de scènes violentes avait émaillé la procédure. Elle avait eu peur de perdre la garde de ses enfants et il lui était même arrivé de craindre pour leur vie et la sienne. À la même époque, Élisabeth vivait l'emprisonnement de son mari et une séparation tout aussi douloureuse. Elles s'étaient soutenues, réconfortées. Plus tard, Manuelle avait épousé Bruno Naud en secondes noces. Un contrôleur des impôts qui lui avait offert une existence stable, dépourvue du moindre impondérable. La naissance de son troisième enfant, une petite fille prénommée Delphine, l'avait comblée.

Tandis que le destin d'Élisabeth se scellait irrémédiablement à celui des Porcelaines Astier, Manuelle bâtissait la vie de famille dont elle avait toujours rêvé.

— Tu adores ta vie, Manuelle ! Et rien ne peut te rendre plus heureuse que la venue de tes petits-enfants pour Pâques.

Juge d'instruction, Paul son fils aîné, était marié à une avocate et père de deux enfants. Marine était pharmacienne et Delphine, la benjamine, préparait un doctorat en droit à Bordeaux.

— C'est vrai, reconnut Manuelle, j'ai beaucoup de chance. Je peux voir mes enfants nés de mon premier mariage aussi souvent que je le souhaite, Bruno ne lève même pas un sourcil. Et je suis déjà en train de préparer le programme des réjouissances. Et toi, où en es-tu avec ton fils ?

Élisabeth put enfin se confier à son amie.

— Tu ne devrais pas te braquer ainsi, dit Manuelle, après tout je le comprends. Louis a besoin de savoir qui est son père.

Elles passèrent leur commande. Un filet de saumon à l'oseille pour Élisabeth, des pâtes fraîches aux coquilles Saint-Jacques pour Manuelle

— Et ton régime ? demanda Élisabeth, malicieuse.

— Il faut bien s'accorder un petit plaisir de temps en temps !

Elles éclatèrent de rire et choisirent un chablis pour accompagner leur repas. Le garçon arriva peu après avec un rafraîchisseur abritant une bouteille. Il la déboucha et emplit leurs verres. Élisabeth but une gorgée de vin frais, et Manuelle remarqua ses lèvres tremblantes. Elle avait rarement vu son amie aussi perturbée.

— Arrête de vouloir assumer toute la responsabilité de cette histoire. S'il y a un fautif, c'est François.

— Ce n'est pas ce que pense Louis ! Il ne me parle même plus en dehors du travail.

— Je suis sûre que ça va lui passer.

— Si je n'avais pas pris sur moi ce matin, nous nous serions disputés en pleine réunion. Sa femme a une mauvaise influence sur lui. Elle ne m'aime pas, et en ce moment elle est aux anges !

— Et elle aura d'autant plus d'influence dans les mois à venir. N'oublie pas qu'elle est enceinte.

Élisabeth ne risquait pas de l'oublier. Une serveuse déposa devant elles des assiettes d'où s'échappaient de délicieux fumets.

— Tu étais présente à cette époque-là ! Que pouvais-je faire d'autre ? C'est François qui a exigé notre séparation.

Manuelle piqua sa fourchette dans les pâtes fraîches. Perplexe, Élisabeth considéra sa propre assiette. Elle n'était plus sûre d'avoir vraiment faim. Elle se décida à couper une bouchée de poisson, et pendant quelques instants elles mangèrent en silence. Elles s'observaient à la dérobée. 1990, une année chaotique pour toutes les deux. Élisabeth eut l'impression que ni l'une ni l'autre n'avait peut-être envie de se souvenir…

Soudain, elle vit sa mère entrer dans le restaurant en compagnie de Roger Legaret. Ils suivirent le garçon qui les installa à l'autre bout de la salle.

— Comment va ta grand-mère ?

Élisabeth sursauta et se retourna vers Manuelle qui avait mangé ses pâtes jusqu'à la dernière bouchée.

— Mieux. En principe, elle sortira de la clinique en fin de semaine, répondit-elle, en jetant un coup d'œil en direction de sa mère avec une pointe de curiosité.

Legaret avança la chaise et Gisèle le remercia en posant la main sur son bras. Même si leurs gestes, leurs regards étaient mesurés, ils semblaient partager une douce intimité. *Comme un vieux couple*, pensa Élisabeth.

Et si sa mère avait été plus chanceuse qu'elle finalement ? Un mari mort en héros, un fondé de pouvoir et une fille qui avaient assuré la gestion de la société familiale sans jamais l'impliquer dans les difficultés.

— Tu ne vas pas les saluer ? demanda Manuelle.

— Je ne suis pas sûre qu'ils aient envie d'être dérangés. C'est surprenant la destinée. Il n'y a pas si longtemps, j'aurais juré que ma vie était beaucoup plus passionnante que celle de ma mère. Aujourd'hui, je ne suis plus sûre de rien.

— Ce n'est pas comparable, ma chérie. Tu étais née pour diriger l'entreprise familiale. Et tu en as fait une des manufactures de porcelaine les plus réputées du pays. Ta mère s'est contentée de faire confiance à son directeur général. Quant à leurs relations intimes, ils ont su les vivre en toute discrétion, mais je ne suis pas sûre que ce soit mieux.

Élisabeth ne répondit pas. Elle coula un autre regard vers la table où sa mère levait son verre en souriant. Un couple en demi-teinte, comme Hervé et elle. Pourtant elle avait la certitude que les liens qui unissaient Gisèle et son compagnon étaient beaucoup plus profonds que ne le seraient jamais les sentiments qui la rapprochaient d'Hervé.

La serveuse leur présenta la carte des desserts, Manuelle choisit un tiramisu et Élisabeth se contenta d'un café, accompagné de mignardises.

— Tu t'es renseignée sur ce détective privé ? s'enquit Manuelle.

— Non… je ne vais pas me précipiter parce que mon fils l'exige, poussé par sa femme.

— À ta place, j'entamerais les recherches, Élisabeth. C'est normal de vouloir renouer avec ses racines. Lorsqu'un enfant apprend qu'il a été adopté, sa première réaction est de chercher ses parents biologiques, même s'il a été choyé par sa famille adoptive. La demande de Louis est légitime.

— J'ai tellement peur de ce qui peut arriver.

— Tu as raison, tout est possible. Il peut être ravi, mais aussi cruellement déçu. Dans un cas comme dans l'autre, et quoi qu'en pense sa femme, il aura besoin de toi.

7

Le jour où Élisabeth décida d'appeler Maxime Lamarque, elle tomba sur une messagerie vocale. Elle se recommanda de maître Lenoir et sollicita un rendez-vous. Il la rappela dans l'après-midi et lui proposa de la recevoir le lundi suivant, en fin de matinée. En raccrochant, Élisabeth se rappela le portrait du détective, décrit par son avocat. Elle imaginait un homme d'un certain âge, rondouillet et chauve, installé dans un bureau poussiéreux. Et cette image la rassurait.

La semaine s'annonçait difficile. Dès 8 heures le lundi matin, Élisabeth reçut les commissaires aux comptes. Hervé et le directeur financier avaient rassemblé les documents comptables afin d'arrêter le bilan de l'année précédente. Il s'annonçait passable et Élisabeth était inquiète. Le marché français du luxe subissait les effets d'une longue crise et les ventes avaient chuté de dix pour cent au cours des douze mois écoulés. Elle se félicitait d'avoir œuvré de longues années pour développer l'exportation. Les bons résultats de ce créneau rétablissaient un certain équilibre. D'où l'importance de concrétiser ce contrat en Inde.

À 11 heures, elle trouva sans peine une place de parking rue d'Isly et remonta à pied jusqu'au numéro 32. Le bureau du détective était situé au troisième étage d'un vieil immeuble rénové. Elle ignora l'ascenseur et grimpa les escaliers jusqu'au palier du troisième qui abritait différentes sociétés. Elle repéra la plaque de cuivre au nom du privé et entra sans frapper comme le préconisait l'encadré fixé sur la porte. L'accueil, très lumineux, était équipé d'une table en verre aux pieds chromés et de fauteuils en plexiglas recouverts de coussins fleuris, aux tons acidulés. Un agenda à la main, une jeune femme s'avança.

— Élisabeth Astier, j'ai rendez-vous avec M. Lamarque à 11 h 30.

La jeune femme jeta un coup d'œil sur l'agenda avant d'inviter Élisabeth à s'asseoir.

— M. Lamarque va vous recevoir dans un instant.

On était loin du bureau poussiéreux, perdu au fond d'une ruelle. De larges fenêtres donnant sur la rue apportaient une belle luminosité dans la pièce qui était séparée en box où plusieurs personnes s'affairaient. Élisabeth sortit son portable et le bloqua en mode silencieux. Puis la jeune femme qui l'avait reçue revint vers elle.

— Voulez-vous me suivre ?

Elle la guida jusqu'à la dernière porte d'un petit corridor. Elle donna un coup discret et s'effaça pour laisser entrer Élisabeth. L'homme qui l'accueillit n'était guère plus âgé qu'elle. Il lui tendit la main et désigna un siège. Sans le quitter des yeux, elle prit place et posa son sac sur le fauteuil à côté d'elle. Il n'était pas très grand, bien charpenté avec des prunelles sombres. Une barbe de deux jours et des cheveux poivre et sel un peu trop longs lui donnaient un air vaguement rebelle. Elle s'aperçut alors qu'il la fixait avec un regard amusé.

— Ai-je bien passé l'examen?

Elle bégaya de confusion:

— Je suis désolée…

— Je sais que vous venez de la part de maître Lenoir. C'est pour cette raison que je vous ai reçue aussi rapidement. Que puis-je faire pour vous, madame Astier?

— Maître Lenoir vous a peut-être déjà renseigné sur les raisons de ma visite?

— Certainement pas! Vous n'êtes pas encore ma cliente, et ce serait contraire aux règles de notre collaboration.

Elle aurait préféré qu'il soit déjà au courant, afin qu'elle n'ait pas à entrer dans les détails. Elle se promit d'être le moins diserte possible. Elle l'observa tandis qu'il s'armait d'un carnet et d'un stylo. Ses gestes étaient mesurés, en accord avec sa voix basse. Elle se fit la réflexion qu'on devait parfois le sous-estimer. Elle ne commettrait pas cette erreur.

— Je voudrais que vous retrouviez mon ex-mari, dit-elle, nous avons divorcé en 1990. Mon fils avait cinq ans à l'époque, et aujourd'hui il souhaite rencontrer son père.

— Votre mari n'avait aucun droit de visite?

— Non, et je n'ai plus eu de nouvelles de lui après le divorce…

Une boule s'était formée dans sa gorge et elle dut se forcer pour avaler sa salive.

Pourquoi s'imposait-elle une telle épreuve? Maxime Lamarque leva la tête de son bloc-notes et la dévisagea. De plus en plus intrigué, il lui adressa un sourire encourageant. De sa longue carrière dans la police, il avait gardé la faculté d'enregistrer le moindre détail qui pouvait l'aider à cerner la personnalité de ses interlocuteurs. Il savait très bien qui elle était. À Limoges, tout le monde connaissait l'héritière des Porcelaines Astier. Quand elle était entrée, auréolée des fragrances d'un parfum coûteux, il avait remarqué le tailleur vert émeraude qui révélait sa silhouette et sa blondeur. Mais aussi ses traits tendus. Et sa façon de jouer nerveusement avec sa bague, comme en ce moment. Prenant conscience du silence, Élisabeth leva les yeux vers lui et nota qu'il l'observait sans la moindre impatience.

— Mon mari était en prison, murmura-t-elle, il y est resté un certain temps.

Maxime prit sur lui de ne pas paraître étonné. Il vit la crispation sur son visage et mesura combien cet aveu devait lui coûter.

— Est-ce que vous voulez du café, ou un verre d'eau?

Elle refusa d'un signe de tête. Tout cela n'avait aucun sens. Ce qu'elle voulait, c'était fuir cet homme et ce bureau.

— Expliquez-moi ce qui s'est passé, madame Astier.

Ne sachant pas très bien par où commencer, elle débuta par la fin et raconta l'entêtement de Louis. Puis elle remonta jusqu'à l'accident et au verdict de la cour d'assises.

— Quinze ans! l'interrompit Maxime Lamarque, la peine était particulièrement lourde pour un accident, aussi épouvantable soit-il.

Élisabeth se raidit dans son fauteuil. L'alcool. Les circonstances aggravantes. Elle dut s'y prendre à deux fois pour expliquer.

— Votre mari avait l'habitude de boire?

— Pas du tout! Un peu au cours des soirées en famille, ou d'un dîner entre amis… Mais il y a un gouffre entre deux ou trois verres pris un soir de réveillon et l'alcoolisme chronique ou la conduite en état d'ivresse. Il avait participé à un salon des arts de la table à Florence, et il m'avait parlé d'un dernier déjeuner tardif et beaucoup trop long.

Elle fit une pause, terrorisée de devoir admettre ce qui l'obsédait depuis vingt-quatre ans. Maxime restait silencieux mais attentif. La vivacité de son regard et la détermination qui apparaissait sur son visage avaient frappé Élisabeth dès qu'elle était entrée dans la pièce. Elle planta son regard dans le sien.

— Tout cela est arrivé par ma faute, avoua-t-elle enfin.

Elle était très pâle. La confrontation avec cette part d'ombre qui demeurait au plus profond de son cœur, était encore plus douloureuse qu'elle ne l'avait imaginé. Mais il fallait bien que tôt ou tard elle s'en libère. Elle tenta de dérouler la chronologie de cette journée.

En l'appelant vers 17 heures, François avait reconnu qu'il était fatigué mais il était satisfait des contacts noués au cours du salon. Il avait prévu de dormir à Florence et de repartir très tôt le lendemain matin. Mais Élisabeth lui avait fait part d'une importante complication à la manufacture. Le chef d'atelier lui avait signalé une nouvelle série de vols. Cela s'était déjà produit au cours des derniers mois et maintenant l'affaire prenait des proportions inquiétantes. Elle comptait sur François pour l'aider à démasquer le coupable et fixer les sanctions avant le départ du personnel en congés d'hiver. La plupart du temps, elle se reposait sur lui dans ce genre de situation. Il avait le contact facile avec les employés, il était capable de se montrer ferme tout en restant courtois et conciliant. Mais, ce soir-là, François lui avait suggéré de régler cela avec Legaret. Elle était restée dubitative. Les différends entre les membres du personnel, les «basses besognes» comme il disait n'étaient pas du ressort du fondé de pouvoir. Elle avait donc insisté pour qu'il rentre le plus vite possible, allant même jusqu'à lui proposer de prendre le train en laissant sa voiture sur place. Il pourrait toujours la rapatrier plus tard. Mais il avait préféré prendre la route.

— Je ne me suis pas rendu compte, confia Élisabeth. François aimait conduire la nuit. Il appréciait la tranquillité et l'impression que la route lui appartenait.

Et elle se souvenait de sa propre journée, un emploi du temps harassant entre la manufacture, des clients de passage au siège de la société, une réunion du comité d'entreprise. La soirée avancée, elle avait récupéré Louis chez sa mère et elle était rentrée chez elle, épuisée. Ils avaient dîné d'un peu de potage et d'une omelette. Puis elle s'était écroulée dans son lit, la vaisselle sale entassée sur la table, les vêtements de Louis éparpillés dans la salle de bains. Jusqu'au coup de sonnette à 3 heures du matin. Elle s'était enroulée dans sa robe de chambre avant d'aller ouvrir au concierge accompagné de deux gendarmes. Et le cauchemar avait commencé. Les policiers lui avaient raconté l'accident et l'arrestation de son mari. Elle se souvenait des mots qui lui cinglaient le visage, des coups au niveau son estomac. Les images qu'elle n'avait jamais pu effacer de son esprit lui coupaient encore le souffle. Elle ressentait jusque dans sa chair la panique des enfants précipités dans le vide. Jusqu'au choc final. Comment François avait-il pu prendre le volant dans cet état ? Pourquoi ne lui avait-il pas dit qu'il était ivre ? Elle lui en avait voulu, et elle lui en voulait aujourd'hui encore. Mais elle assumait sa part de responsabilité. Elle n'avait pas cessé de se torturer l'esprit en se répétant qu'elle, et elle seule, aurait pu éviter cette tragédie. Si Louis apprenait que c'était elle qui avait provoqué le retour prématuré de son père, il ne le lui pardonnerait jamais. Sa gorge se noua, elle avait du mal à respirer. Elle ne pleurerait pas ! Pas question d'inspirer de la pitié ou de s'effondrer devant cet inconnu. Contre toute attente, elle se rendit compte qu'elle ne pouvait pas contenir ses larmes. Elle appuya ses bras sur les accoudoirs du fauteuil, et enfouit son visage dans ses mains. Elle pleura de longues minutes dans le plus grand silence. Au bout d'un moment, cependant, elle releva la tête. Elle regrettait de s'être laissé aller ainsi, à la limite de l'effondrement. Il y avait plus urgent. Elle fouilla dans son sac à la recherche d'un mouchoir. Maxime Lamarque ouvrit un des tiroirs de son bureau et poussa vers elle une boîte de Kleenex. Elle s'essuya les yeux et se moucha discrètement.

— Dans le fond, c'est moi la vraie responsable de ce drame, murmura-t-elle.

Il hocha la tête mais ne dit rien, se contentant de l'observer, vulnérable, obsédée par un violent sentiment de culpabilité qu'elle s'ingéniait à refouler. Elle faisait visiblement des efforts pour se tenir droite, la tête haute. Il avait remarqué les rides au coin des yeux, son expression cordiale mais distante. Et l'éclat fascinant de ses prunelles ambrées. Élisabeth glissa le mouchoir usagé dans son sac. Elle devait reprendre son récit, mais elle s'aperçut qu'elle avait perdu le fil. Elle surprit le sourire de compassion du détective qui ne semblait pas embarrassé. Comme s'il était normal que ses clientes s'écroulent en pleurs devant lui. Elle devait poursuivre. D'un air distrait, elle contempla le bronze sur le coin du bureau et le sachet de bonbons à la réglisse près d'une pile de dossiers. Maxime suivit son regard et, spontanément, il lui tendit le paquet. Elle piocha une friandise qu'elle croqua aussitôt. Qu'allait-il penser d'elle?

— Je n'ai pas eu le temps de déjeuner ce matin, un peu de sucre c'est l'idéal.

Elle eut l'impression qu'il ne l'avait pas écoutée. Il se leva, contourna le bureau et posa une main sur son épaule en passant près d'elle:

— Je vous demande deux minutes! Respirez à fond et essayez de vous détendre.

Il sortit et en effet son absence dura à peine quelques minutes. Mais cela fut suffisant à Élisabeth pour recouvrer une certaine contenance.

— Avez-vous rencontré votre mari après l'accident ? demanda Maxime en reprenant sa place derrière le bureau.

— Non, François a refusé que je lui rende visite. Il m'a écrit une longue lettre dans laquelle il reconnaissait sa faute et exprimait sa honte et son remords. Il disait que pour moi, pour notre fils, il était préférable qu'il sorte de notre existence. Et il a demandé le divorce.

— Vous n'avez pas insisté ?

Elle se souvenait du désespoir qui s'était emparé d'elle. François lui manquait. Une vie de couple uni quelques jours plus tôt, et soudain le néant. Les nuits blanches, les cauchemars. Les difficultés à assumer son propre remords. Et la réalité qui s'imposait.

— C'était tellement inattendu, tellement effroyable. Je me suis retrouvée seule avec mon petit garçon. Et je me sentais responsable. Des nuits entières à me répéter que je n'aurais jamais dû l'obliger à rentrer.

Elle sentit qu'il ne la jugeait pas et elle lui en fut reconnaissante.

Soudain, après un coup léger à la porte, une jeune femme entra avec deux plateaux recouverts de cellophane. Elle les posa sur la table de réunion qui meublait un angle de la pièce.

— Merci Laure, vous êtes adorable ! lança Maxime.

Puis s'adressant à Élisabeth :

— Venez, vous allez manger un morceau avant de faire une crise d'hypoglycémie dans mon bureau.

Elle ne protesta pas et le suivit jusqu'à la table ovale recouverte d'une plaque de verre. Il écarta une chaise devant elle.

— Je me fais souvent monter un plateau-repas de la brasserie d'à côté. En règle générale, mes collaborateurs sortent déjeuner et je gagne un temps fou à travailler tout en mangeant dans le calme.

Le plateau était garni d'un sandwich au rôti de veau, d'une crème brûlée et d'une bouteille d'eau minérale.

— C'est de la cuisine maison, expliqua-t-il. La patronne est fière des recettes transmises par sa grand-mère.

Élisabeth mordit dans le pain frais. La viande, fondante, moelleuse à souhait était accompagnée de quelques feuilles de roquette et d'une sauce onctueuse et légère.

— J'espère que vous êtes en bons termes avec la patronne ? demanda-t-elle entre deux bouchées.

Devant son air surpris, elle ajouta :

— Je donnerais n'importe quoi pour obtenir le secret de cette sauce.

Pour la première fois, elle sourit. Et il trouva que cela la rendait ravissante. Il se leva et sortit deux verres du meuble en acajou qui occupait tout un pan de mur. Puis il déboucha les bouteilles d'eau et emplit les verres.

— Merci, dit Élisabeth en s'essuyant les lèvres avec une serviette en papier, je crois que je mourais de faim.

— Je le crois aussi, répliqua-t-il avec malice.

Elle avait, aux trois quarts, dévoré le sandwich et, un peu gênée, elle décida de marquer une pause.

— Après l'accident, je n'ai eu qu'une seule idée, protéger mon fils. À l'époque je ne dirigeais pas totalement l'entreprise. La gestion restait entre les mains de Roger Legaret, le fondé de pouvoir engagé par ma mère trente ans plus tôt. Je l'ai laissé prendre les décisions. Puisque mon mari exigeait la séparation, il a diligenté notre avocat sur place avec un but précis : faire en sorte que le scandale n'éclabousse pas la renommée de notre société. Il a réussi. Personne n'a établi de lien entre ce fait divers et la manufacture de porcelaine connue sous le nom de *Astier*.

Elle but quelques gorgées d'eau. Puis elle esquissa un sourire triste, regardant Maxime :

— Pourtant j'ai eu du mal à me résigner. J'aimais mon mari et je me sentais tellement coupable moi aussi. J'ai chargé notre avocat de lui remettre une lettre dans laquelle je lui demandais de réfléchir. Il aurait suffi qu'il me réponde… Mais je n'ai plus reçu aucune nouvelle de lui. Par la suite, je me suis demandé si l'avocat lui avait bien remis mon message.

Maxime ne l'avait pas interrompue. Elle qui s'était promis d'en dire le moins possible, elle était surprise de se confier à lui avec une facilité presque embarrassante. Elle se souvint de ses a priori le concernant, son allure, son cadre de travail et elle faillit éclater de rire. Ils avaient achevé leur sandwich et, lorsque Maxime lui tendit son petit ramequin de crème, elle s'empara de la cuillère et attaqua le dessert avec gourmandise.

— Je vais préparer du café, dit-il avec une mimique amusée.

Il quitta la pièce et elle entendit le ronron-nement d'une cafetière à expresso. Il revint peu après avec deux tasses qu'il déposa sur son bureau accompagnées d'une coupelle garnie de petits cubes de sucre roux. Élisabeth reprit sa place en face de lui. Elle appréciait la simplicité avec laquelle il lui avait discrètement imposé cet intermède. Il prit quelques notes en buvant son café. Puis il demanda :

— Madame Astier, qu'attendez-vous de moi exactement ?

— S'il vous plaît, oublions les formalités, appelez-moi Élisabeth.

Elle regretta aussitôt sa réaction un peu trop familière. En quelques mots, elle résuma les recherches entreprises par son avocat et il en nota chaque détail.

— Maître Lenoir m'a fait comprendre que vous étiez plus compétent que lui pour continuer l'enquête.

Maxime sortit un document et lui demanda de le remplir. Des informations sur son état civil, ses coordonnées et une déclaration qui le mandatait pour effectuer ses investigations. Ce fut elle qui parla d'honoraires.

— Vous verrez cela avec la jeune femme qui vous a reçue tout à l'heure.

— Vous pensez que ce sera long ?

— Pour l'instant, c'est très difficile à dire. Mais je vous promets de vous tenir au courant dès que j'ai du nouveau.

Elle regarda l'heure et se leva. Elle n'avait pas vu le temps passer et elle était très en retard sur son emploi du temps. Elle aurait dû rejoindre Hervé et les commissaires aux comptes depuis une bonne demi-heure. Maxime la raccompagna jusqu'à la porte et elle lui tendit la main.

— J'attends votre appel.

Elle soutint son regard et apprécia sa chaleureuse poignée de main. En quittant l'immeuble elle eut le sentiment de s'être adressée à la bonne personne. Mais, à l'idée de ce que le détective pouvait découvrir, elle éprouvait une angoisse diffuse. Comme un sombre pressentiment.

8

Les factures s'entassaient sur le coin du bureau et, devant la pile chaque jour plus importante, Nathalie se sentait démoralisée. Comment faire face? L'argent devenait une obsession, et elle était à court d'idées. L'un des grossistes en viande qui se fournissait à la ferme venait de repousser l'échéance de son règlement d'un trimestre et ce n'était pas fait pour arranger la situation. Elle abandonna les comptes et ouvrit sa messagerie électronique. De mal en pis. Le marchand de gas-oil refusait de livrer leur commande si les précédentes n'étaient pas réglées. Et, pour comble de malchance, Mylène lui avait appris que le système réfrigérant de sa chambre froide était en panne. En attendant qu'elle puisse entreprendre les réparations un collègue avait accepté de stocker les fromages chez lui, mais c'était provisoire.

Excédée, Nathalie rassembla les factures et les rangea au fond d'un tiroir. Ils n'en sortiraient jamais. Et égoïstement, elle se demandait pourquoi tout cela lui arrivait *à elle*. Elle décrocha le téléphone pour appeler le fournisseur de gas-oil et tenter de négocier un arrangement, lorsque sa fille fit irruption dans la pièce et se laissa tomber sur une chaise. Elle avait triste mine.

— Le technicien m'a appelée. Il faut que je compte au moins 3 000 euros pour réparer la chambre froide. C'est beaucoup plus que ce que j'avais prévu.

— Que vas-tu faire ?

— Contacter mon banquier, répondit la jeune femme. Ce ne sera pas facile d'obtenir un découvert supplémentaire. Je suis déjà dans le rouge.

— Tu n'es pas la seule. Et je ne vois pas comment nous pourrions nous endetter davantage.

Elles gardèrent le silence un moment puis, sans préambule, Nathalie suggéra :

— Pourquoi ne demandes-tu pas à Élisabeth de te dépanner ?

— Certainement pas !

— Ne sois pas ridicule, Mylène ! Elle t'aime bien et, il n'y a pas si longtemps, elle t'a dit qu'elle t'admirait. Alors, puisqu'elle t'admire, tu n'as pas de honte à avouer que tu as besoin d'un coup de pouce. Tu verras bien.

— Je ne verrai rien du tout !

Comme chaque fois que sa mère évoquait la fortune des Astier, Mylène se sentait gênée, et parfois franchement agacée.

— Pourtant, elle a les moyens de t'aider.

— Sans doute, mais c'est à nous de nous débrouiller avec nos ennuis.

— Tu es vraiment bornée, ma fille. Je trouve que c'est de l'orgueil mal placé.

— Si tu veux, ou peut-être de la dignité.

Nathalie haussa les épaules. Elle ne comprenait pas sa fille. Elle savait que si c'était elle qui sollicitait de sa cousine un prêt, elle lui opposerait un refus.

Mais elle était presque sûre qu'Élisabeth se laisserait attendrir par Mylène.

— Ah! si tu avais choisi un métier sûr, soupira-t-elle, une belle carrière dans la fonction publique comme ton frère.

La jeune femme se leva et repoussa son siège d'un geste rageur.

— Arrête de m'opposer Sylvain comme un modèle. Il a choisi sa voie, et il se trouve que j'en ai pris une autre.

— Si je te parle de lui, c'est parce que justement il est un exemple.

— Pour toi peut-être, mais pas pour moi.

Le ton avait monté et le bruit de leur dispute alerta Christian qui travaillait à l'extérieur. En entrant dans le bureau, il regarda sa femme et sa fille tour à tour, puis il s'adressa à Mylène :

— Qu'est-ce qui vous arrive encore, toutes les deux?

Simple rhétorique de sa part. Leurs chamailleries étaient si fréquentes qu'elles n'avaient nul besoin de motif pour les provoquer.

— Maman suggère qu'on emprunte de l'argent à Élisabeth.

— Pas question, se récria Christian. Ce n'est pas la première fois que nous sommes confrontés à des difficultés, nous trouverons bien une solution.

Le visage de Nathalie vira au cramoisi.

— Mais...

— Et je suis révolté de te voir prête à soutirer de l'argent à quelqu'un que tu dénigres en permanence.

Pour ne pas envenimer les choses, Nathalie ravala les répliques cinglantes qui lui venaient à l'esprit.

Elle préféra quitter le bureau en claquant la porte derrière elle. En remontant le chemin qui conduisait aux hangars, elle bouscula son futur gendre sans un mot d'excuse. La colère la rendait si nerveuse qu'elle trébucha et se rattrapa de justesse. Comme toujours Christian ménageait sa chère cousine. « La garce, la garce », murmura-t-elle entre ses dents. Elle s'en tirait toujours. Pourtant, il faudrait bien qu'elle paie.

*
* *

Pour la énième fois depuis qu'elle était installée devant son petit déjeuner, Sophie regarda les clichés de sa dernière échographie. Un garçon ! Louis était fou de joie. Depuis qu'il avait appris la merveilleuse nouvelle, il l'entourait d'une multitude de petites attentions. Un grand restaurant, des fleurs, un ravissant bracelet serti de diamants. Elle était sûre que désormais son emprise sur lui serait sans limites.

Lorsqu'il la rejoignit, elle lui servit une tasse de thé et poussa discrètement les clichés devant lui avant d'évoquer ce qui les divisait depuis quelques jours. Elle le harcelait afin qu'il s'octroie une semaine de congé. Plusieurs futures mères de son club de discussion lui avaient vanté les bienfaits de la thalassothérapie. Louis étala du beurre sur son toast et reposa le couteau sur le bord de son assiette. Il n'aimait pas les confitures sophistiquées à base de pétales de rose ou de violette que Sophie persistait à acheter. Il regrettait les délicieuses gelées que sa mère dénichait chez des artisans locaux, mais il y avait bien longtemps qu'elle ne lui en offrait plus.

— Louis, tu m'écoutes ? Tu peux bien t'absenter une semaine tout de même ? J'ai sélectionné plusieurs séjours sur le Net, tu dois juste me confirmer des dates.

— Je suis désolé, ma chérie, mais pour l'instant il m'est difficile de quitter le bureau. Nous avons trop de travail.

Contrariée, elle reposa sa tasse d'un mouvement brusque et Louis guetta le signe annonciateur d'une crise de larmes. Il se sentit las. Sophie abusait de la situation. Elle le retenait au moindre prétexte futile, l'appelait sans arrêt au bureau. Et dès le mercredi elle voulait savoir où et comment ils passeraient le prochain week-end. À présent, elle exigeait qu'ils s'accordent une semaine en tête à tête. Non seulement il n'avait pas le temps mais il n'en avait pas envie.

— Et ta mère ? demanda-t-elle, elle peut bien s'occuper de votre usine comme elle l'a toujours fait.

Louis se rembrunit.

— C'est une manufacture, rectifia-t-il avec une expression résignée, et justement ! Aujourd'hui je suis en âge de seconder ma mère, et c'est mon devoir. Il n'est pas question de la laisser travailler seule pour notre confort à tous.

Quelques jours plus tôt, il avait retrouvé par hasard une amie d'université dont il avait été proche autrefois. Directrice commerciale d'une verrerie, elle élevait seule son petit garçon de huit ans. En prenant un verre, elle s'était confiée à lui. Les tracas quotidiens, la lutte perpétuelle pour jongler avec les horaires. Et ses angoisses quand elle envisageait l'avenir de son fils. « Tous les jours je regarde ce petit bonhomme en me demandant quel homme il sera, avait-elle dit avec un immense sourire, et je sais déjà que lorsqu'il sera adulte, je ne cesserai jamais de revoir l'enfant qu'il était. » Ému, Louis avait songé à sa mère. Son amour avait fait de lui l'homme qu'il était. Elle l'avait aimé sans exigence, sans contre-partie. Il regrettait leurs différends, et souvent il aspirait à la retrouver.

Il devait se hâter avant de prendre trop de retard. Il renonça à manger un deuxième toast et repoussa le pot de confiture en croisant le regard de Sophie. C'est vrai qu'elle faisait peine à voir avec ses traits tirés, ses yeux cernés. Elle avait le droit de se sentir épuisée, mais il en avait assez de ses caprices. Quand comprendrait-elle à quel point elle était privilégiée ?

— Au fait, tu as des nouvelles du détective ?

— Pour l'instant, ma mère ne m'a encore rien dit.

— Si tu attends qu'elle te tienne informé ! Quand je pense que tu aurais pu croiser ton père dans la rue sans le reconnaître, tout cela pour que rien ne vienne perturber sa petite vie confortable. À ta place je contacterais ce privé moi-même.

— Je n'en ai pas l'intention, répliqua-t-il en se levant, je fais confiance à ma mère.

Sophie ravala une riposte bien sentie. Elle savait qu'il existait une ligne qu'elle ne pouvait pas franchir. Il fit le tour de la table et se pencha pour l'embrasser, mais elle se recula. Pourquoi s'acharnait-elle à créer des problèmes ?

— Excuse-moi, je dois partir, j'ai du travail.

— C'est un reproche ? Si tu m'y pousses, je peux reprendre mon poste.

Il se retint de sourire. À deux ou trois reprises, elle avait menacé de renouer avec l'enseignement, mais il savait qu'elle n'en ferait rien. Elle prenait trop de plaisir à sa nouvelle existence. Il adorait sa femme, il aimait la vie qu'ils partageaient, et la venue de leur enfant l'enchantait. Mais il était lucide. Il la jugeait oisive et son côté dépensier l'agaçait parfois.

— Sans renouer avec l'école, tu pourrais éprouver de la curiosité pour la manufacture et tout ce qui a construit l'histoire de ma famille.

— Ça ne m'intéresse pas. Je n'ai pas été élevée dans le luxe et les dorures, moi !

— Il n'empêche que tu en vis, et plutôt bien, non ?

Avant de la quitter, il posa un baiser sur son front malgré elle. Après son départ, Sophie rangea les clichés de l'échographie dans leur enveloppe en se demandant si elle n'avait pas tendance à pousser son avantage un peu trop loin. Elle savait qu'elle aurait dû s'intéresser au monde de la porcelaine qui faisait la fierté de la famille. Son père lui avait longtemps rebattu les oreilles avec sa conception de l'intelligence, « savoir s'adapter à chaque situation nouvelle… ». Elle avait essayé. Mais en percevant le regard critique d'Élisabeth qui l'évaluait en permanence, c'était au-dessus de ses forces.

Elle soupira, porta la main sur son ventre et but son thé froid. Elle devait seulement faire preuve de patience. Louis lui appartiendrait pleinement quand elle donnerait naissance à leur enfant.

*
* *

Louis remonta le couloir et il fit le tour des différents services administratifs pour saluer le personnel. En approchant de son bureau, il entendit la voix de sa mère et les échos d'une discussion houleuse.

— Je viens de lui passer le responsable de production, expliqua Bénédicte, l'assistante de direction. J'ai l'impression que ça barde!

Louis se faufila dans le bureau d'Élisabeth et attendit qu'elle mette un terme à sa conversation.

— J'en ai assez! s'écria-t-elle aussitôt. Un retour de commande pour non-conformité du cahier des charges. Un infime décalage dans la pose des chromes, et qui n'a pas été décelé au contrôle visuel. C'est intolérable. Je me demande si je ne vais pas instaurer une prime annuelle dans le style «bonus-malus» dans tous les services de la production.

Louis sourit en posant son attaché-case sur le coin du bureau. Il la reconnaissait bien là.

— Pourquoi pas? Après tout les compagnies d'assurance utilisent ce procédé avec de bons résultats. Veux-tu un café?

— Non merci, j'en ai déjà bu deux et je suis bien assez énervée comme ça.

— Je peux te venir en aide?

Élisabeth balaya son agenda d'un rapide coup d'œil.

— J'ai une journée d'enfer. Peux-tu organiser une réunion à la manufacture avec tous les chefs de service?… Disons demain matin à 8 heures.

Louis acquiesça et il remarqua qu'elle avait étalé le dossier de leur client indien sur la table d'accueil de son bureau. Il avait lui aussi un programme chargé et il anticipait déjà les récriminations de

Sophie lorsqu'il l'avertirait de son retard ce soir. Alors les congés…

— Au fait, demanda-t-il, as-tu des nouvelles du détective privé ?

La voix d'Élisabeth prit une inflexion particulière, pimentée d'un soupçon d'irritation :

— Il faut attendre les résultats de ses recherches et il ne m'a pas caché que ce serait long.

Son téléphone mobile sonna mais elle ne répondit pas.

— J'ai fait ce que je pouvais pour te satisfaire, reprit-elle après une courte pause. Depuis toujours j'ai fait de mon mieux, Louis. Attends d'avoir des enfants, tu comprendras.

— Je sais maman, ce n'était pas un reproche. Excuse-moi si je t'ai blessée.

Surprise, Élisabeth nota un changement dans son attitude. Sa voix était douce et il affichait un sourire penaud.

— Je suis désolée mon chéri, je suis un peu à cran en ce moment. Tu sais, je peux comprendre ton impatience.

Sa mauvaise humeur disparue, elle s'approcha de lui. Comment pouvait-il ne pas avoir souffert de l'absence de son père ? Elle se rappelait le dessin qu'il avait rapporté de l'école maternelle. La maîtresse avait demandé aux enfants de dessiner leur famille. Sur le papier, Louis avait tracé les contours d'une grande maison, une silhouette avec le mot « maman » inscrit dessous. Plus loin un petit garçon jouait avec son chien et Jessie, la poule que sa nounou lui avait offerte. Et dans un coin de la page, il avait dessiné un rectangle blanc. « C'est la maison de Grand-mère

Gisèle à la campagne, avait-il expliqué, et j'ai laissé une place dans le coin pour mon papa, il reviendra peut-être. »

Bouleversée par ce souvenir, Élisabeth tendit la main vers son fils et releva la mèche qui glissait sur son front. Ils tombèrent dans les bras l'un de l'autre et échangèrent tous les baisers en retard. Ils restèrent enlacés jusqu'à l'arrivée d'Hervé qui sembla ravi de les voir réconciliés :

— Vous allez me maudire de casser l'ambiance, mais il ne manque plus que vous dans la salle de conférence.

Le dossier Hirapatih avançait lentement. Des milliers de pièces de vaisselle et un budget colossal étaient en jeu. Le client avait enfin choisi le design des assiettes, légèrement oblongues ornées d'une bordure fine et ouvragée. La forme des tasses à café et à thé posait encore problème. Les décors n'étaient pas encore arrêtés, déjà le P-DG d'Hirapatih voulait imposer des délais de livraison.

— Il ne se rend pas compte des différentes étapes de la fabrication, du temps et surtout des coûts que cela induit, s'écria Louis qui s'impatientait de la lenteur du projet.

— Et tous ces échanges d'e-mails, renchérit Élisabeth, je ne suis pas sûre que cela simplifie les négociations. Ne serait-ce que pour expliquer ce qui distingue les différents procédés de décoration.

— Et si l'un de nous se rendait sur place ? lança Hervé à brûle-pourpoint.

Il regarda Élisabeth avec une lueur d'espoir dans les yeux. Sans doute pensait-il à tous leurs voyages d'affaires, la chambre d'hôtel qu'ils partageaient le soir en amoureux. Mais Élisabeth coupa court à ses chimères en se tournant vers son fils :

— Je suis d'accord, un déplacement est devenu nécessaire. C'est toi qui vas t'y coller, mon grand !

9

Quelle heure était-il ? Élisabeth tendit la main vers l'interrupteur. Avait-il disparu pendant la nuit ? Elle réalisa alors qu'elle se trouvait chez Hervé. La veille, ils avaient dîné chez Manuelle et Bruno Naud. L'appartement d'Hervé était situé près de la résidence de leurs amis, et ils avaient décidé d'y passer la nuit. À tâtons, Élisabeth trouva son téléphone sur la table de nuit. L'écran s'éclaira. 3 heures. Elle se retourna et chercha une position confortable. En général quelques heures de sommeil lui suffisaient. Elle comprit qu'elle ne se rendormirait pas. Elle entendait le souffle d'Hervé dans son dos.

En entrant dans l'appartement la veille, il avait enroulé son bras autour de sa taille en l'invitant à boire une tisane. Ils avaient fait l'amour et cela avait achevé de la déprimer. Elle avait décelé plus d'affection que de désir dans les caresses d'Hervé. Les battements de son cœur avaient changé de rythme pour marquer le vide qui se creusait en elle. L'impression d'entrer en douceur dans le troisième âge avec des plaisirs si tranquilles qu'ils en devenaient presque superflus.

Que la nuit devait être douce dehors ! Elle s'imaginait rentrant chez elle... Elle abandonnerait alors sa voiture dans l'allée devant la maison, avant de humer avec délices toutes les senteurs de cette belle nuit de mai. Son mois préféré. Une irrésistible envie de fuir la saisit. Elle se leva sans bruit et remonta le drap sur les épaules d'Hervé. Elle rassembla ses vêtements dans le noir, tâtonna pour trouver la porte de la salle de bains et la lumière. Avant de s'asperger le visage d'eau froide, elle chercha une serviette propre. Elle venait si rarement chez Hervé que tout lui était étranger. Une fois habillée, elle traversa la chambre à pas feutrés et sortit en tirant la porte derrière elle. Elle courut presque jusqu'à l'ascenseur qui ne descendit pas assez vite à son gré.

Trente minutes plus tard, elle était installée à son bureau avec une tasse de thé. Elle se plongea aussitôt dans le site internet de la société. C'était vrai que sa conception datait un peu. Les versions en français, anglais et allemand ne suffisaient plus. Comme Louis aimait à le répéter, il était indispensable de le relooker. Pour répondre aux nouveaux marchés, des traductions en russe et en japonais s'imposaient. Soudain, un petit signal clignota dans un coin de l'écran. Elle ouvrit sa messagerie électronique et vit apparaître un e-mail de Maxime Lamarque. Ses recherches avaient produit les premiers résultats et il lui proposait une nouvelle rencontre pour en parler. Elle se remémora son emploi du temps des prochains jours avant de répondre qu'elle n'aurait guère le temps avant jeudi.

« C'est réconfortant de se dire qu'on n'est pas tout seul devant son écran d'ordinateur à 4 heures du matin ! répliqua-t-il aussitôt. Donnez-moi plusieurs dates à votre convenance et je vous confirmerai celle qui me va aussi. »

Élisabeth sourit en lisant sa réponse et elle pensa au plateau-repas qu'elle avait dévoré avec tant de plaisir en sa compagnie. C'était l'occasion de lui retourner sa gentillesse. Elle lui communiqua son adresse privée et l'invita à dîner mercredi soir. « Simple et informel », précisa-t-elle.

*

* *

Il lui avait prêté une demeure bourgeoise flanquée de rotondes et de pigeonniers, imbriqués dans une architecture compliquée. Mais au premier regard, il se laissa séduire par l'immense salle à manger-salon, ornée de portes-fenêtres ouvrant sur une terrasse qui agrémentait tout un côté de la maison. Un canapé, des fauteuils en cuir beige et chocolat étaient disposés en demi-cercle autour d'une table basse plantée face à la cheminée. Les murs étaient blancs, avec pour seul ornement des appliques en porcelaine vieux rose. Des tapis aux couleurs chatoyantes égayaient le parquet en chêne clair. À droite, quelques marches menaient à une mezzanine où l'on apercevait un bureau et des rayonnages garnis de livres.

Maxime posa sa veste sur le dossier d'un fauteuil et tendit la plante verte à Élisabeth. Après dix bonnes minutes d'hésitation chez le fleuriste, il avait opté pour une azalée.

— C'est parfait, dit-elle en déchirant le papier cellophane, j'adore les plantes, et les azalées en particulier. Quand elles commencent à se faner, je les repique dans mon jardin.

Elle portait une jupe de toile, grise et ample, et un chemisier blanc. N'importe quelle autre femme aurait eu l'allure d'une nonne ainsi vêtue. Mais dans cette tenue un brin austère il la trouvait plutôt jolie. Elle avait dressé un plateau sur la table du salon avec des verres, des serviettes en papier et des petites piques de bois.

— Installez-vous, je reviens.

Il la suivit des yeux tandis qu'elle se dirigeait vers la porte basse en va-et-vient qui séparait le salon de la cuisine. Resté seul, il regarda autour de lui. Cette demeure moderne au luxe dépouillé dégageait une simplicité étudiée, mais chaleureuse. Élisabeth revint avec une bouteille de vin blanc dans un seau à glace et des coupelles emplies de crackers et de petits cubes de fromage. En débouchant le vin, elle surprit la gêne dans le regard de Maxime.

— Je suis désolé, mais je ne bois jamais d'alcool.

— Oh! Voulez-vous un jus de fruit?

Il acquiesça et elle alla prendre deux briques dans le frigidaire.

— Pamplemousse ou tomate?

— Tomate, répondit-il en lui servant un verre de vin.

Tout en dégustant leur apéritif, ils parlèrent de chose et d'autre. Elle voulut en apprendre davantage sur son métier. Dans son esprit, un détective consacrait son temps à suivre les époux infidèles.

— Je ne nie pas que les privés spécialisés dans l'adultère existent! répliqua-t-il en riant. Mais ce n'est pas le domaine de prédilection de mon agence.

Nous enquêtons sur des vols, des escroqueries en entreprise, des disparitions. Et nous travaillons souvent à la demande de cabinets d'avocats. Avant de préparer leur plaidoirie, nombre d'entre eux souhaitent un complément d'enquête pour approfondir leurs arguments de défense.

Après un dernier verre, ils passèrent à table. Élisabeth avait acheté les mets chez le traiteur. De loin, Maxime avait aperçu les emballages qui s'amassaient sur le comptoir de la cuisine.

— Je vous avais dit que ce serait simple, s'excusa-t-elle.

Comme ils se passaient les plats, leurs mains se heurtèrent. Ils se regardèrent et, gênés, ils mangèrent quelques bouchées en silence. Le soleil déclinait en perçant les frondaisons du parc. Des rayons mordorés se reflétaient jusque sur la nappe. Élisabeth reposa sa fourchette sur le bord de son assiette et elle rompit un morceau de pain du bout des doigts.

— Donc, si j'en crois votre message, vous avez recueilli quelques informations ? demanda-t-elle.

Il regretta qu'elle n'attende pas la fin du repas pour aborder le sujet. Mais au fond, elle l'avait invité pour cela : apprendre ce qu'il savait.

— En effet, j'ai retrouvé votre ex-mari.

Élisabeth se crispa. Il avait réussi... Elle se demanda jusqu'à quel point, elle n'avait pas espéré l'échec de ses recherches. Cependant, une chose au moins la rassurait : François était vivant. Maxime lui confirma qu'il avait bénéficié d'une remise de peine et qu'il était sorti de prison au bout de dix ans. Après cela, comme le lui avait dit son avocat, on perdait sa trace. Mais il ne lui avait pas fallu longtemps pour la retrouver.

— À sa libération, il a pris le nom de jeune fille de sa mère, et il vit désormais sous le patronyme de François Carou. Il s'est marié alors qu'il était encore prisonnier et il a deux enfants, un garçon de seize ans et une fille de douze.

Malgré elle, Élisabeth se crispa et une sourde angoisse lui noua l'estomac.

— Il a fondé une autre famille…

Elle laissa la phrase en suspens. Maxime observa les plis qui s'étaient creusés au coin de ses lèvres. Son silence était éloquent. Elle était bouleversée.

— D'après mes informations, il a fait une grave dépression à la suite de son incarcération. La jeune femme qu'il a épousée était infirmière des services pénitentiaires. Elle s'est occupée de lui pendant sa maladie.

Élisabeth avala une gorgée de vin, et elle eut l'impression que l'alcool se répandait en elle comme un brasier. François avait fait preuve d'une telle détermination pour refuser qu'elle vienne le voir après l'accident. L'avait-il crue incapable d'affronter la situation ? Et le procès ? Sa mère et Roger Legaret n'avaient même pas abordé le sujet devant elle. Avaient-ils, eux aussi, douté de sa capacité à faire face ?

Maxime continua de l'observer à la dérobée. Elle avait laissé sa viande sur le côté de son assiette et elle buvait son vin à petites lampées. Elle était si émouvante avec son visage à peine maquillé, les fines pattes d'oie au coin des yeux. Et toute l'émotion qu'elle refoulait. Comment ne pas reconnaître qu'il était troublé? Elle jouait avec un morceau de pain et ne disait rien. Comme lui, le silence ne l'effrayait pas, et cette découverte le ravit. Il prit une bouchée de viande. Ce n'était pas si mauvais pour un repas élaboré chez le traiteur. En mangeant, il se demanda si elle vivait seule, et il chercha les traces d'une présence masculine autour de lui. Puis, de plus en plus intrigué, il reporta son attention sur elle. Il y avait tant de choses qu'il aimerait lui dire!

Lui aussi avait été élevé par sa mère. Avec son maigre salaire, elle avait fait de son mieux, jouant tour à tour le rôle des deux parents. Malgré cela, il avait été un enfant heureux. Et cela le rendait attentif et indulgent à l'égard d'Élisabeth qui avait tout fait pour pallier l'absence d'une figure paternelle auprès de son fils. Il fut saisi de l'envie de la rassurer, de lui dire qu'elle avait fait les bons choix, qu'elle n'avait pas démérité. Un instant, il rêva d'établir des liens amicaux avec elle. Pourquoi pas une certaine intimité? Soudain, elle se tourna vers lui:

— Et vous savez où demeure mon ex-mari aujourd'hui?

— Dans la région parisienne. Je ne connais pas sa domiciliation exacte mais je l'obtiendrai sans problème.

Élisabeth réfléchit. Et quand elle connaîtrait l'adresse de François, devait-elle la transmettre à Louis? Elle essaya de ne pas lui montrer combien les résultats de son enquête la perturbaient, mais Maxime n'était pas dupe. Il rassembla les couverts dans son assiette.

— Y a-t-il autre chose que je puisse faire pour vous, Élisabeth?

— Je ne sais même pas comment utiliser les informations que m'avez fournies. Je suis certaine que mon fils va vouloir rencontrer son père. Et s'il refuse de le recevoir ?

— C'est une possibilité que vous devez envisager. À mon avis ce serait plus prudent que vous rencontriez votre ex-mari la première. Vous êtes sans doute la plus à même de lui présenter la requête de votre fils.

Elle sentit la panique la gagner. Revoir François… elle n'avait pas envisagé cette éventualité une seule seconde.

— Rien ne prouve qu'il accepte de me parler.

— Je comprends qu'après toutes ces années vous redoutiez cette entrevue, répondit-il en posant doucement la main sur son bras. Mais il y a peut-être un moyen. Dès que je l'aurai localisé, je pourrai établir un premier contact avec lui et m'assurer qu'il accepte de vous rencontrer.

— Vous pouvez faire cela ?

— Si vous m'y autorisez bien sûr. J'aurai l'avantage de la neutralité, par rapport à vous. Et ensuite vous déciderez de la conduite à adopter vis-à-vis de votre fils.

— J'accepte avec plaisir.

Il eut l'impression de l'avoir soulagée d'un poids. Elle lui proposa un café mais il refusa et se leva en posant sa serviette sur la table.

— J'ai certainement abusé de votre temps, s'excusa-t-elle, j'imagine qu'on vous attend.

— Non, mais j'ai une longue journée demain.

— Moi aussi, dit-elle en lui tendant sa veste.

Il l'enfila et elle l'accompagna jusque sur la terrasse :

— Je vais m'assurer que vous ayez franchi la grille avant d'enclencher l'alarme.

Il lui serra la main avant de s'éloigner. Élisabeth resta plantée entre les vasques de fleurs multicolores et le regarda grimper dans sa voiture. Quand il prit le tournant au bout de l'allée, Maxime jeta un coup d'œil vers la maison. Élisabeth rentrait et il garda l'image de sa silhouette dans le halo lumineux de la porte entrebâillée.

10

Moins d'une semaine après leur dîner, Maxime Lamarque rappela Élisabeth et lui apprit que son ex-mari possédait une librairie rue Pinel, dans le XIIIe arrondissement de Paris. Il avait été surpris par la voix au débit lent, à l'intonation glaciale de l'homme qui lui avait répondu au téléphone. Il l'avait senti réticent, posant moult questions à propos de son ex-femme et de son fils. Maxime s'en était tenu au strict minimum, convaincu que c'était à Élisabeth de parler de Louis à son père. Finalement, François avait accepté de la rencontrer le jeudi suivant en début d'après-midi.

Après mûre réflexion, Élisabeth préféra ne rien dire à Louis, et elle réserva son billet de train. La veille de son départ elle reçut un message électronique de Maxime. Quelques mots écrits au point du jour : *Bonne chance, appelez-moi si je peux vous aider*. Elle fut touchée de cette marque d'attention, mais ne répondit pas.

Et le 20 mai, elle prit le train au départ de Limoges. Elle avait emporté un dossier et un livre. Elle passa de l'un à l'autre, mais elle avait bien du mal à se concentrer. Ses pensées se bousculaient, remontaient le temps, éveillaient des souvenirs. Dans les années qui avaient suivi son divorce, elle s'était souvent demandé comment elle réagirait s'il lui était donné de revoir François. Puis elle avait relégué cette éventualité dans le domaine des choses auxquelles on pense mais qui ne se produisent jamais. Et pourtant ce moment approchait, et elle sentait la crainte grandir en elle. Elle changea de train à Poitiers et à 13 heures le TGV entra en gare Montparnasse. Elle se fraya un chemin dans la cohue et sauta dans un taxi.

Elle resta sourde aux tentatives de dialogue du chauffeur et se tourna vers la fenêtre. Elle venait souvent à Paris, mais rarement dans le XIIIe. Dans le taxi qui l'emportait dans un dédale de rues, elle perdit tous ses repères en quelques minutes. Elle se fit déposer au commencement de la rue Pinel et régla sa course. Puis elle longea les bâtiments jusqu'à la librairie. La devanture, peinte en vert bouteille, comportaient deux belles vitrines meublées de présentoirs en plexiglas. Elle entra et balaya le magasin du regard. Sur les étagères, les romans voisinaient avec les recueils de poésie et de beaux livres invitant au voyage. Sur des petits bristols, des commentaires libellés de la main du libraire recommandaient tel ou tel ouvrage. Il y avait deux femmes et un homme au fond de la boutique. François. Il était aussi grand que dans son souvenir, mais avec les épaules rentrées et le dos voûté. Ses cheveux blancs coupés court lui donnaient dix ans de plus que son âge. Élisabeth était trop émue pour bouger. Lorsqu'il s'avança pour raccompagner ses clientes, elle se cacha derrière une gondole. François remercia les deux femmes, leur ouvrit la porte et se retourna. Il s'immobilisa alors sur le seuil et Élisabeth lut dans ses yeux qu'il l'avait reconnue. Son regard ne trahissait aucune émotion, à peine de la surprise. Il se rapprocha d'elle, mais elle resta plantée là, incapable de décider du comportement à adopter. Pouvait-elle l'embrasser sur la joue ? Il franchit les quelques pas qui les séparaient et lui prit le coude.

— Bonjour, Élisabeth. Mieux vaut que nous nous parlions en privé. Donne-moi une minute. J'appelle ma collaboratrice et nous irons boire une tasse de thé en face.

Il échangea quelques mots avec une jeune femme qui classait des livres entassés sur un comptoir, puis ils quittèrent le magasin pour se rendre au salon de thé de l'autre côté de la rue. Ils s'installèrent à une table nappée de cretonne fleurie et commandèrent deux thés. En attendant le retour de la serveuse, François vérifia l'écran de son téléphone portable et le posa à portée de main. La gorge sèche, les mains moites, Élisabeth guettait chacun de ses mouvements.

— Ne me dis pas que je n'ai pas changé, dit-il avec l'ébauche d'un sourire, je ne te croirais pas. Toi en revanche tu es toujours aussi jolie, mais d'une autre manière.

— Vingt-quatre ans ont passé.

Était-ce vraiment la peine de le souligner ? Elle se rattrapa aussitôt :

— Merci d'avoir accepté de me voir. Je n'aurais pas entrepris cette démarche sans une bonne raison. Il s'agit de Louis.

Elle remarqua son léger tressaillement :

— Il lui est arrivé quelque chose ? Le détective que tu as engagé a refusé de me donner des explications.

— Non, Louis va bien. Je t'ai apporté des photos, veux-tu les voir ?

Sans attendre sa réponse, elle sortit un album de son sac et le lui tendit, pendant que la serveuse disposait les tasses et les théières devant eux. François tourna les pages, une à une, lentement. Et sous ses yeux, la vie de son fils se déroula. Sa communion, une remise de diplôme. Des clichés pris en Chine ou dans le quartier chinois d'une grande métropole occidentale. Son mariage.

— Il veut te rencontrer…

François leva les yeux vers elle. Bouche bée, il se laissa gagner par un sursaut de panique… En acceptant de la revoir, pas un instant il n'avait envisagé une telle requête !

— Tu ne lui as pas parlé de moi, n'est-ce pas ?

— J'ai toujours suivi tes directives. Mais il a su quand même.

Elle raconta la soirée dédiée à l'anniversaire d'Hortense et la gaffe de l'aïeule, au milieu de l'assistance médusée.

— Après cet incident, inutile de te préciser que Louis m'a posé des questions. J'ai préféré lui dire la vérité. Et pour lui, le passé n'a pas d'importance. Il estime que tu as payé ta dette.

Il posa sur elle un regard étrange. Un regard de souffrance intense, comme le reflet d'une blessure toujours béante. Puis il contempla encore une photo ou deux avant de lui rendre l'album.

— C'est un beau jeune homme. Il travaille avec toi ?

— Oui. À la fin de ses études, il a fait un stage en Chine et il a rejoint la manufacture.

— Tu as beaucoup de chance, dit-il d'une voix à peine audible, tu dois être fière de lui.

Elle se retint de dire que c'était le cas. Louis l'avait comblée de bonheur, et elle avait joui de chaque instant. Contrairement à lui qui ne l'avait pas vu grandir, qui ne savait rien de ses caprices d'enfant, de ses amours d'adolescent. Qui ne l'avait jamais entendu rire aux éclats, s'émerveiller en contemplant les bateaux sur la mer ou les étoiles dans le ciel. Elle eut soudain conscience de tout ce qu'il avait perdu. Comment en étaient-ils arrivés là ?

— Tu peux garder l'album, je l'ai préparé pour toi. Depuis des semaines, Louis n'a cessé de me harceler pour que je te retrouve. Acceptes-tu de le revoir ?

À dire vrai, il en mourait d'envie. À chacun de ses anniversaires, à chaque Noël, François pensait à lui et il comptait les années. Si cela ne dépendait que de lui, il accepterait d'emblée.

— Je ne peux pas prendre la décision seul. J'ai une autre famille.

Élisabeth se sentit perdre pied.

— Je sais… Tu ne peux pas savoir comme je m'en suis voulue de t'avoir obligé à rentrer plus tôt ce soir-là.

— Rien ne prouve que l'accident ne serait pas survenu à un autre moment.

— Comme tu es devenu fataliste !

— La prison sans doute… mais tu ne dois pas t'en vouloir, Élisabeth, ce n'était pas ta faute.

— Bien sûr que si ! J'aurais dû régler seule ce problème de vol à la manufacture.

Il hésita longtemps avant de répliquer :

— De cela aussi j'étais responsable.

Abasourdie, elle reposa sa tasse dans la soucoupe et le considéra sans comprendre.

— Les vols dans les ateliers, c'était toi ?

— Oui… Mais pas pour moi. C'était pour Nathalie. Elle avait de gros soucis d'argent, et je ne pouvais pas faire autrement que l'aider.

Elle ne répondit pas aussitôt, mais elle sentit la colère monter en elle. Nathalie ! Elle se rappelait son comportement agressif. Vraisemblablement, l'idée même qu'Élisabeth retrouve François lui répugnait. Rien d'étonnant à cela…

— Pourquoi ne m'as-tu rien dit ? demanda-t-elle enfin.

— J'avais pensé que je saurais résoudre cette affaire moi-même. Et j'étais plutôt gêné.

— À l'époque, avais-tu l'impression que j'attendais trop de toi ?

— Pas du tout, pourquoi cette question ?

— Pour rien.

Nathalie n'avait pas hésité à l'accuser d'avoir exploité François. Alors qu'elle-même… Elle se préparait déjà à une explication avec sa cousine, où elle lui ferait ravaler sa duplicité.

— Lorsque notre avocat t'a rendu visite en prison, je lui avais confié une lettre. Je voulais que tu réfléchisses aux conséquences de notre séparation. Pourquoi n'as-tu pas répondu ?

— Je n'ai jamais reçu cette lettre. Mais de toute façon, je n'aurais pas changé d'avis. J'avais tellement honte d'avoir foutu toute notre vie en l'air. Et celle de tous ces enfants…

— Je ne comprends toujours pas pourquoi tu as refusé de laisser ta voiture à Florence pour prendre le premier train.

— Je pensais éviter bien des complications. Mais j'étais crevé et je manquais de sommeil. Il a suffi d'une seconde d'inattention.

Il détourna le regard et son poing posé sur la table se ferma. Les yeux dans le vide, il revoyait la scène. Sa voiture franchissant l'axe médian de la route et la lueur des phares en face. Comme dans un cauchemar, le raclement du métal sur l'asphalte et la vision du car coupant la route. Il lui avait fallu quelques secondes pour réaliser qu'il versait dans le vide en tournoyant comme une toupie. Aujourd'hui encore, le bruit de l'impact lui explosait dans les tympans.

— On ne se remet pas d'avoir causé la mort de personnes innocentes. On supporte les séquelles qui font leur chemin, qui creusent des fêlures que rien ne comble jamais. Des années après, il m'arrive encore de me traiter d'assassin en me regardant dans la glace.

Élisabeth l'observait tandis qu'il buvait une gorgée de thé. Toute cette haine envers lui-même. Elle se demanda ce qu'ils seraient devenus si elle n'avait pas tenu compte de sa lettre, si elle avait refusé la séparation et persisté à l'aider coûte que coûte. Où en seraient-ils aujourd'hui? Avait-elle cédé trop hâtivement à la solution de facilité qu'il lui avait imposée?

— Nous aurions pu traverser cette épreuve ensemble, dit-elle.

Il tourna vers elle un visage bouleversé.

— Je ne crois pas. Ça nous aurait détruits de toute manière.

Il avait choisi de la sacrifier pour garder intacts les souvenirs de l'unique période de sa vie où il avait été heureux. Et aujourd'hui encore, il ne regrettait rien. Mais cela, il était incapable de le lui expliquer.

— Je ne voulais pas te mêler à ce cauchemar, tu ne le méritais pas. Le divorce était la meilleure solution… il te donnait la liberté de commencer une autre existence.

— Mais c'est toi qui as refait ta vie, coupa-t-elle, pas moi.

Pour se donner une contenance et refouler les sanglots qui se bousculaient dans sa gorge, elle se servit une seconde tasse de thé et y glissa un demi-morceau de sucre.

— Nous voulions deux ou trois enfants, tu te souviens ? Finalement c'est toi qui as eu ces enfants avec une autre femme.

François baissa les yeux et reporta son attention sur les plis de la serviette brodée de boutons de rose.

— Je suis désolé. Je t'ai fait encore plus de mal que je ne l'imaginais.

Ils restèrent quelques instants à se surveiller en silence, et Élisabeth eut le sentiment qu'elle n'avait encore rien dit de tout ce qu'elle avait préparé en venant le matin même.

— Je n'ai jamais su le rôle de l'avocat que Roger Legaret t'avait envoyé.

— Il tenait bien plus que moi à ce que je m'efface de ta vie ! Ce fut facile de trouver un accord. J'acceptais une procédure de divorce la plus expéditive possible, sans jamais associer mon nom à celui des Porcelaines Astier. En échange, Legaret me versait une somme sur un compte bancaire qui me permettrait de recommencer une nouvelle existence à ma sortie de prison.

Élisabeth but une gorgée de thé qui lui parut amer. Elle reposa la tasse.

— Et tu as accepté ses conditions ?

— J'avais déjà décidé de divorcer... Quant à l'argent, je pensais le restituer à Louis plus tard. Mais je me suis marié entre-temps. Au final, je l'ai utilisé pour acheter la librairie.

— Je ne me souviens pas que tu aimais autant les livres autrefois.

— Les journées sont interminables en cellule.

— C'est là que tu as fait la connaissance de ta femme, cependant, rétorqua-t-elle.

Il décela une certaine forme de reproche dans sa voix.

— C'est vrai, Roseline fut un grand soutien. Je ne sais pas si j'aurais surmonté l'épreuve de la prison sans elle.

— J'aurais pu t'aider moi aussi, si tu m'avais laissé le choix.

Il se rembrunit et un éclair d'inquiétude passa dans son regard.

— C'est fini, Élisabeth, c'est du passé.

— Tu as beaucoup manqué à Louis.

— Je comprends. Mais crois-tu qu'il aurait été plus heureux de rencontrer son père dans le parloir d'une prison ?

Il sortit son portefeuille de la poche intérieure de son blouson et glissa un billet avec la note, sous le sucrier.

— Il faut que je retourne au magasin. La jeune femme qui me remplace est en stage de formation, elle peut avoir besoin de moi. Peux-tu me donner tes coordonnées ? J'imagine que ton numéro personnel a changé depuis tout ce temps.

Elle piocha une carte de visite dans son sac et la lui tendit.

— Si je rencontre Louis, ce sera en présence de ma famille. Alors je t'en prie, obtiens de lui qu'à aucun moment, nous n'évoquions l'accident et mes années d'incarcération.

Un instant, il fut tenté de lui demander s'il la reverrait. Mais elle devança sa question.

— Surtout, rassure ton épouse. Je ne pense pas que nous aurons à nous revoir. C'est entre ton fils et toi désormais.

L'estomac noué, elle prit congé et il la regarda s'éloigner en direction de la station de taxi. Il se souvenait combien il l'avait aimée. Et tout ce qu'il souhaitait en cette minute c'était ne plus la revoir et qu'elle ne découvre jamais la vérité.

À la gare, Élisabeth acheta un paquet de biscuits fourrés à la myrtille, avant de rejoindre le quai d'embarquement. Elle trouva sa place et se cala au fond du siège. À l'inverse de ce qu'elle imaginait, le trajet de retour lui parut court. À travers la vitre, elle regardait le paysage défiler. Des villes, des campagnes verdoyantes… Des gares où les gens se retrouvaient et riaient en s'embrassant. Elle pesait chaque mot de sa conversation avec François. Accepterait-il de revoir son fils ? Elle n'était pas sûre de le souhaiter vraiment. En pensant aux révélations qu'il lui avait faites, elle était furieuse après Nathalie. Et contre Legaret aussi ! Elle avait le sentiment confus qu'on s'était joué d'elle.

Elle reprit sa voiture en gare de Limoges et rentra chez elle à la tombée de la nuit. Elle ralluma son téléphone mobile. Les messages s'accumulaient. Louis, Hervé, des employés de la manufacture, Manuelle qui était la seule à connaître la raison de son déplacement. Pourtant, elle n'avait qu'une idée, plonger dans un bain chaud parfumé d'huiles essentielles relaxantes. Et se coucher pour lire. Ou pour se laisser aller à déprimer en pensant à sa vie… Toutes ces années où elle s'était condamnée à la solitude, et qui lui offraient des perspectives bien décevantes.

Elle désactiva l'alarme et récupéra le courrier dans la boîte aux lettres. Dès qu'elle vit l'enveloppe, elle comprit. Les mains tremblantes, elle déchira le rabat. Le pli contenait une photo de François sortant de la maison d'arrêt de Grenoble. Une date : *6 septembre 2000*. Et quelques mots en lettres bâton :

10 ANS POUR 10 DESTINS BRISÉS. LE COMPTE N'Y EST PAS.

11

En pensant à Nathalie, Élisabeth ne décolérait pas. Après son voyage à Paris, elle dut se livrer bataille pour ne pas se ruer à la ferme. Toutefois, l'expérience lui avait appris à se méfier des réflexes épidermiques. Elle décida de ne prendre aucune initiative avant de recevoir des nouvelles de François, et elle rongea son frein. Au bout d'une semaine, il lui envoya un message électronique. Louis était invité à venir le voir à Versailles. Auparavant, il devait l'appeler pour convenir d'une date. Après avoir lu le mail, Élisabeth resta dubitative. Elle ne pouvait s'empêcher de redouter ces retrouvailles. Elle s'en ouvrit à Manuelle qui lui recommanda de faire confiance à son fils. Elle parla enfin à Louis. Il commença par lui reprocher de l'avoir laissé dans l'ignorance du succès de l'enquête menée par le détective, de son voyage à Paris. Puis elle remarqua sa tristesse lorsqu'elle évoqua la seconde famille. Mais quand elle lui apprit qu'il pourrait enfin voir son père, son bonheur fut tel qu'elle n'éprouva plus aucun regret. Sophie exigea d'accompagner son mari et, à sa grande surprise, Élisabeth ne protesta pas.

La rencontre fut fixée au vendredi après-midi et les jeunes gens décidèrent de rester dans la capitale pour un week-end en amoureux. Vendredi matin, Élisabeth les conduisit à la gare de Limoges. Elle attendit patiemment que le train s'éloigne du quai. Puis elle jeta un rapide coup d'œil à l'horloge de la gare des Bénédictins qui pointait vers le ciel son dôme vert de gris et regagna sa voiture. Elle prit aussitôt la route de la ferme des Aubiers. Lorsqu'elle se gara dans la cour, Christian était déjà sur son tracteur prêt à démarrer.

— Tu es bien matinale ! s'écria-t-il.

— Je dois absolument parler à ta femme.

Il se rembrunit et sauta de son tracteur :

— Un problème ?

— Peut-être, oui…

Il l'accompagna jusque dans le laboratoire de la fromagerie où Nathalie et Mylène se disputaient à propos d'une facture. Nathalie agitait des papiers et pointait vers sa fille un doigt menaçant. Elle s'interrompit en apercevant Élisabeth. Celle-ci prit le temps d'embrasser sa petite cousine avant d'apostropher Nathalie :

— J'ai à te parler, et en privé.

Nathalie se raidit.

— Vas- y ! Je n'ai pas de secret pour ma famille.

— En es-tu sûre ?

D'un geste agacé, Nathalie reposa les papiers sur un coin du présentoir à fromages.

— Arrête tes simagrées et dis ce que tu as à dire !

Élisabeth jeta un coup d'œil en direction de Mylène. Sa présence l'embarrassait, mais devant l'arrogance de sa cousine elle lança :

— Qu'est-ce que tu magouillais avec mon mari avant son arrestation ?

Nathalie devint livide. Son visage se figea en une vague grimace et une expression de panique traversa son regard. Pourtant, elle réussit à garder son calme :

— Je ne vois pas de quoi tu parles.

— Puisque tu ne vois pas, je vais t'éclairer. J'ai vu François la semaine dernière à Paris. Un peu avant son maudit voyage à Florence, nous avions constaté des vols à l'atelier de production. Il m'a avoué que c'était lui le coupable et qu'il avait vendu les porcelaines volées pour te donner l'argent.

Un silence accueillit les paroles d'Élisabeth. Nathalie n'osait pas croiser le regard de son mari qu'elle sentait braqué sur elle. Elle sursauta en entendant son ton cinglant :

— On attend tes explications !

Un moment, elle fit semblant de ne pas comprendre, les bras repliés devant la poitrine dans une attitude dédaigneuse.

— C'est un tissu de mensonges auquel je ne répondrai pas.

— En écoutant François, je n'ai pas eu cette impression, reprit Élisabeth. Il paraît qu'à l'époque vous aviez des soucis d'argent à la ferme. Je ne sais pas comment tu t'y es prise pour l'impliquer dans tes problèmes au point qu'il commette des vols pour te venir en aide, mais j'aimerais bien comprendre !

Nathalie pivota vers sa cousine, et brusquement elle sortit de ses gonds :

— Il n'aurait jamais dû te raconter cela, il avait donné sa parole !

— Sans doute, mais il l'a fait. Et je saisis mieux pourquoi tu ne voulais pas que je le retrouve.

— L'imbécile. Je l'ai toujours soupçonné de ne pas avoir apprécié ce que j'avais fait pour lui.

— Et qu'as-tu fait ?

Nathalie ne répondit pas. Elle se contenta de refermer la porte du laboratoire qui était restée entrouverte. Mylène n'avait pas bougé, elle n'avait pas dit un mot, mais elle fixait sa mère d'un regard navré et furieux. De son côté, Christian avait pris appui sur un dossier de chaise :

— Alors, quand à plusieurs reprises tu as mis de l'argent dans la ferme en affirmant que c'était les reliquats de ton héritage, tu mentais. C'était le résultat de tes combines avec ton cousin...

— Soutirer de l'argent à la famille Astier ne m'a jamais semblé un vol ! s'écria-t-elle en coulant un œil furibond en direction d'Élisabeth.

Intérieurement, Christian lui fut reconnaissant de ne pas se dérober, de ne pas persister dans ses mensonges en parlant de ces soi-disant legs. Mais son aveu, loin de l'apaiser, le rendit plus enragé encore.

— Tu as trahi ma confiance, Nathalie, c'est impardonnable. Comment as-tu pu faire cela ?

Comme elle ne trouvait rien à répliquer, il se tourna vers Élisabeth :

— Je suis désolé, je te jure que je n'étais pas au courant. Mais je te rembourserai.

— Ce n'est pas la peine, il y a si longtemps...

Enfin libérée de sa colère, elle s'apprêtait à prendre congé, mais une remarque de sa cousine l'avait intriguée.

— Que voulais-tu dire tout à l'heure en prétendant que François te devait ces petits services, demanda-t-elle sur un ton soupçonneux, y a-t-il autre chose que je ne sais pas?

— Puisque tu as retrouvé ton ex, tu n'as qu'à le lui demander.

À cet instant précis, Joël entra dans le laboratoire. Il perçut l'ambiance électrique et, d'instinct, il se rapprocha de sa fiancée.

— J'ai vu votre voiture, dit-il à Élisabeth, je vous ai apporté les tarifs dont nous avions parlé.

Quelques semaines plus tôt, Élisabeth avait offert à sa petite cousine de vendre ses fromages par lots au comité d'entreprise de la porcelainerie. Ensemble, elles avaient mis en place des offres spéciales, et Mylène devait étudier les tarifs. Élisabeth avait même proposé à la jeune femme de lui faire réaliser des dépliants par le service création de la manufacture. Mylène arracha le papier des mains de Joël.

— Ce n'est plus la peine maintenant.

Élisabeth ne l'entendit pas ainsi. Elle s'en voulait un peu d'avoir parlé devant sa petite cousine qu'elle sentait bouleversée. Elle lui reprit doucement les tarifs.

— Ça ne change rien, je t'ai promis de t'aider et je vais m'occuper de ça immédiatement.

Lorsqu'elle prit congé, elle vit toute l'aversion dans le regard de Nathalie:

— Tu es satisfaite d'avoir semé la pagaille? lança-t-elle dans son dos. Je ne te le pardonnerai jamais, et crois-moi, à l'occasion je te revaudrai ça!

— Ça suffit! s'écria Christian. Cette pagaille, c'est ton œuvre! (Puis s'approchant d'Élisabeth:) Je te raccompagne.

Dès qu'ils se trouvèrent à l'extérieur, Élisabeth s'excusa.

— Je suis confuse, j'aurais dû m'y prendre autrement. Mais je ruminais cela depuis une semaine, et…

— Je te comprends, coupa-t-il, c'est gênant et désagréable pour tout le monde.

— Je m'en veux d'avoir tout déballé devant Mylène.

— Elle connaît sa mère. C'est gentil de ta part de lui garder ton soutien.

— Il ne manquerait plus que cela ! Elle n'y est pour rien.

— C'est souvent comme ça. Les enfants souffrent des erreurs de leurs parents. Alors, Louis va revoir son père ?

— Je l'ai accompagné à la gare tout à l'heure.

— Et toi, comment vis-tu cette situation ?

— À vrai dire, je ne sais pas encore. Tout dépendra de cette première entrevue…

Elle n'acheva pas sa phrase. Elle embrassa son cousin et monta dans sa voiture.

— Si je peux t'être utile en quoi que ce soit, ou si tu as simplement besoin de parler, tu sais que je suis là.

— Merci, murmura-t-elle avant de démarrer.

Sa mère l'avait invitée à déjeuner dans son restaurant préféré, dans le quartier historique du Château. Ralentie par le trafic, elle prit le temps de réfléchir. Elle était ressortie de chez sa cousine passablement effondrée et plus blessée qu'à son arrivée. Et elle n'avait pas envie de revivre cela. Peu importait ce que Roger Legaret avait manigancé vingt-quatre ans auparavant. Peu importait qu'il ait agi avec ou sans l'approbation de sa mère. Elle était lasse de ces conflits a posteriori. Seul comptait le bonheur de Louis qui allait enfin revoir son père.

*
* *

Le rendez-vous était fixé depuis trois jours et Louis avait multiplié les précautions pour ne pas être en retard. À tel point qu'ils avaient une demi-heure d'avance lorsque le taxi les déposa, Sophie et lui, devant un pavillon dans la banlieue de Versailles. C'était une jolie maison moderne de plain-pied, entourée d'arbustes et de jardinières débordantes de fleurs. À travers les fenêtres, ils aperçurent une silhouette féminine qui se mouvait à l'intérieur. Louis sonna et la porte s'ouvrit presque aussitôt. En le voyant dans l'embrasure, la femme eut un sursaut :

— Mon Dieu, je savais que vous ressembliez à votre père, mais je n'imaginais pas… entrez !

Elle s'écarta sans lâcher la poignée de la porte tandis que son regard se posait sur le ventre de Sophie.

— Je suis Roseline Carou, précisa-t-elle en leur tendant la main.

Elle les guida jusque dans le salon où des fauteuils encerclaient une table violon. Les coussins, les rideaux et les cantonnières étaient confectionnés dans le même satin fleuri aux tons pastel. Deux enfants, installés devant la télévision, suivaient une série policière américaine. Ils se levèrent et Roseline les présenta :

— Mes enfants, Benoît et Marie. Voici votre frère Louis et sa femme.

La fillette s'avança vers Louis et Sophie, et leur tendit la joue pour un baiser. Son grand frère marmonna un rapide « bonjour » du bout des lèvres et se rassit devant la télévision. Sa mère ne prêta pas attention à son attitude et invita Louis et Sophie à prendre place.

— Votre père va arriver d'un instant à l'autre. J'ai préparé du jus de fruit frais. Je reviens.

Plus intriguée qu'intimidée, Marie s'installa près de son demi-frère et lui demanda quel âge il avait, où il habitait. En lui répondant, Louis réalisa que Benoît et Marie ignoraient tout de la première famille de leur père. Ne sachant quelle contenance adopter, à son tour il interrogea la fillette sur ses études, ses loisirs. À peine eut-elle le temps d'expliquer qu'elle entrerait au collège en septembre que François fit irruption dans le salon par la porte-fenêtre qui donnait sur le jardin. Ému, Louis se leva. Comment appeler l'homme qui le contemplait, le visage blafard ? Père, c'était trop solennel, et utiliser son prénom lui parut déplacé. Il hésita. Il lui semblait qu'il avait passé l'âge de dire *papa* depuis une éternité. Pourtant le mot lui brûlait les lèvres. François brisa son embarras :

— Bonjour, Louis, dit-il d'une voix étrangement basse.

Le jeune homme présenta sa femme, et François s'étonna de son état. Élisabeth ne lui avait pas dit qu'il serait grand-père dans un proche avenir.

Confondu, il laissa la surprise faire son chemin, et un silence gêné s'imposa autour d'eux, à peine troublé par le tir d'armes à feu qui jaillissait du poste de télévision. Roseline les rejoignit fort à propos, portant un plateau avec un grand pichet de jus de fruit, des verres et une tarte aux fraises.

— Bien, écoutez, dit-elle en percevant la gêne entre les deux hommes, si vous avez quelque chose à vous dire après toutes ces années de séparation, que ce soit tout de suite, et qu'on n'en parle plus.

François s'avança vers son fils et lui donna l'accolade.

— Je suis heureux de te voir, Louis, j'ai souvent pensé à toi, tu sais.

— Moi aussi. C'est idiot, mais je ne sais pas quoi dire… Tu m'as beaucoup manqué.

— Je suis désolé, tu as le droit de m'en vouloir.

— Ce n'est pas le cas, mais j'ai juste un peu de mal à comprendre. J'ai tellement souhaité que tu reviennes.

— Tout cela, c'est la faute de sa mère ! s'écria Sophie. Il y a longtemps qu'elle aurait dû dire la vérité à Louis.

Au regard que lui lancèrent les deux hommes, elle comprit trop tard que sa critique était mal venue.

— Je m'inscris en faux avec ce que vous venez de dire, madame, répliqua François sur un ton glacial, la mère de Louis s'est pliée à ma volonté. Ce n'est pas à elle qu'il doit en vouloir.

Sophie piqua un fard et se rencogna dans les coussins du canapé.

— Je suggère que nous dégustions ma tarte, proposa Roseline avec un coup d'œil ambigu en direction de son mari, je l'ai préparée ce matin avec les fraises de notre jardin. Benoît, éteins la télévision s'il te plaît.

— Mais il reste à peine dix minutes avant la fin du film.

— Je t'ai dit d'éteindre !

L'adolescent s'exécuta à contrecœur et jeta la télécommande sur une pile de journaux. Il s'empara d'un pouf et prit place à l'écart.

— De toute façon, j'ai pas faim, dit-il.

Pendant que Roseline découpait le gâteau, Marie emplit les verres de jus de fruit et les distribua. En attendant la fin du service, Louis promena son regard autour de la pièce. Un fauteuil de cuir marron, le repose-pieds assorti face à la cheminée, et tout près, un guéridon où reposaient un cendrier et une pipe. Le coin détente de son père… Des photos encadrées recouvraient le manteau de la cheminée. Des portraits de famille représentant son père aux côtés de sa femme et de leurs enfants. Un cliché en particulier attira son attention. Une scène de Noël… son père tenant sur ses genoux un enfant de cinq ou six ans qui ouvrait ses cadeaux. Assise en tailleur près d'eux, Roseline serrait un bébé dans ses bras. Ils étaient tous en pyjama et en robe de chambre, le visage radieux. Une famille heureuse. Louis eut un pincement au cœur. Était-ce un de ces matins de Noël où il avait tant prié en imaginant que la porte s'ouvrirait et qu'il verrait apparaître son père ? Le miracle ne s'était jamais produit. Il se sentit triste. Il reposa le verre et refusa la pâtisserie en s'excusant.

— Tu as raison, dit François, je n'ai pas très faim moi non plus. Je suis désolé, Roseline, je crains que ta tarte n'ait pas le succès escompté.

Ce n'était pas l'avis de Marie qui tendit son assiette pour une seconde part. Louis prêta attention à l'épouse de son père. C'était une jolie femme d'une cinquantaine d'années, brune et svelte. Elle tourna la tête et ils échangèrent un sourire.

— J'aurais mieux fait de prévoir un sorbet. Il fait beaucoup trop chaud pour une fin mai. Nous aurons un orage avant la fin de la journée.

À travers les fenêtres, les fleurs de la glycine dégoulinaient contre les carreaux. Louis aurait aimé respirer leur parfum. L'odeur de cire qui flottait dans le salon lui levait l'estomac. Comme s'il devinait son malaise, François reposa son verre et se leva :

— Accompagne-moi dehors, Louis, je te montrerai le jardin et nous pourrons bavarder.

Sophie s'était déjà redressée, mais François l'arrêta.

— Voulez-vous me laisser quelques instants avec Louis, je vous prie ?

Elle regarda son mari, dans l'attente d'une protestation qui ne vint pas. Visiblement contrariée, elle se laissa retomber au creux du canapé. Comme ils quittaient le salon, Louis entendit Roseline demander à la jeune femme combien de mois la séparaient encore de son accouchement. François changea de chaussures dans le vestibule. Une console surmontée d'un miroir aux dorures sculptées était placée contre le mur, près de l'entrée. Louis jeta un coup d'œil dans la glace, et il chercha sur son propre visage une ressemblance avec l'homme fatigué qui s'inclina pour ouvrir la porte.

Ils empruntèrent l'allée menant à la pergola qu'ils contournèrent.

— Tu n'es pas trop déçu par cette première rencontre ? demanda François.

— Non, mais à présent, j'aimerais mieux te connaître.

— J'en serais très heureux moi aussi.

— Si nous nous revoyons, ta famille n'en prendra pas ombrage ? J'ai l'impression que Benoît ne m'aime pas.

— Il est surpris par ta présence, et un peu sur la défensive. C'est normal, mais il s'y habituera.

— Et ta femme ?

— Roseline sait se montrer patiente et compréhensive.

— C'est vrai que vous vous êtes mariés en prison ?

— C'est là que je l'ai rencontrée. Elle me soignait au cours de mes séjours à l'infirmerie. Puis elle m'a recommandé des livres, et une chose en entraînant une autre...

Ils gardèrent le silence un instant, puis Louis finit par poser la question qui l'obnubilait :

— Pourquoi as-tu voulu te séparer de maman ?

— Ce serait trop long et trop difficile à expliquer pour ta première visite. Pardonne-moi de te dire que la remarque de ton épouse m'a choqué tout à l'heure. Je tiens à ce que tu saches que ta mère n'est en rien responsable de ce qui s'est passé à l'époque. Tu as une maman merveilleuse.

— Je sais. Quand j'étais ado, tous mes copains rêvaient de l'avoir pour mère, quand ils n'étaient pas carrément amoureux d'elle !

François sourit et s'arrêta de marcher. Il paraissait à bout de souffle. Ils revinrent sur leurs pas, jusqu'à la pergola où ils s'assirent à l'ombre des feuillages de la vigne vierge. Louis entendait la respiration de son père qui se calmait peu à peu.

— J'étais fou amoureux de ta mère, reprit François au bout d'un moment, elle me donnait le sentiment d'être fort, d'être quelqu'un d'important. Près d'elle, je vivais dans un tourbillon avec l'envie permanente de me surpasser. Ma vie avec Roseline est plus apaisée. Elle m'a pris en charge comme un enfant ou un grand malade.

Il revoyait sa première rencontre avec Élisabeth, comme si cela avait été hier. Dès l'instant où elle lui était apparue, rayonnante, pleine d'esprit, le reste du monde avait sombré dans le flou. Seuls demeuraient ce regard dans lequel glissaient l'ombre et la lumière, sa démarche gracieuse et cette présence... Et, il l'avait aussitôt deviné, une impérieuse sensualité.

Il jeta un coup d'œil à son fils qui l'observait en respectant ses pensées. Il ne pouvait pas prolonger leur aparté au-delà du raisonnable, au risque d'offenser Roseline et ses enfants. Mais il espérait de tout son cœur que des liens se noueraient entre son fils aîné et sa famille, une entente courtoise qui lui permettrait de revoir Louis de temps en temps. Ils avaient une si longue absence à combler et tant de choses à se dire. Même s'il envisageait déjà que certaines discussions lui seraient pénibles. Il se leva, le jeune homme l'imita et ils reprirent le chemin du pavillon. L'air était de plus en plus lourd et des nuages se formaient au-dessus de la ville. François marchait lentement, et Louis adapta son pas dans le sien. Il avait le sentiment de vivre un moment étrange, mais important:

— N'as-tu jamais regretté d'avoir épousé maman?

— Jamais. Quand on se marie, c'est pour le meilleur et le pire.

Il laissa planer un instant de silence avant d'ajouter:

— Dans le fond, elle était le meilleur, et je crois que j'étais le pire.

12

Deux semaines s'écoulèrent avant la parution du premier article dans *La Montagne,* le quotidien régional. Une photo de François, plus jeune de vingt ans, menotté et encadré de gendarmes occupait la une parmi des clichés représentant des tombes d'enfant. Le journaliste révélait les deux identités de François dans un récit circonstancié de l'accident survenu en février 1990. Il rappelait qu'en 1989, 10 530 personnes avaient perdu la vie sur les routes, et que plus de la moitié de ces accidents étaient dus à un abus d'alcool. Dans un encadré sur fond tramé, les liens de François avec les Porcelaines Astier étaient clairement établis.

Ce vendredi, lorsque Élisabeth arriva au siège de la société, elle fut aussitôt interceptée par son assistante.

— Votre fils vous attend dans son bureau, c'est urgent, l'avertit Bénédicte.

Élisabeth réprima un mouvement d'humeur. Il n'allait pas encore lui parler de ses congés ! En apprenant le dernier caprice de Sophie, en voyant l'air désespéré de son fils, elle avait accepté qu'il s'absente cinq jours, malgré la charge de travail inhérente à cette période de l'année. Elle tiendrait bien la barre toute seule. Et elle savait qu'en toutes circonstances elle pouvait compter sur Hervé. Quant à elle, elle était peu encline au farniente. Les vacances étaient une perte de temps, comme tout ce qui l'éloignait de la porcelaine. «Sophie commence à se comporter en véritable sangsue», pensa-t-elle, excédée.

— J'ai un rendez-vous téléphonique dans un quart d'heure, dit-elle, je le verrai plus tard.

Bénédicte comprit qu'elle n'était pas au courant.

— Vous n'avez pas eu votre fils au téléphone?

Élisabeth sortit son mobile de son sac et constata qu'il était en mode silencieux. Quatorze appels en absence. Louis, Hervé, sa mère, et même Roger Legaret! Bénédicte saisit un exemplaire de *La Montagne* et le lui tendit. Élisabeth vit le portrait de François en pleine page et le titre «Les ravages de l'alcool, dix vies brisées». Elle se précipita vers le bureau de Louis. Hervé s'y trouvait déjà. En voyant l'embarras sur leur visage elle devina la gravité de la situation. Et soudain, elle eut peur, comme à l'approche imminente d'un désastre. Elle refoula cette sensation désagréable et s'appuya sur le bord du bureau pour parcourir l'article.

— Votre avis? demanda-t-elle en repliant le journal.

Ils se regardèrent et Hervé réagit le premier:

— C'est embêtant. On ne peut pas mesurer les effets d'une telle publicité.

— Mais, objecta Louis, ces faits datent de vingt-quatre ans. Cela n'intéresse plus personne. C'est ignoble de mêler la société à ce drame. Comme si nous en étions les responsables!

Élisabeth pensa au vol de porcelaine, au retour de François qu'elle avait accéléré.

— Que nous le voulions ou non, répliqua-t-elle, nous sommes impliqués dans cette tragédie. Nous allons avoir la presse sur le dos et notre nom sera cité dans tous les médias. Je trouve ça effroyable et franchement répugnant.

Pendant un moment, ils examinèrent les conséquences possibles des rumeurs qui courraient bientôt. Ils furent interrompus par la sonnerie du portable d'Élisabeth. Elle prit le message, prononça quelques mots sur un ton courroucé, et raccrocha.

— Bénédicte me signale des demandes d'interviews de la part de divers journaux.

Hervé se leva.

— Il ne faut surtout pas répondre aux journalistes. Aucun commentaire, c'est la seule attitude à adopter ! J'ai deux ou trois contacts qui pourraient se révéler utiles pour calmer toute cette effervescence. Je vous quitte, j'ai quelques coups de fil à donner.

*
* *

Hervé battit le rappel de ses relations mais, malgré ses efforts, il n'empêcha pas la plupart des journaux locaux de reprendre la dépêche publiée par *La Montagne*. La nouvelle se répandit comme une pluie d'orage et suscita de nombreuses réactions de curiosité. Les reporters prirent des photos de la manufacture et de l'hôtel particulier du centre-ville. Le siège de la société fut assailli d'appels de gens pressés de glaner quelques informations. Les standardistes répétaient la consigne qui leur avait été donnée «Pas de commentaire».

Dans ce contexte, Louis annula le séjour en thalassothérapie au grand dam de Sophie qui piqua une colère démesurée. Elle brisa deux vases parmi les plus précieux de la collection familiale. Consterné, Louis ne laissa rien paraître, mais il lui tint tête et retourna à son travail. De son côté, Élisabeth répondit à l'inquiétude de sa mère, aux questions alarmées de Roger Legaret qui croyait cette affaire classée depuis longtemps. Il lui proposa son aide le cas échéant, et lui conseilla d'envoyer paître tous ces «fouille-merde»:

— C'est vous qui tenez le cap, Élisabeth!

Elle aurait voulu en être aussi sûre.

Son déjeuner hebdomadaire avec Manuelle lui apporta un peu de baume au cœur. Son amie déploya des trésors de gentillesse et d'humour pour la distraire, et Élisabeth la quitta avec un sentiment d'apaisement. Puis elle se rendit à la manufacture où elle devait récupérer le relevé mensuel des bons de livraisons. Elle connaissait trop bien l'ambiance des ateliers et son personnel pour ne pas déceler les changements. On la saluait comme à l'accoutumée. Mais, en dépit des paroles déférentes, les employés semblaient inquiets, presque sur la défensive. Elle s'attarda au service création, admira les dernières esquisses pour leur client indien qui n'arrivait pas à se décider et demandait sans cesse des modifications. Par chance, leur nouveau client russe, installé à Saint-Pétersbourg s'était montré plus déterminé dans ses choix. Les pièces de sa première commande étaient prêtes. Une collection de vases au décor *Renaissance*, et une série de services de table. De la porcelaine blanche dont la pureté était relevée d'un mince liseré indigo. C'était sobre et magnifique. Élisabeth régla ensuite deux ou trois questions urgentes avec le responsable de production et, munie des documents qu'elle était venue chercher, elle quitta la manufacture. En jetant un coup d'œil à sa montre, elle hâta le pas. Elle participait à une réunion de la chambre de commerce à 15 heures.

Lorsqu'elle arriva sur place, elle se rendit directement dans la salle de conférence. Depuis le couloir, elle entendait la confusion des voix, comme un brouhaha qui n'avait jamais retenu son attention jusqu'alors. Au moment d'entrer, son cœur se mit à cogner. Elle sentit l'affolement la gagner et résista à une brusque envie de faire demi-tour. Elle eut alors la vision du Tout-Limoges commentant les articles des journaux et portant sur sa famille des jugements lapidaires. Elle s'arrêta quelques secondes, le temps de deux ou trois respirations accentuées. Elle poussa enfin la porte de la salle et vit les journaux étalés sur les tables. Tous les regards se tournèrent vers elle. Elle pensa à son rôle au sein de cet organisme, à ses conseils prodigués aux jeunes créateurs d'entreprise. Après un bref signe de tête, elle gagna son siège, à la droite du président de la chambre, et elle essaya d'imaginer l'attitude qu'aurait adoptée Legaret à sa place. Alors, avec un large sourire, elle sortit de son attaché-case son propre exemplaire de *La Montagne* et le posa ostensiblement devant elle. Puis elle regarda le secrétaire de séance droit dans les yeux et attendit. C'était à lui de lire l'ordre du jour.

*
* *

Ce soir-là, Maxime Lamarque décida d'emporter deux dossiers urgents et de rentrer chez lui un peu plus tôt qu'à l'accoutumée. Il fit une halte au supermarché et à 19 h 30 il gara son 4 × 4 derrière sa maison. Il régnait encore une chaleur écrasante et machinalement il glissa les doigts dans les pots d'argile où les pétunias et les géraniums penchaient la tête. Il se promit de se lever une demi-heure plus tôt le lendemain et de les arroser. Il avait laissé les volets fermés en partant au point du jour et les pièces avaient gardé un peu de fraîcheur. Il posa sa sacoche dans le salon, ses provisions dans la cuisine et but un grand verre de kéfir glacé avant d'allumer le four. Comme il le faisait chaque soir, il sema ses chaussures, sa montre et ses vêtements un peu partout, avant d'enfiler un jean et un tee-shirt. Puis il sortit le rôti du frigo, le badigeonna de moutarde et de thym et le glissa dans le four. Avec de la salade, ce serait parfait. L'avant-veille, il avait préparé un flan au citron et il en restait encore. Maxime adorait cuisiner. Le week-end, il se détendait en confectionnant des petits plats qu'il conservait dans des barquettes. Il prenait plaisir à les déguster lorsqu'il rentrait tard le soir, ce qui était presque toujours le cas. Il assaisonna la salade et sortit les assiettes. Il cédait volontiers au rituel de dresser la table, même pour un seul couvert. Il vérifia la cuisson du rôti et vida le contenu de sa mallette sur la table basse du salon. Parmi ses dossiers il avait glissé un exemplaire de *La Montagne* pour le parcourir un plus tard en buvant son café.

Depuis qu'il lui avait communiqué les résultats de ses investigations, il n'avait plus aucune nouvelle d'Élisabeth. Revoir son ex-mari était une épreuve qu'elle n'avait pas cherché à lui dissimuler. Pourtant elle n'avait pas répondu aux quelques mots d'encouragement qu'il lui avait adressés la veille de cette rencontre cruciale. Sa secrétaire avait envoyé sa note d'honoraires à l'adresse personnelle d'Élisabeth et trois jours plus tard la facture avait été acquittée.

Depuis quelques jours Maxime suivait les articles dans les quotidiens. Vingt-quatre ans auparavant, la maison Astier avait pu échapper aux rumeurs mais, avec les moyens de communication actuels, l'affaire était étalée au grand jour, comme si l'accident de car s'était produit la veille. En lisant la presse, il se demandait comment Élisabeth vivait l'histoire de sa vie exhibée à la une des journaux. Leur dîner en tête à tête lui revenait fréquemment à l'esprit, avec une foule de petits détails. Son sourire cerné de petites rides, ses yeux qui lui rappelaient les forêts de son Béarn natal en automne. Il était sûr qu'un courant de sympathie avait passé entre eux ce soir-là. Un homme devine l'expression d'une attirance quand elle est partagée. Il ouvrit la fenêtre donnant sur le jardin et un courant d'air se faufila à travers tout le rez-de-chaussée.

Pouvait-il l'appeler pour prendre de ses nouvelles ? Ce serait admettre qu'il lisait la presse et qu'il s'intéressait à ses revers. Mais ne pas se manifester… Soudain, il saisit son téléphone portable et composa son numéro, surpris de l'avoir aussi facilement mémorisé. Elle répondit à la seconde sonnerie.

— Élisabeth ? Maxime Lamarque. Je vous dérange ?

Élisabeth ôta ses lunettes et referma le parapheur posé devant elle. Sa réunion à la chambre de commerce ne s'était pas si mal déroulée, mais elle était rentrée épuisée par la tension accumulée au cours des derniers jours. Et à 21 heures elle était encore au bureau. Elle fut surprise par l'appel de Maxime mais l'accueillit avec plaisir.

— Je m'inquiétais pour vous, reprit-il, vous tenez le coup ?

— Vous faites référence aux articles dans les journaux ? Pour l'instant on ne parle que de ça ! Mais toute cette agitation ne durera pas. Bientôt les journalistes trouveront un autre scoop et ils regarderont ailleurs.

Maxime éprouva un certain soulagement face à sa réaction calme et optimiste. Elle devait être chez elle, assise face aux baies vitrées, les cheveux défaits.

— La rencontre avec votre ex-mari s'est bien passée ?

— Disons qu'elle est passée. Mais rien qu'en voyant le bonheur de mon fils je crois qu'au fond ça valait le coup. D'ailleurs, je vous dois des excuses, je n'ai même pas pris le temps de vous remercier !

— Ce n'est pas la peine, j'ai fait ce que vous attendiez de moi.

— Alors vous avez fait un excellent travail, merci.

Un petit silence se glissa entre eux. Il était à cours de mots pour la garder un peu plus longtemps au bout du fil.

— Si je peux vous être utile de nouveau…

Il lui avait déjà dit cela vingt fois au moins, et il se traita d'idiot.

— Pour l'instant, je n'ai pas d'autres cas de disparition dans mon entourage, mais si l'occasion se présente vous serez la première personne que j'appellerai au secours !

Ils éclatèrent de rire et Maxime se dit qu'il ne pouvait pas la quitter comme ça.

— Sans attendre la prochaine disparition, si vous avez juste envie de vous détendre venez me rejoindre à l'agence, à l'heure du déjeuner. Vous savez que j'ai une bonne adresse pour la préparation des plateaux repas.

— Je vous appellerai, promis ! assura-t-elle avant de lui souhaiter une bonne soirée.

Elle raccrocha et Maxime se demanda si elle tiendrait sa promesse.

13

Élisabeth pensa que les journalistes reporteraient leur intérêt sur d'autres faits divers. Elle se trompait. C'était sans compter sur certaines émissions de télévision qui réveillaient d'anciennes affaires judiciaires. Elle fut sollicitée pour participer à « Investigation Criminelle » ou « « Chronique Judiciaire ». Elle respecta les conseils d'Hervé et ne répondit à aucune question. Les reporters faisaient le pied de grue devant le siège de l'entreprise et les gardiens finissaient par les rabrouer sans ménagement.

Louis eut de longues conservations téléphoniques avec son père. Harcelé, abreuvé d'appels injurieux, il était lui aussi sous les projecteurs. Roseline et les enfants en souffraient beaucoup. Des gamins s'en étaient pris à Marie dans la cour de son école et elle était rentrée bouleversée, refusant de retourner en classe le lendemain. Un peu avant cette campagne de presse, Louis avait envisagé de passer un week-end à Paris fin juin, mais François préféra qu'il remette son voyage à plus tard. Le jeune homme ne dit rien, mais il fut peiné de cette reculade. Dans le même temps, il subissait les reproches et les accès de mauvaise humeur de Sophie. Attristé, ne sachant de quel côté chercher un peu de réconfort, il finit par se confier à sa mère. C'était si naturel… Elle l'écouta raconter la dérobade paternelle et partagea son désappointement. Mais elle s'employa à excuser l'attitude de François. La situation de Roseline et de leurs enfants n'était pas très enviable. C'était normal qu'ils éprouvent un certain ressentiment. Louis pensa à l'aversion latente de Benoît et il se rangea à l'avis de sa mère. Il reverrait son père plus tard. Ils s'étaient retrouvés et c'était là l'essentiel. À présent, ils avaient le temps pour eux. Et en attendant, rien ne les empêchait de correspondre par téléphone ou par e-mail.

De son côté, Élisabeth s'ingéniait à donner le change. Elle avait un certain nombre d'invitations à rendre et elle organisa de petits dîners entre amis, sur la terrasse ou au bord de la piscine. Un soir, elle reçut sa mère et Roger Legaret. Gisèle refusa qu'elle serve un repas commandé chez le traiteur. Elle se mit au fourneau et elle mitonna un délicieux veau marengo.

Élisabeth fut surprise de constater que Roger suivait les événements au plus près de l'actualité. Il était au courant du moindre détail des articles parus dans la presse. Elle lui expliqua la stratégie d'Hervé qui consistait à ne rien dire.

— C'est une absurdité! se récria-t-il, ne rien dire c'est laisser libre cours à toutes les hypothèses.

— Pourtant, Hervé pense que ce serait risqué de donner des interviews.

— Entre donner des interviews aux journalistes et les ignorer, il y a un espace pour un compromis. Je suis sûr qu'on peut leur donner un peu de grain à moudre, mais en orientant ce qu'ils écriront.

Élisabeth se souvint de l'une de ses expressions favorites «Prendre l'ennemi à revers». Il avait toujours été artiste en la matière.

— Si vous voulez me confier un téléphone et un bureau pendant une semaine ou deux, reprit-il, je peux me charger des relations avec la presse.

Élisabeth fut tentée d'accepter mais elle prit le temps de réfléchir. Que penserait Hervé d'être ainsi désavoué?

— Je suis sûre que Roger excellera dans cette mission, susurra Gisèle avec un regard affectueux à l'adresse de son ami.

Élisabeth observa l'homme de quatre-vingts ans assis en face d'elle. Droit, un brin solennel dans son costume trois pièces et sa chemise blanche. Quand elle était adolescente, elle s'était souvent demandé s'il gardait son complet pour dormir. Il semblait toujours si cérémonieux avec son port militaire, son air affirmé, jusqu'au moment où il souriait… Son visage s'éclairait alors et devenait étrangement fascinant. Elle avait vu sa mère fondre sous son charme. Plus tard, ce furent ses compétences et sa rigueur qu'elle avait admirées. Elle devait sa réussite à la tête des Porcelaines Astier aux habitudes de travail acharné qu'il lui avait inculquées dès qu'elle avait rejoint la société. Si quelqu'un était capable de maîtriser les contacts avec la presse en mariant fermeté et diplomatie, c'était bien lui. Après tout, pourquoi pas?

— C'est entendu, Roger, laissez-moi la matinée pour informer le personnel. Tout sera prêt pour vous accueillir demain après-midi.

Après leur départ, Élisabeth installa la vaisselle dans la machine et mit les restes du veau marengo dans une petite boîte hermétique. Un bon repas en perspective. Puis elle prit une douche avant d'aller se coucher. En dépit de sa nervosité, elle sombra dans le sommeil en quelques minutes.

La sonnerie du téléphone fixe la réveilla en sursaut au milieu de la nuit. Sur la table de chevet, le radioréveil indiquait 3 heures et demie. Un appel à cette heure-là n'était pas de bon augure. Elle bondit de son lit et gagna son bureau dans la mezzanine.

— Allô ?

Elle pensa tout d'abord qu'il n'y avait plus personne à l'autre bout du fil. Puis elle entendit une respiration.

— Qui est à l'appareil ?

Le souffle persista, presque haletant. Elle n'aurait su dire combien de temps s'écoula encore avant le déclic. Elle regagna sa chambre sans allumer la lumière. En longeant le couloir dans l'obscurité, elle sentit quelque chose d'insidieux se glisser en elle. L'intuition d'un danger. Elle se recoucha et attendit, persuadée que le téléphone se remettrait à sonner. Mais il n'en fut rien. Soudain, une idée lui traversa l'esprit. Et si c'était sa mère qui avait eu un malaise ? Ou peut-être sa grand-mère ? Elle ralluma sa lampe de chevet, prit son portable sur la table de nuit et composa le numéro de la maison de retraite. Gisèle décrocha au bout de quelques secondes :

— Mon Dieu, Élisabeth ! Il est arrivé quelque chose ? C'est Louis ?

Élisabeth raconta cet appel bizarre.

— J'ai eu peur que ce soit toi qui cherches à me joindre.

— Si quelque chose n'allait pas, je commencerais par appeler le médecin. Tu viens de me filer une de ces frousses ! J'en ai des palpitations.

Elles convinrent toutes les deux que c'était sûrement une farce de très mauvais goût, et Élisabeth s'excusa avant de raccrocher. Puis elle descendit à la cuisine et se prépara une tasse de tilleul au miel. Elle retourna se coucher, en sachant qu'elle aurait beaucoup de mal à retrouver le sommeil.

Le lendemain matin, elle arriva au bureau à 7 h 30. Hervé était déjà là. Elle choisit ses mots, avança des arguments forts pour l'informer du retour de Legaret au sein de l'entreprise et de la mission qu'elle lui avait confiée.

— Tu considères que je n'ai pas pris la bonne décision ?

Le silence d'Élisabeth lui porta un coup. Les sourcils froncés par-dessus la monture métallique de ses lunettes, il afficha une expression consternée. C'est à peine si elle se montrait embarrassée de le mettre ainsi sur la touche.

— Il y a une raison pour laquelle tu ne me fais plus confiance ?

— Tu as toute ma confiance et tu le sais.

— Vraiment ?

Elle ignora le ton sarcastique de sa répartie et se contenta de hausser les épaules.

— La bonne décision est parfois celle qui nous crève les yeux. Et à propos des relations avec la presse, je pense que Legaret a raison. Ce n'est pas une bonne idée de nous défiler.

Hervé ne dit rien mais son regard se fit insistant. Elle percevait le contraste presque inquiétant entre sa passivité et les éclairs sombres de ses yeux. Pourquoi se sentait-elle mal à l'aise en sa présence depuis quelque temps? Rien ne le justifiait. Le malaise venait d'elle. Elle était tellement préoccupée en ce moment... De son côté, Hervé attendait qu'elle dise quelque chose, ou qu'elle lui présente des excuses. Mais devant son mutisme, il finit par lâcher:

— J'ai l'impression que tu t'éloignes de moi ces derniers temps... Tu as tendance à te replier sur toi-même et je ne suis pas sûr que ce soit une solution.

— Arrête de vouloir tout interpréter!

Elle se détourna, amassa des chemises dans un dossier. Pourquoi devrait-elle se disculper?

— Je n'ai pas vraiment envie de discuter. Je dois me rendre à la manufacture pour les derniers moulages. Cette fois, il faut vraiment que Hirapatih se décide à choisir les anses de ses tasses. Tu m'accompagnes?

— Non, je dois boucler certains documents pour le cabinet d'expertise comptable.

— Comme tu voudras...

Elle rangea plusieurs feuillets dans son attaché-case et reprit ses clés de voiture. Hervé ajusta ses lunettes. Le message était clair. Comme toujours, elle fixait les règles. La discussion était close.

— Autre chose? demanda-t-elle en ouvrant la porte.

— Non, rien, répliqua-t-il, le visage fermé.

Elle le quitta sans un mot et, vaguement déçu, il se replongea dans son travail. Élisabeth n'avait jamais été très expansive mais il la devinait de plus en plus distante. Avait-elle besoin de recul, de réflexion ? Il devait attendre un peu. Il rêvait souvent à ce qu'aurait pu être leur vie s'il n'avait pas toujours été contraint d'attendre encore un peu.

*
* *

Roger Legaret prit en main ce qu'il appela pompeusement le service « Press-relation ». Il reçut les journalistes avec tous les honneurs, et leur donna sa version de « l'affaire François Ranval » en n'éludant aucune de leurs questions. Mais il sut développer son art de parler longtemps pour dire peu de chose. Comme par miracle, les articles se firent moins nombreux et surtout moins virulents. Aux Porcelaines Astier l'ambiance s'apaisa, avec un soupçon de légèreté qui ne devait rien aux prémices de l'été.

Vendredi, Louis termina ses rendez-vous un peu avant 18 heures. Depuis qu'il avait annulé leur séjour en thalasso, Sophie lui battait froid. Le soir, quand il se glissait à ses côtés dans le lit, elle lui tournait le dos en faisant semblant de dormir. Il n'était pas dupe mais il la laissa camper dans ses bouderies, persuadé que cela lui passerait.

En réalisant qu'il rentrerait tôt ce soir-là, il l'appela pour l'inviter à dîner dans un de ces restaurants branchés qu'elle affectionnait. Elle parut enchantée et il lui proposa de venir l'attendre à la sortie de son cours de gymnastique aquatique.

Lorsqu'il quitta son bureau, Louis se munit d'un parapluie. Le temps était instable. Depuis le lever du jour, le ciel s'était chargé de nuages sombres ; à présent la pluie tombait dru, portée par un fort vent d'ouest.

À 18 h 30, Louis retrouva Sophie. Détendue, souriante, elle l'accueillit avec un baiser retentissant :

— C'est fou ce que ça fait du bien cette gym ! Je dois passer à l'appartement pour changer de vêtements et me maquiller.

Un peu plus tard, tandis qu'elle enfilait une robe ample à fines bretelles, il jeta un coup d'œil au courrier qui était resté sur la desserte dans le couloir. Des factures, des cartes postales et un colis dont la jeune femme s'empara dès qu'elle le rejoignit. Elle coupa le ruban adhésif de la pointe de son ongle et ouvrit les rabats. Elle poussa alors un hurlement qui retentit à travers tout l'appartement. Le paquet contenait un ours en peluche maculé de sang, enveloppé dans un article de journal. Une note était épinglée sur le jouet :

La dette est loin d'être acquittée. Tous les coupables n'ont pas encore payé. Pourquoi l'assassin a-t-il pris la route ce 17 février ? Parce que sa femme refusait de perdre quelques tasses de porcelaine ?

*
* *

En quittant son bureau, Élisabeth s'arrêta à la maison de la presse. Elle avait renoncé à souscrire un abonnement à des magazines qu'elle n'avait jamais le temps de lire. Mais chaque semaine elle sélectionnait deux ou trois revues d'économie et de jardinage. En fouillant dans le présentoir, elle lâcha son trousseau de clés. Elle se pencha mais une main se tendit et les ramassa.

— Bonjour, Élisabeth.

Avant de se retourner, elle reconnut la voix de Maxime Lamarque. Il lui tendit ses clés et elle le remercia. Il lui trouva une mine soucieuse, et un sourire un peu contraint. Il remarqua aussi le petit muscle qui battait près de ses paupières. Pourtant, en suivant la presse au jour le jour, il avait noté une certaine accalmie dans l'intérêt des journalistes pour sa famille. Quelques lignes par-ci par-là, à la quinzième ou seizième page.

— Vous avez changé de coiffure ?

Elle avait demandé à sa coiffeuse d'éclaircir un peu ses mèches et d'accentuer leur ondulation. Personne n'avait rien remarqué. Elle paya ses revues tandis qu'il achetait un paquet de cigarettes. En sortant du magasin, elle ouvrit son parapluie et, sans ambages, il se rapprocha d'elle et lui glissa à l'oreille :

— Comment allez-vous ?

Elle eut une petite mimique affligée mais préféra ne pas répondre.

La veille, son fils lui avait montré le colis et la lettre qu'ils avaient reçus. Choquée, Sophie ne voulait plus sortir de chez eux. Louis se montra intrigué par le message qui accompagnait la peluche. Elle fut bien obligée d'évoquer les vols à la manufacture vingt-quatre ans plus tôt et le retour précipité de son père.

Toutefois, Élisabeth se refusa à impliquer François et ne mentionna pas le rôle tenu par Nathalie. Inutile d'envenimer une situation déjà bien compliquée. De surcroît, elle était sûre que Louis en parlerait à son père le moment venu. À lui de rétablir la vérité s'il le souhaitait. Elle avait redouté les réactions de son fils en apprenant sa part de responsabilité dans le retour précipité de son père le soir de l'accident, mais, préoccupé par la santé de Sophie, il ne fit aucun commentaire.

— Je suis garé rue des Récollets, dit Maxime.

— Et moi dans le parking juste à côté. Vous m'accompagnez ? Vous profiterez du parapluie.

Ils marchèrent le long de la rue Longequeue. Il remarqua l'élégance de son tailleur blanc cassé. Elle ne portait aucun bijou, excepté une montre en or, très sobre, dont le bracelet flottait légèrement autour de son poignet.

— Je peux ? demanda-t-il en désignant son paquet de cigarettes.

Elle acquiesça et il sortit son briquet. En marchant, ils parlèrent du temps et des orages qui menaçaient.

— Je parie que les fleurs de votre jardin apprécient ces bonnes pluies ? demanda-t-il.

— Oh oui ! J'ai repiqué l'azalée que vous m'avez offerte. Elle est superbe.

— Il faudra que vous me donniez quelques conseils un de ces jours. Chez moi, rien ne pousse.

— C'est vrai ? C'est pourtant facile.

— Pas pour moi, je suis un piètre jardinier. En revanche, je sais cuisiner !

Il rit de sa boutade et, nullement froissée, elle l'imita. Un homme au rire contagieux et qu'on pouvait cependant prendre au sérieux. Cela semblait facile de se confier à lui.

— Je reçois régulièrement des lettres anonymes, dit-elle dans un souffle.

Il fronça les sourcils d'un air grave, et l'invita à poursuivre. Elle raconta l'appel au milieu de la nuit qui l'avait tant effrayée, et la mésaventure de Louis et Sophie la veille. Il l'écouta sans l'interrompre. Très vite, elle se sentit troublée, sans pouvoir définir si c'était dû au sentiment d'appréhension qu'éveillait son récit ou à la présence de Maxime qui la frôlait en s'abritant de la pluie.

— Avez-vous une idée de l'auteur de ce harcèlement?

— Non, répondit-elle après un instant d'hésitation.

En réalité, elle pensait de plus en plus à Nathalie, mais elle ne pouvait se résoudre à une telle perspective.

— Dois-je porter plainte?

— Ce serait une solution. Toutes les menaces doivent être prises au sérieux. Mais êtes-vous prête à répondre aux questions des enquêteurs? Sans compter que ça risque de relancer toute l'affaire dans la presse. Un corbeau… les journalistes vont se jeter sur l'information!

— Alors que me conseillez-vous?

— Le mieux serait de construire un dossier et d'attendre un peu. La majorité de ceux qui lancent ce genre de menaces ne passent pas à l'acte. Parfois le coupable commet une erreur qui permet de l'identifier, mais dans la plupart des cas il finit par se lasser.

163

Il nota la crispation de ses traits et son air inquiet.

— Voulez-vous que je me charge de constituer ce dossier pour vous? Nous pourrions commencer par établir une liste de clients, d'employés mécontents, toute démarche qui exprimerait un ressentiment à votre égard.

— Et vous pouvez vous en occuper?

— Considérons que ça fait partie du suivi de la mission que vous m'avez confiée.

Elle accepta sans hésiter. Ils prirent rendez-vous la semaine suivante afin qu'elle lui remette tous les documents en sa possession. La pluie avait cessé et ils se séparèrent devant la voiture d'Élisabeth.

Pourquoi cet homme qu'elle connaissait si peu lui faisait-il l'effet d'un personnage providentiel chaque fois qu'elle le rencontrait?

14

À 6 h 30, le téléphone retentit pour la seconde fois. Élisabeth prenait son petit déjeuner en passant en revue son emploi du temps de la journée. Elle beurra sa tartine grillée et laissa les sonneries résonner dans l'atmosphère paisible du petit matin. Le premier coup de fil avait eu lieu une demi-heure plus tôt alors qu'elle sortait de la salle de bains. Elle avait jeté un coup d'œil à l'appareil et constaté qu'une nouvelle fois, il s'agissait d'un numéro masqué. Les appels anonymes s'étaient multipliés au cours des derniers jours et, exaspérée, elle avait demandé l'inscription de sa ligne sur liste rouge. L'employé des télécoms l'avait avertie que cela prendrait un certain temps. En attendant, elle avait décidé de ne plus répondre lorsque le numéro de son correspondant ne s'affichait pas.

La sonnerie s'interrompit pour reprendre presque aussitôt. Ce n'était pas le *modus operandi* de la personne qui la harcelait. Elle se dirigea vers le téléphone et décrocha. Elle perçut comme un début de sanglot à l'autre bout.

— Élisabeth Astier ?

Une voix de femme. Elle était sûre de ne pas la connaître.

— Je suis Roseline Carou.

Élisabeth marqua un temps. Que lui voulait la femme de François à une heure aussi indue ?

— Je suis navrée, j'ai cherché le numéro de Louis dans les affaires de mon mari, mais c'est le vôtre que j'ai trouvé. François est décédé cette nuit.

Élisabeth prit appui sur le dossier du fauteuil qui jouxtait le guéridon où reposait le téléphone. D'interminables secondes s'écoulèrent. Elle savait qu'il lui appartenait de dire quelque chose, mais aucun son ne parvenait jusqu'à ses lèvres. François était mort… À l'autre bout du fil, Roseline renifla. Puis elle poussa un long soupir. Élisabeth l'imita.

— Je suis désolée de cette horrible nouvelle, dit-elle enfin, comment est-ce arrivé ?

— Une attaque cardiaque. Les secouristes l'ont transporté à l'hôpital, mais les médecins urgentistes n'ont pas pu le ranimer.

Que pouvait-elle dire à la seconde femme de son mari ? Les mots qui lui venaient à l'esprit lui parurent futiles, dénués de sens.

— C'est tellement affreux pour vous, pour les enfants. Comment vont-ils ?

— Pour l'instant, ils sont sous le choc.

— Vous avez de la famille pour vous aider ?

— Oui, j'attends ma sœur cadette. Elle a pris le premier train depuis Avignon.

— Il va vous falloir beaucoup de courage… j'apprendrai la triste nouvelle à Louis tout à l'heure.

— Merci, c'est pour cela que je vous ai appelée. J'ai pensé qu'il devait savoir le plus tôt possible.

— C'est sans doute un peu déplacé de vous poser la question en cet instant, mais… acceptez-vous que mon fils assiste aux funérailles de son père ?

166

— Bien sûr, je suis certaine que François l'aurait voulu ainsi. Ces retrouvailles avec son fils aîné l'avaient bouleversé, mais je sais qu'au fond de lui, il en était très heureux. Je vais faire tout mon possible pour que la cérémonie soit fixée jeudi en fin de matinée.

— Merci, je le dirai à Louis.

— Je sais que vous êtes très proche de votre fils. Je ne vois aucun inconvénient à ce que vous l'accompagniez, il aura sans doute besoin de votre présence.

— J'apprécie votre geste, merci, répéta Élisabeth avant de raccrocher.

Elle retourna dans la cuisine et se servit du thé. Elle fit quelques pas de long en large, sa tasse à la main. Elle n'arrivait pas à imaginer le décès de François. L'homme qu'elle avait vu à Paris était si différent de celui qu'elle avait épousé. Celui qui l'avait quittée pour un voyage d'affaires dont il n'était jamais revenu. Tout cela semblait irréel, comme les scènes d'un film au ralenti. François était mort et elle était incapable de définir les contours de sa vie avec lui. Quelques années d'un grand bonheur. Une longue absence jalonnée de questions sans réponses. Et une ultime rencontre d'une demi-heure autour d'une tasse de thé. Pourquoi n'éprouvait-elle pas le moindre chagrin ?

Elle savait que les gens la jugeaient distante, indifférente parfois. Alors qu'elle était seulement peu encline à s'épancher, à dévoiler ses sentiments. Elle regarda l'heure, et l'air se bloqua dans sa poitrine... Louis avait promis de descendre au bureau très tôt ce matin. Son père était décédé et c'était à elle de le lui apprendre. Elle anticipait sa stupéfaction, sa peine. Et à cette idée elle sentit enfin venir les larmes.

La petite église perchée sur son tertre était interdite aux journalistes qui s'étaient massés sur le parvis, de part et d'autre des cordons de sécurité. La foule installée dans la nef était surtout composée de curieux qui tournaient la tête au moindre bruit venant de l'extérieur. Devant l'autel, le cercueil de François reposait sur son catafalque. Accompagnée de Louis et de Sophie, Élisabeth trouva une place à l'écart, presque au fond de l'église. Durant la cérémonie, Louis ne lâcha pas la main de sa femme et il l'aidait à se lever chaque fois que le rituel religieux l'exigeait. De temps en temps, il se tournait vers sa mère. Comme un appel au secours. Quand elle lui avait appris le décès de son père, il était resté prostré de longues minutes avant de se blottir dans ses bras en sanglotant comme un enfant. Élisabeth s'était sentie démunie devant les larmes de son fils. Après avoir si longtemps espéré le retour de son père, il avait à peine eu le temps de renouer des liens et de nouveau le destin les séparait.

La messe fut très courte. À la sortie de l'église, les journalistes se précipitèrent vers la famille de François et les mitraillèrent de flashes. Roseline et ses enfants s'engouffrèrent dans une voiture aux vitres teintées qui se glissa aussitôt derrière le véhicule des pompes funèbres. Une demi-heure plus tard, le cortège était rassemblé au cimetière devant la tombe fraîchement creusée. Roseline se tenait près du cercueil avec ses deux enfants et une jeune femme. Ils saluaient des gens, serraient des mains. Élisabeth et son fils s'approchèrent à leur tour. Soudain, Benoît, les prit violemment à partie :

— Ils n'ont rien à faire ici, maman, dis-leur de foutre le camp.

La petite Marie avait déjà fait un pas vers Louis. Elle s'arrêta instantanément et Roseline eut un regard gêné en direction d'Élisabeth.

— Je suis d'accord avec Benoît, ce n'est pas leur place ! lança la jeune femme qui se tenait entre les deux adolescents, une main sur leur épaule.

Élisabeth pensa à la sœur d'Avignon que Roseline attendait.

— Je vous prie de vous taire et de faire preuve d'un peu de décence, déclara Roseline d'une voix ferme.

Elle s'écarta de sa famille et se rapprocha d'Élisabeth.

— Je suis navrée. Benoît ne veut pas se montrer désagréable, il est seulement effondré. Et je crois qu'il ne sait pas quelle attitude adopter vis-à-vis de Louis.

— Je comprends, la rassura Élisabeth, la situation est ambiguë et plutôt inattendue pour lui…

— Pouvez-vous rester un instant après la cérémonie ? Je souhaiterais vous parler.

Élisabeth acquiesça. En compagnie de Louis et Sophie, elle se retira à l'extérieur du cimetière. Pendant l'altercation, Sophie n'avait pas quitté sa belle-mère des yeux, attentive au moindre sentiment qui affluait sur son visage. À sa place, elle n'aurait pas pu se contenir. Elle se serait défendue, elle aurait répliqué. Mais Élisabeth était restée calme, tenant la bride haute à ses émotions. Même blessée, elle avait gardé sa distinction naturelle. C'était donc cela l'éducation! Se maîtriser, répondre à l'offense par la dignité. En revanche, Louis avait accusé le coup. Il était resté figé, le souffle court, jusqu'à ce que sa mère lui prenne le bras. Sophie avait envié leur regard de tendre connivence.

Soudain, son talon glissa dans les graviers de l'allée et elle trébucha. Élisabeth la rattrapa de justesse et elle porta aussitôt les mains sur son ventre. Louis la prit par la taille et la reconduisit jusqu'à leur voiture. Au même moment, Roseline rejoignit Élisabeth. Celle-ci s'attendait à une joute verbale, où les rancœurs du passé se mesureraient aux haines du présent. Mais Roseline ne semblait pas disposée au moindre affrontement. Elle ne revint pas non plus sur le comportement agressif de son fils et de sa sœur.

— Vous allez recevoir une convocation officielle sous quarante-huit heures, mais d'ores et déjà je tiens à vous informer que le notaire a demandé votre présence et celle de Louis pour la lecture du testament de François.

Elle sortit une carte de visite de son sac.

— Voici l'adresse. Le rendez-vous est arrêté lundi en huit à 14 heures.

En lui prenant la carte des mains, Élisabeth remarqua son léger tremblement.

— Je compatis à votre douleur, dit-elle, j'imagine combien les semaines à venir vont être difficiles.

Du bout des doigts, Roseline essuya les larmes qui perlaient au coin de ses yeux.

— Merci. Pour l'instant, le plus dur est d'accepter son absence. Il nous manque tellement…

Élisabeth anticipait les épreuves qu'elle devrait traverser. Ne plus parler à personne le soir quand les enfants sont couchés, dormir seule dans son lit à deux places, dresser la table avec un couvert en moins. S'habituer à la solitude… Élisabeth avait vécu chacun de ces moments lorsque François avait été emprisonné.

— Ce fut si soudain, reprit Roseline, j'espère qu'il a enfin trouvé la paix.

— Il avait dû beaucoup souffrir de ses années de détention, n'est-ce pas ?

— Un vrai cauchemar. En sortant, il ne savait plus à quel monde il appartenait. La normalité ou le chaos… Il lui arrivait de penser qu'il n'était plus de nulle part, comme un apatride. Et ça l'a empêché d'apprécier le moindre moment de liberté. Comme s'il n'avait jamais quitté sa cellule pendant vingt-quatre ans.

Elles firent quelques pas le long des allées bordées de buis.

— Je ne sais pas ce qu'il attendait ou ce qu'il cherchait. Mais, après la visite de votre fils, je me suis dit qu'il avait peut-être trouvé. Je l'ai découvert plus serein, il faisait même des projets. Mais l'acharnement médiatique de ces dernières semaines a tout remis en question. Il était incapable de surmonter ce nouveau coup dur.

À cet instant, Louis s'avança vers elles, et Roseline se hâta de prendre congé.

*

* *

Le 22 juillet, Élisabeth et Louis se présentèrent à l'étude de maître Guillebot à Versailles. Une jeune clerc les guida jusque dans le cabinet du notaire où flottait le faible ronronnement de la climatisation. La pièce était sobrement meublée d'un bureau Louis XV, avec trois fauteuils Voltaire en vis-à-vis. Un ordinateur relié à une imprimante était posé sur une table en chêne aux pieds sculptés. Sur le coin du bureau et sur les angles de la cheminée, des lampes de cuivre diffusaient une lumière orangée.

Les fauteuils étaient occupés par Roseline et ses enfants, tandis qu'un couple attendait, debout près de la fenêtre qui donnait sur l'avenue. La ravissante jeune femme blonde qui les avait accueillis apporta quatre chaises supplémentaires. Avant de prendre place, Élisabeth s'approcha de Roseline :

— Comment allez-vous ?

— Aussi bien que possible en pareilles circonstances.

Élisabeth perçut de la froideur dans sa réplique et elle comprit qu'elle n'avait pas l'intention de poursuivre la conversation. Elle revint s'asseoir près de Louis.

Il avait convaincu Sophie de rester à Limoges. Elle abordait son septième mois de grossesse et le gynécologue lui avait recommandé du repos. Deux longs voyages en train, à quelques jours d'intervalle, pouvaient être préjudiciables.

Au bout d'une courte attente, maître Guillebot entra et s'installa à son bureau. Il promena un regard professionnel et très attentif sur l'assemblée avant de s'assurer que toutes les personnes attendues étaient présentes. Après les formalités d'usage, il commença la lecture du testament de François. Sa collection de timbres et un tableau de bonne facture représentant une scène de chasse revenaient au couple présent, apparemment des amis de François. Puis maître Guillebot remit un paquet à Élisabeth :

— Un coffret à bijoux de style florentin. M. Carou a précisé qu'il n'avait pas eu l'opportunité de vous remettre ce présent en temps voulu, mais il était certain que vous comprendriez.

Élisabeth sentit tous les regards tournés vers elle. Avec calme, elle remercia le notaire et glissa le paquet dans son sac. Au fond de sa poitrine son cœur avait pris un rythme démesuré. François lui rapportait toujours un souvenir de ses voyages. L'homme de loi entreprit ensuite d'énumérer les legs les plus conséquents. Roseline conservait l'usufruit de la maison familiale ainsi que divers placements financiers. La librairie qui était la part la plus importante de la succession et le bien propre de François était dévolue à ses deux enfants Benoît et Marie.

— Pour terminer, précisa maître Guillebot, M. Carou était titulaire d'un contrat d'assurance-vie souscrit en 1986.

Élisabeth se redressa légèrement sur sa chaise.

— Je l'ignorais, murmura-t-elle.

— En effet. Il apparaît que pendant ses années d'incarcération les échéances ont été honorées par sa cousine, Mme Nathalie Gendron. En échange de ce service, ses deux enfants Sylvain et Mylène devaient être les bénéficiaires de cette assurance.

Élisabeth et son fils échangèrent un regard médusé, tandis que le notaire poursuivait sa lecture :

— Toutefois, récemment M. Carou a modifié les clauses de ce contrat et il a désigné Louis Astier comme unique bénéficiaire. Il a souhaité ainsi compenser le legs de la librairie octroyé aux deux enfants de son second mariage.

Louis eut un mouvement d'épaules, les mains écartées, en direction de sa mère. Il tombait des nues.

— À la demande de votre père, reprit maître Guillebot, je dois rembourser à Mme Gendron la totalité des échéances qu'elle a réglées, avec les intérêts et un bonus. Le solde qui s'élève à 500 000 euros vous appartient, monsieur Astier. Je vous prierai de confier vos coordonnées bancaires à mon secrétariat afin que nous procédions au règlement.

Puis, sur le même ton solennel, il s'assura que les dernières volontés de M. Carou étaient bien comprises et acceptées par toutes les personnes présentes. La jeune clerc énonça les formalités légales et requit les signatures d'usage.

À la fin de la procédure, les légataires de François s'observèrent à la dérobée et quelques secondes de silence planèrent dans le bureau. Élisabeth croisa alors le regard de Roseline. Elle y vit une profonde aversion. Elle ne s'attendait certainement pas à ce que François ait couché sa première famille sur son testament, et dans des termes avantageux! La police d'assurance léguée à son fils aîné était libre de droits de succession.

15

Un contrat d'assurance-vie au bénéfice de Sylvain et Mylène... C'était donc cela que Nathalie s'évertuait à dissimuler. François avait certainement de bonnes raisons de ne pas la mettre dans la confidence, mais Élisabeth avait beau réfléchir, son motif lui échappait. Craignait-il qu'elle ne comprenne pas l'affection qu'il portait aux enfants de sa cousine?

En tout état de cause, une nouvelle confrontation avec sa cousine s'imposait. D'autant plus qu'Élisabeth commençait à sérieusement envisager que Nathalie pouvait être l'auteur des harcèlements qui lui empoisonnaient la vie.

En arrivant à la ferme ce matin-là, elle découvrit que seule, la petite Clio noire de Nathalie était garée devant la porte. Christian et Mylène devaient se trouver au travail, et c'était mieux ainsi. Elle n'avait pas nécessairement envie de provoquer un nouveau conflit familial. Elle frappa et, après avoir attendu quelques minutes, elle poussa la porte d'entrée. Le bruit d'un poste de radio la guida jusque dans la cuisine où Nathalie effilait des haricots.

— Je te dérange?

Nathalie sursauta et lâcha son couteau. Elle baissa le son de la radio et demanda d'une voix où perçait l'agacement :

— Qu'est-ce que tu veux encore ?

Soudain, Élisabeth réalisa qu'elle ne devait pas être au courant du décès de François. Le chagrin de Louis avait requis son entière attention, et tout s'était déroulé si vite qu'elle en avait oublié d'appeler sa cousine. À présent elle se trouvait dans une posture délicate et ne savait plus comment aborder le sujet.

— J'ai une mauvaise nouvelle à t'annoncer, dit-elle enfin, François est décédé.

— Mon Dieu, ce n'est pas possible… mais quand ?

Élisabeth résuma succinctement l'appel de Roseline, les funérailles.

— Tu veux dire qu'il est mort et enterré, et que tu n'as pas jugé bon de me prévenir !

— Je n'en ai pas pris l'initiative, en effet. Mais j'étais en droit de penser que quelqu'un d'autre s'en chargerait. Après tout, tu étais resté en contact avec lui, non ?

Nathalie se tourna vers l'évier et rinça les haricots verts sous l'eau du robinet. La colère d'avoir été évincée fit place à un autre sentiment beaucoup plus vénal. Elle pensait aux factures en retard, aux fins de mois bouclées de justesse. Y avait-il une chance pour que leurs ennuis d'argent prennent fin ? Après un moment de silence, elle se retourna vers Élisabeth en affichant un air courroucé :

— J'apprécie ta démarche, maintenant que tout est fini ! Toujours aussi garce… Autre chose ?

— Juste un petit rien, répliqua sèchement Élisabeth, et si nous parlions du contrat d'assurance-vie qu'il avait souscrit pour tes enfants et dont tu as payé les échéances pendant qu'il était en prison ?

— Comment es-tu au courant ? bégaya Nathalie.

— Par le notaire de François.

— Pourquoi s'est-il adressé à toi ?

Un minuteur retentit et Nathalie retira un gâteau du four. Elle sortit un plat du buffet et démoula le far aux pruneaux qu'elle posa sur la desserte. Élisabeth attendit qu'elle ait terminé avant de lancer :

— Récemment, François a modifié les termes du contrat pour désigner Louis comme seul bénéficiaire.

Nathalie qui avait entrepris de nettoyer le moule à gâteau fit brutalement volte-face.

— C'est pas vrai, explosa-t-elle, il n'a pas osé !

— J'ai été surprise moi aussi. Et bien plus que toi dans la mesure où j'ignorais l'existence de cette police d'assurance.

Elle vit l'angoisse assombrir le visage de sa cousine, pour faire place à une rage folle.

— Et tu n'avais pas à le savoir ! Comment a-t-il pu faire ça ? Comment a-t-il pu tout laisser à ton fils ? Le salaud, après tout ce que j'avais fait pour lui !

Elle trépignait au milieu de la cuisine en bousculant les ustensiles autour d'elle. Surprise par ce débordement de fureur, Élisabeth tenta une manœuvre d'apaisement :

— Le notaire a dit qu'il te rembourserait le montant des primes que tu avais réglées avec les intérêts et un bonus.

Nathalie semblait ne pas avoir entendu. Elle gardait les lèvres pincées, les poings serrés. Pendant un court instant, Élisabeth crut qu'elle allait se jeter sur elle. Mais tout à coup, elle se ressaisit et éclata de rire.

— Alors comme ça sur ses derniers jours il a cherché la rédemption ! J'imagine qu'il aurait fait n'importe quoi pour se racheter à tes yeux. Mais il y a quand même un détail que tu ne sais pas encore et qui va te bluffer. Tu devrais t'asseoir.

Élisabeth ne tint pas compte de son conseil, mais elle se crispa avec l'impression qu'un cataclysme allait fondre sur elle.

— Tu te souviens que vous aviez fait connaissance au baptême de mon fils ? Tu n'as jamais su que vos rencontres suivantes avaient été soigneusement étudiées et planifiées, n'est-ce pas ?

— Qu'est-ce que tu veux dire ?

— Un petit arrangement entre François et moi. Je t'ai invitée à déjeuner, puis à un pique-nique à la ferme… Oh ! Tu te rappelles le circuit des vieux moulins ? À chacune de tes visites, François se trouvait là, comme par hasard. Il avait eu le coup de foudre pour toi, et une certaine fascination pour la fortune des Astier. Mais il avait si peu confiance en lui, le pauvre ! Il a bien fallu que je l'aide.

Élisabeth était confondue par l'ironie teintée de haine qu'elle vit s'allumer dans le regard de sa cousine. Chaque mot l'atteignait au plus profond de son cœur. Elle était tellement abasourdie qu'elle en oublia le sac accroché à son épaule. Il glissa et tomba à ses pieds. Elle se pencha et ramassa ses papiers, et son maquillage étalés sur les carreaux de la cuisine.

— Surprise ? ricana Nathalie quand elle eut terminé.

— Pourquoi te croirais-je ? s'écria Élisabeth. François n'est plus là pour te contredire. Tout cela n'est que pure invention de ta part.

— Veux-tu parier ? Notre plan était pourtant simple. Je devais faire en sorte que vous vous retrouviez le plus souvent possible jusqu'à ce qu'il fasse ta conquête. Ce qui, à ma grande surprise, s'est avéré plutôt rapide. En échange de mon rôle d'entre-metteuse et une fois marié avec toi, il devait m'aider financièrement.

Elle marqua une pause tandis qu'Élisabeth, le souffle court, essayait de s'imprégner de ces révéla-tions. Ses pensées remontèrent jusqu'au baptême de Sylvain et à l'appel de Nathalie pour l'inviter la semaine suivante. Avait-elle été si naïve ?

Elle observait sa cousine qui la narguait et elle devina qu'elle disait la vérité. Ses allégations coïnci-daient avec les vols à la manufacture. François avait usé de ce moyen pour s'acquitter de sa part du marché. Elle fut parcourue d'un long frisson avant un violent haut-le-cœur. Soudain, Nathalie explosa de nouveau :

— Tout marchait si bien. Même s'il avait redouté un moment que les vols de porcelaine finissent par se remarquer. Mais il avait pensé revendre du kaolin à l'état brut. Et ce crétin, il a fallu qu'il provoque cet accident. Tout ça pour un verre de trop… L'abruti !

Élisabeth n'avait jamais pu s'accoutumer à la violence des colères de sa cousine. Elle connaissait aussi sa capacité de nuisance.

— Ces appels anonymes que je reçois à toute heure du jour et de la nuit, c'est toi ?

— Certainement pas! Tu devrais savoir que si j'ai un grief contre quelqu'un j'ai l'habitude de le lui dire en face.

— C'est bizarre, mais je n'accorde pas beaucoup de crédit à tes propos.

— Si ça peut te rassurer! Maintenant tire-toi, je t'ai assez vue.

Élisabeth rejoignit sa voiture sur le parking devant les hangars de la ferme. Elle s'installa au volant, referma la portière et, d'un geste machinal, elle boucla sa ceinture de sécurité. Pourtant elle ne lança pas le moteur. Elle avait besoin de reprendre ses esprits. Elle contempla le bleu du ciel à travers les feuillages des figuiers où pointaient de minuscules fruits. Puis ses yeux se fixèrent sur un point à l'horizon. Les souvenirs tourbillonnaient dans sa tête. Sa première rencontre avec François... Elle avait vingt-huit ans et sa mère lui répétait qu'elle était mûre pour fonder une famille. Elle se sentait prête à tomber amoureuse, mais cette perspective l'effrayait un peu. Et François était venu. Il était la séduction même. Il lui fit une cour-éclair et, trois mois plus tard, ils se marièrent avec l'assurance d'avoir une vie entière à partager. Elle se rappelait que le jour de leur mariage, c'était lui qui avait pleuré. Mais il y avait aussi sa lettre d'adieu, les papiers du divorce envoyés par la poste directement à l'adresse de son avocat.

Elle aurait voulu tout oublier, mais au contraire elle éprouvait la nécessité de réveiller le moindre souvenir qui accréditerait les révélations de Nathalie. À quoi bon? François était mort. Il ne lui fournirait plus aucune explication. À présent elle porterait le sentiment d'avoir été abusée, après avoir supporté pendant de longues années le désarroi de l'abandon. Un regret pour un autre. Avait-elle gagné au change ?

Elle se décida à mettre le contact et le trajet pour revenir dans le centre-ville lui permit de recouvrer son sang-froid.

*

* *

La première quinzaine d'août entraîna une vague de chaleur sans précédent. À Limoges, les touristes prenaient les fontaines d'assaut et s'attardaient aux terrasses des cafés jusqu'à une heure avancée de la nuit.

Pour Élisabeth, les jours s'écoulèrent dans un tourbillon d'activités. Les mois d'été la manufacture était ouverte au public. Elle engagea des étudiants pour accueillir les visiteurs et ne laissa à personne le soin de les initier. Et comme chaque année en cette période, elle anima une série de conférences à la Maison de la Porcelaine.

De son côté, Louis préparait son voyage en Inde. À neuf semaines de sa délivrance, Sophie ne sortait plus de l'appartement climatisé, au grand dam de son mari qui la poussait à garder un minimum d'activité. Il demanda conseil à sa mère. Elle lui avoua qu'elle ne se rappelait plus très bien les différentes étapes de sa grossesse. En revanche, elle se souvenait avoir travaillé jusqu'aux tout derniers jours.

Élisabeth n'avait plus de nouvelle de Nathalie. Elle s'était repassé en boucle leur dernière conversation. Ses agissements l'avaient profondément choquée et elle gardait la vague impression de s'être laissé berner par ses sentiments. Elle n'en était pas fière. Dans le même temps, les appels anonymes cessèrent. Même si cela confortait la présomption de culpabilité de Nathalie, Élisabeth se demanda pourquoi elle n'était pas rassurée pour autant.

Le 15 août, elle invita quelques amis à un dîner sur la terrasse d'où ils pourraient admirer le feu d'artifice qui serait tiré au-dessus de la ville dès la tombée de la nuit. Comme à l'accoutumée, elle composa son menu chez le traiteur et se contenta de garnir le réfrigérateur de champagne et de rafraîchissements. Toutefois, elle s'octroya le concours d'une jeune extra qui dressa les plats et assura le service. Louis et Sophie, Manuelle accompagnée de son mari ainsi que deux autres couples étaient présents. Élisabeth convainquit sa mère de confier Hortense aux bons soins d'une infirmière et elle arriva en tout début de soirée au bras de Roger Legaret. Celui-ci s'accorda un long aparté avec Élisabeth. Il avait bien rempli sa mission auprès des journalistes. Quelques entrefilets avaient filtré par-ci par-là, au moment du décès de François. Après cette collaboration efficace, Élisabeth n'avait pas eu le cœur de renvoyer Roger dans sa maison de retraite. Il venait toujours au bureau une ou deux matinées par semaine, et essayait de se rendre utile. Hervé en parut agacé, mais elle fit mine de ne rien remarquer.

D'ailleurs ce soir-là, tandis que les conversations s'animaient, que les coupes de champagne se vidaient, chacun nota l'absence d'Hervé.

Au cours du repas, Élisabeth observa longuement sa belle-fille. Il y avait un subtil changement dans ses manières. L'expression de son visage était plus affable. Elle se montra avenante, même à son égard, ce qui ne laissa pas de la surprendre. Mais elle mit cette trêve presque cordiale sur le compte de la grossesse de la jeune femme qui portait un ventre magnifique. Elle exhibait les clichés de ses échographies avec un éclat d'orgueil attendrissant dans les yeux. En croisant le regard de son fils, Élisabeth comprit qu'il appréciait aussi cet apaisement dans leurs rapports.

À 23 h 30, la première fusée jaillit dans le ciel de Limoges, ouvrant trois quarts d'heure d'illuminations féeriques. Peu après le spectacle, Gisèle et Roger Legaret prirent congé, suivis de Louis et de Sophie qui avoua qu'elle était « vidée ». Élisabeth proposa du café et des liqueurs à ses amis qui profitèrent encore longtemps de la fraîcheur nocturne. Elle augmenta le son de la chaîne hi-fi et, à travers les baies grandes ouvertes, les notes des *Quatre Saisons* se mêlèrent au souffle léger de la brise, pour apporter à cette fin de soirée une délicieuse sérénité.

Avant de se séparer, Manuelle rappela à Élisabeth qu'elles déjeunaient ensemble le lundi suivant.

— Attends-toi à manger végétarien, déclara-t-elle, je commence un nouveau régime !

*
* *

184

Lorsqu'il posait la main sur le ventre de Sophie et percevait les soubresauts du bébé, Louis était émerveillé. Cette petite vie lovée dans son cocon ne cessait de l'émouvoir. Il avait organisé son voyage en Inde de façon à être de retour avant l'accouchement. Sophie lui avait fait promettre qu'il serait à ses côtés et qu'il ne la quitterait pas. Bien sûr qu'il serait là…

Il prit une inspiration en s'aspergeant le visage d'after-shave. Le décès de son père l'avait profondément affecté. Il attendait tant de leurs retrouvailles. Mais une fois encore il l'avait abandonné avant qu'il n'ait eu le temps d'apprendre à l'aimer.

Au moment de quitter l'appartement, il posa un baiser sur la joue de Sophie qui dormait encore, pelotonnée en travers du lit et il caressa doucement son ventre. Il se jurait d'être le meilleur des pères.

Le courrier du notaire parisien arriva le 17 août. Louis en prit connaissance le 22, après un long week-end de farniente dans le sud-est de la France. Sans doute le dernier avant son départ à New Delhi et l'accouchement de Sophie.

Maître Guillebot informait son client du règlement de la prime d'assurance par virement bancaire. Et il s'acquittait de l'ultime volonté de François : lui remettre une lettre que ce dernier avait rédigée pour lui, au cas où il décéderait. Louis parcourut le message une première fois. Il sentit alors un grand vide. Il se laissa tomber, plus qu'il ne s'assit, sur la bergère près de la fenêtre. Après de longues minutes de déni, de flottement, au cours desquelles il eut l'impression de frôler le néant, il entreprit une seconde lecture en se focalisant sur les passages qui l'avaient laissé pantois.

« Je sais que tu aurais voulu que je te parle de cet accident de car. Je suis désolé, Louis, je n'ai pas pu. Chaque fois que je me remémore ces instants, j'ai le sentiment de me trouver au centre d'un roman d'horreur. Mais cette horreur, bien réelle, s'est imprimée en moi à jamais. Il suffit de quelques minutes pour détruire toute une vie. Aux dires des gens, je m'en suis tiré à bon compte par rapport à cette jeune enseignante et à tous ces enfants morts sur la route de leurs vacances. On m'a insulté, maudit, jeté à la figure que même si je crevais en prison ça ne suffirait pas à payer ma dette…

Quand on est responsable de la mort de quelqu'un, un peu de vous, le meilleur sans doute, meurt aussi. On se sent coupable de continuer à respirer, coupable de s'endormir le soir, fût-ce à l'aide de somnifères, coupable de chercher un rayon de soleil à travers la lucarne d'une geôle…

Je n'ai parlé à personne de mes années d'empri-sonnement. Ce fut comme entrer dans une fosse aux lions et apprendre à mordre pour sauver sa peau. Dans ce milieu, il n'y a plus de passé, plus d'avenir, juste la survie du moment présent qui annihile tout. La prison dépossède un homme, bien au-delà des objets personnels confisqués le jour de l'incarcé-ration ! On perd son intimité, sa faculté de penser et d'agir. On perd même le rythme du temps… Un matin enfin, les portes s'ouvrent. On nous parle alors de reconstruction, d'une nouvelle vie. Mais on ne recommence jamais sa vie, on la poursuit.

Et le sentiment d'enfermement perdure. La prison est toujours là. On n'en sort jamais tout à fait.

J'ai longtemps cru qu'on m'avait tout pris. Pourtant, en te revoyant, j'ai compris qu'une part de moi avait survécu. Et cette part, c'était toi. Crois-moi, Louis, je n'ai jamais cessé de penser au petit garçon que j'avais abandonné. Je n'ai jamais cessé de t'aimer. Et lorsque je t'ai retrouvé, j'ai compris que je n'avais plus le choix… La vérité est un fardeau trop lourd. Tant pis si je romps une promesse que j'ai faite sur mon honneur. À toi, mon fils, je ne peux pas laisser croire que je suis responsable de la mort de tous ces enfants. Je ne conduisais pas la voiture ce soir-là, quelqu'un d'autre était au volant. Surtout ne cherche pas à en savoir davantage. Et pardonne-moi. Pardonne-moi de t'avoir fait souffrir. Pardonne-moi de ne pas avoir été là pour t'aider à devenir l'homme que tu es aujourd'hui…

Cet argent est le seul moyen que j'ai trouvé pour me racheter, même si j'imagine que tu n'en as pas réellement besoin. Peut-être offriras-tu un beau voyage à ta ravissante épouse ? Prends bien soin d'elle et de ton enfant. Et de ta mère lorsque le moment sera venu.

Essaie de penser à moi de temps en temps. Je t'aime. »

16

Élisabeth ne savait plus depuis combien de temps elle avait cessé de fumer. Des années, des décennies peut-être. C'était absurde, mais en cet instant, elle aurait tout donné pour allumer une cigarette. Le bruit du briquet, la première bouffée…

Hors de lui, son fils l'avait laissée en plan, et elle était restée figée, les coudes sur le bureau, la tête appuyée dans ses mains. Elle fixait la lettre de François. Louis en avait accepté chaque mot, et quoi de plus normal? Après une si longue absence, des retrouvailles trop brèves, il voulait croire à l'innocence de son père, comme un exutoire à son chagrin. Faire de lui une victime parmi les autres. Pour Élisabeth c'était inconcevable. Car si ce n'était pas François, qui conduisait la voiture? Et pourquoi n'avait-il rien dit? En écoutant les propos démesurés de son fils, une idée lui avait traversé l'esprit. François avait-il menti pour léguer une autre image de lui à son fils? À cet instant, elle avait détesté le chemin qu'empruntaient ses pensées, et elle savait qu'elle ne pourrait jamais exprimer cette hypothèse à Louis.

Il faisait les cent pas dans son bureau, posant et reprenant la lettre de son père, lui lisant certains passages pour la énième fois. Devant son silence, il avait fini par s'emporter :

— J'ai l'impression que ça te laisse indifférente. Ça ne t'a jamais effleuré l'esprit qu'il pouvait être innocent ?

Elle devait bien l'admettre, à aucun moment elle n'avait envisagé cette éventualité.

— Je te rappelle qu'il a avoué être l'auteur de l'accident. Les gendarmes l'ont arrêté, et tout au long du procès il n'a pas varié sa version d'un mot.

Louis trouvait qu'au contraire, ces arguments plaidaient plutôt en faveur de son innocence. Cette lettre dessinait une autre histoire de la vie de son père et elle le devinait prêt à s'y accrocher de toutes ses forces.

— Je comprends ce que tu ressens, Louis…

— Non, tu ne comprends pas ! avait-il lancé furieusement. Il me semble qu'à ta place je ne me serais pas contenté de ses aveux. Mais sa pseudo-culpabilité arrangeait tout le monde, n'est-ce pas ? Toi, pour ne pas avoir à chercher la vérité, Roger Legaret pour la sacro-sainte image de l'entreprise. Tu as lu sa lettre ? (Elle l'avait lue trois fois) Le calvaire qu'il a enduré en prison, et tout ça pour rien.

Il avait heurté le coin du bureau en se retournant. D'un geste rageur, il avait jeté la lettre devant elle. Désemparée, elle s'était approchée de lui, bien décidée à tout faire pour le calmer et éviter l'affrontement. Le moment n'était pas approprié.

— Je suis désolée, Louis…

— Eh bien, c'est trop tard ! avait-il crié en s'éloignant d'elle, il est mort et on ne saura jamais pour quel salaud il a payé.

Sans lui laisser le temps de répliquer, il avait saisi sa sacoche et quitté le bureau en claquant la porte derrière lui.

Et depuis qu'il était parti Élisabeth passait en revue tout ce qui pouvait la réconforter, un verre d'eau, un café, mais c'était l'envie d'une cigarette qui l'obsédait. Soulagée d'avoir évité la dispute, elle n'en demeurait pas moins blessée et, pour une raison qu'elle ne s'expliquait pas, elle se sentait même humiliée face au comportement de son fils. Machinalement ses yeux se posèrent sur la lettre, elle lut le paragraphe où François évoquait sa vie en prison. Elle avait souvent imaginé l'accident, le sauvetage des rescapés. Longtemps, ses nuits furent hantées par des hurlements d'enfants, des appels au secours. Pourtant, elle n'avait jamais envisagé la vie de François dans sa prison. La solitude, la terreur, la promiscuité. C'était cela que Louis ne lui pardonnait pas, elle n'avait pas cherché à savoir. Et à aucun moment, elle n'avait préjugé de son innocence. Comment aurait-elle pu soupçonner, ne serait-ce qu'un instant, que François ne conduisait pas sa voiture cette nuit-là ? Et dans cette hypothèse qui était au volant ? Elle essaya de se rappeler chaque mot de leur dernière conversation lorsqu'il avait quitté Florence. Elle remontait dans ses souvenirs, essayait de ressusciter le plus infime détail en espérant qu'un élément surgirait et l'aiderait à comprendre. Mais elle était incapable de se rappeler, et elle sentit la culpabilité la gagner. Ce soir-là, François ne lui avait pas caché sa fatigue après ce long repas d'affaires. Mais avait-il laissé entendre qu'il ne rentrerait pas seul... Avait-il rencontré quelqu'un pendant son séjour, un collègue, un ami avec lequel il avait décidé de faire le trajet de retour ? Pourquoi n'avait-il rien dit après l'accident, ou pendant l'enquête... C'était un homme intelligent, rationnel. Des traits de son caractère qui l'avaient souvent surprise. Et elle restait convaincue qu'il appréciait sa vie au sein de la famille Astier, qu'il les aimait sincèrement, elle et Louis. Il ne les aurait jamais abandonnés pour une faute qu'il n'avait pas commise. Et si c'était le cas ? Quels étaient ses liens avec le conducteur de la voiture si tant est qu'il existe ? Avait-il subi une pression au point de devoir se taire ? Ça n'avait pas de sens. À moins... Elle se leva et sortit de son bureau pour gagner les toilettes. En longeant le couloir, elle pensa aux révélations de Nathalie, à ses manigances pour la pousser dans les bras de François et à la dette qu'à ses yeux il avait, de fait, contractée. Et cette police d'assurance. Tout bien considéré, elle n'était pas sûre de connaître réellement l'homme qu'elle avait épousé. Que lui avait-il caché qu'elle ne sache pas encore ? Perdue dans ses réflexions, elle ne vit pas Bénédicte qui lui tendait des documents :

— Élisabeth, tout va bien ?

À quoi bon tergiverser ? Les éclats de voix de Louis avaient certainement franchi l'enceinte de son bureau.

— Ça va, merci. J'ai juste besoin de me rafraîchir un peu.

Elle gagna les toilettes. Ses pensées tourbillonnaient dans sa tête. C'était étrange comme tout la ramenait indubitablement à sa cousine. Et si Nathalie avait quelque chose à voir avec l'accident ? À quel moment avait-elle averti ses cousins de l'arrestation de François ? Aussitôt après l'accident ou le lendemain… En y réfléchissant, elle était sûre d'avoir eu Christian au téléphone à ce moment-là. Mais Nathalie était-elle à la ferme ? Elle ne s'en souvenait pas.

Elle s'aspergea le visage d'eau et fit couler quelques gouttes dans le creux de sa main, qu'elle but en s'efforçant de refouler les doutes, les interrogations qui la troublaient. Elle concentra son attention sur l'eau fraîche qui ruisselait sur sa peau. Et les questions revinrent, plus fulgurantes encore. Il lui était difficile d'imaginer François en bouc émissaire. Cependant, s'il n'était pas responsable de ce drame, pourquoi ce silence ? Vingt-quatre ans après les faits, François décédé, comment élucider le mystère ?

Elle alluma le spot au-dessus du lavabo et se regarda dans le miroir. La lumière trop violente creusait son visage. Elle avait triste mine. Soudain, elle pensa à Maxime Lamarque, surprise de ressentir ce brusque besoin de lui. Elle regagna son bureau en hâte, décrocha le combiné et composa le numéro de sa ligne directe qu'il lui avait confié. Il répondit à la deuxième sonnerie.

— Maxime ? Élisabeth Astier. Auriez-vous un moment à m'accorder ? J'ai besoin de votre aide.

Une requête sans préambule, presque brutale, qui le surprit mais il n'en laissa rien paraître.

— Avec plaisir, fixons un rendez-vous… Quelles sont vos disponibilités ?

— Le plus tôt possible. Je m'adapterai à votre emploi du temps.

Son agenda ouvert devant elle, Élisabeth attendait, ses doigts tapotant nerveusement le sous-main. De son côté, Maxime parcourait des yeux les plages horaires de son semainier. À regret, il constata qu'il serait bien en peine de libérer ne serait-ce qu'une demi-heure avant le milieu de la semaine prochaine.

— Je dois absolument vous parler, insista Élisabeth devant son silence, c'est très urgent.

— Si vous pouviez voir mon agenda ! Il effraierait même une femme d'affaires comme vous.

Elle se demanda si elle pouvait décemment l'inviter à dîner cette fois encore. Contre toute attente, il prit les devants, bien déterminé à ne pas laisser le hasard décider de leur prochain tête-à-tête.

— J'ai une idée ! Dînons ensemble et vous aurez tout le temps de m'expliquer ce qui vous ennuie. Je vous dois un repas chez moi… alors disons jeudi soir, 20 heures.

— Avec plaisir. Donnez-moi votre adresse et vous me montrerez ces fleurs qui refusent de pousser.

Elle nota le nom de la rue et les quelques indications géographiques qu'il crut bon de lui fournir. Elle raccrocha et aussitôt, le sentiment de panique provoqué par la lettre de François reflua. Elle la replia et la mit de côté, puis elle reprit son travail. Soudain, elle sentit un courant d'air s'infiltrer dans la pièce. Elle tourna la tête vers la porte et découvrit Hervé dans l'embrasure. Il l'observait, le regard sombre, les sourcils arqués. Il arborait de plus en plus souvent cet air inquisiteur à son égard, ce qui avait le don de l'énerver.

— Tu écoutes aux portes maintenant ?

— Certes non. Je voulais juste t'annoncer une bonne nouvelle. La Coface accepte de couvrir la société Shumilov. Nous pouvons lancer la fabrication.

Un nouveau client installé à Vilnius, en Lituanie, avait confirmé une commande de plusieurs centaines de milliers d'euros. La garantie de l'organisme officiel de crédit à l'exportation était le gage d'une étude de marché réussie et surtout de la fiabilité de leur client.

— Je vais enfin pouvoir boucler ce dossier, poursuivit Hervé, et d'ici trois semaines nous procéderons aux premières expéditions.

Élisabeth se leva, rangea les papiers épars sur son bureau avant de glisser la lettre de François et l'adresse de Maxime Lamarque dans son sac.

— Comment va Louis ?

— Tu n'as pas entendu notre dispute tout à l'heure ?

— Contrairement à ce que tu penses, je n'écoute pas aux portes.

Elle ne releva pas le ton ironique de sa voix.

— Louis me bat froid, persuadé que j'aurais dû aider son père au moment de son incarcération.

— Tu penses sérieusement que ton ex-mari aurait pu ne pas conduire cette maudite voiture ?

Elle était surprise qu'il soit déjà informé de la lettre posthume de François.

— Louis t'a mis au courant ?

— Juste à l'instant.

— Alors pourquoi me demandes-tu comment il va puisque tu viens de lui parler ? répliqua-t-elle, agacée.

— Parce que tu es sa mère. L'innocence de son père te paraît crédible ? s'enquit-il pour la seconde fois.

Elle rassemblait des documents dans son attaché-case et elle surprit le visage d'Hervé dans le miroir de la bibliothèque. Elle aurait juré qu'il paraissait inquiet.

— Je n'en ai aucune idée. Tout cela reste mystérieux.

Apparemment tu as trouvé la personne qui va t'aider à le résoudre, ce mystère, pensa-t-il. Mais il ne dit rien et se contenta de demander :

— Tu sors ?

— Je vais à la manufacture voir les derniers rushes de notre film publicitaire. Tout doit être fin prêt pour le départ de Louis en Inde. On se verra plus tard.

Elle quitta l'immeuble et, en grimpant dans sa voiture, elle réalisa que cela lui arrivait de plus en plus souvent d'abandonner Hervé au milieu d'une conversation ou de couper court à ses appels. Quelquefois, elle ne répondait même pas lorsqu'elle reconnaissait son numéro sur l'écran du téléphone.

Elle démarra et, d'un geste machinal, elle mit les essuie-glaces en marche. L'orage qui menaçait depuis le lever du jour éclatait enfin, et de grosses gouttes de pluie s'abattaient sur le pare-brise. Elle se souvint qu'enfant, quand elle échappait à la surveillance de sa gouvernante, elle adorait offrir son visage à ces pluies d'été, chaudes, épaisses. Elle laissait l'eau inonder ses vêtements et, désobéissance suprême, elle sautait à pieds joints dans les flaques ! Elle se surprit à sourire. Avant de repenser à Hervé. Il était compréhensif et prévenant, toujours prêt à la réconforter. Comme un ami. Et c'était bien là que résidait l'écueil. Ses sentiments personnels n'avaient jamais dépassé le seuil d'une amitié amoureuse. Et depuis un certain temps, elle relevait chaque jour des signes de lassitude qu'elle ne pouvait plus ignorer. Comme si leurs relations marquaient un tournant critique. Pour la première fois, elle envisagea la séparation. À l'idée de ne plus voir Hervé en dehors de leur cadre professionnel, de ne plus entendre son appel avec cette même petite phrase dont il n'avait pas changé un mot depuis dix ans : « Tu ne voudrais pas un peu de compagnie par hasard ?... » Ne plus voir son air poli quand elle lançait une plaisanterie qu'il ne comprenait jamais, elle n'éprouvait pas le moindre sentiment de nostalgie. Mais plutôt le reflet d'un vague soulagement. N'est-ce pas toujours ce que l'on ressent lorsque vient le moment inévitable de la rupture ? se demanda-t-elle, alors que sa voiture bifurquait à droite, en direction de la manufacture.

17

Avant de se rendre au bureau, Maxime consacra une heure à ses emplettes. Il savourait le plaisir de longer les étals du marché au frais, de bavarder avec les commerçants qui le connaissaient et lui proposaient ce qu'ils avaient de meilleur. Selon le menu qu'il avait composé la veille il choisit un beau poulet fermier, du fenouil et des haricots verts. Il s'était levé à l'aube, et avant de partir il avait préparé une tarte avec les abricots de son jardin.

La journée s'écoula, et de réunion en réunion il accumula deux heures de retard sur son emploi du temps. Contrarié, il reporta ses derniers rendez-vous. Avant de quitter Limoges, il s'arrêta encore chez le fleuriste et à la boulangerie.

Il garait sa voiture devant sa porte lorsqu'il réalisa qu'il avait oublié d'acheter du fromage. C'était trop tard. Élisabeth ne lui en tiendrait sûrement pas rigueur. Il posa ses courses dans la cuisine et regarda l'heure. Il n'avait pas une minute à perdre pour nettoyer les haricots verts, les bulbes de fenouil, parer le poulet. Il alluma le four, lança la cuisson des légumes et vérifia que le champagne était au frais. Il avait décidé qu'ils dîneraient dans le coin repas de sa cuisine. Après tout, c'était un dîner professionnel. Il dressa la table. Pas de porcelaine, mais les assiettes en faïence anglaise de sa mère. En revanche, il s'attacha à créer une ambiance plus chaleureuse dans le salon. Il disposa les fleurs dans un vase qu'il posa sur la desserte, une coupe, un verre et le seau à champagne sur la table basse. Puis il ouvrit les fenêtres pour donner le champ à un léger courant d'air.

De temps à autre, il jetait un coup d'œil en direction du carillon, puis sur son téléphone mobile. Et si elle annulait, comme elle l'avait fait quelques semaines auparavant lorsque son ex-mari était décédé ? Ce jour-là, elle s'était contentée de lui envoyer un e-mail avec deux mots d'excuses en promettant de le rappeler. Mais elle l'avait laissé sans nouvelles jusqu'à son appel mardi dernier. Et elle avait sollicité son aide sur un ton strictement professionnel.

Alors qu'il était si impatient de la revoir ! Au point qu'il se promit de faire un mauvais sort à son téléphone s'il lui prenait l'envie de sonner et qu'elle annule leur dîner...

Il prépara les verrines pour l'apéritif et, à 20 heures, il était fin prêt. Il commença à guetter la voiture d'Élisabeth. Pourquoi un tel affolement ? Ce n'était pas la première fois qu'il recevait une femme chez lui.

Qu'est-ce qu'elle faisait ? Elle était en retard maintenant. Il se doutait bien qu'elle ne défalquait pas les kilomètres sur son compteur, comme lui les minutes sur la pendule, avec l'impatience d'un collégien. Il se traita d'imbécile. Mais jusqu'au dernier instant il ne put s'empêcher de surveiller l'allée.

Élisabeth arriva avec vingt minutes de retard.

— Je suis désolée, je ne pensais pas qu'il faudrait un jour tenir compte des embouteillages pour traverser Limoges !

Elle lui tendit une jardinière en grès, garnie de géraniums rouges et blancs.

— Je l'ai composée pour vous, avec les boutures de mes massifs.

Il la remercia et posa les fleurs parmi les vasques où s'éteignaient des plantes dont il avait oublié le nom. Puis il prit le temps de la contempler. Un corsage de lin blanc, une jupe droite bleu outremer. Elle ne portait pas de bijoux, mais une barrette d'écaille finement travaillée retenait ses cheveux en catogan. Élisabeth soutint son regard admiratif avec un brin d'amusement. Il la guida jusque dans le salon :

— Installez-vous, je vais chercher l'apéritif.

Elle posa son attaché-case à ses pieds et balaya la pièce d'un regard attentif : des murs lambrissés, un mobilier hétéroclite et très masculin, des rayonnages croulant sous une multitude de livres en désordre. Entre les fenêtres une table en demi-lune était surmontée d'un magnifique bronze. Au centre des fauteuils à oreillettes entouraient une table basse en merisier. Elle fit quelques pas, et admira les pastels qui décoraient les murs, les lampes en cuivre habillées d'abat-jour parchemin disposées ici et là. Un courant d'air frais traversait la pièce, et Élisabeth se surprit à respirer sur un rythme plus léger. Elle prit place dans un fauteuil et tira une chemise cartonnée de sa sacoche.

Maxime revint pourvu d'un plateau avec une bouteille de champagne, un pichet à demi plein d'un liquide opaque et plusieurs verrines colorées. Il remarqua qu'elle avait déjà sorti un dossier de son sac. Mais il prit le temps d'installer les verrines sur la table :

— Des petites billes de melon roulées dans du jambon de parme, et celles-ci… c'est un panachage de saumon, avocat et fromage de chèvre frais.

— Ne me dites pas que c'est vous qui avez fait ça ?

— Si, avoua-t-il avec un sourire contrit.

— Vous me faites pâlir de honte !

Maxime vint s'asseoir près d'elle et repoussa légèrement le dossier qu'elle avait sorti.

— Croyez-moi sur parole. Votre jardinière de fleurs vaut toutes les verrines que je suis capable de faire !

Il lui servit une coupe de champagne, puis il prit le pichet nappé de buée et emplit son verre.

— Qu'est-ce que c'est ? demanda-t-elle.

— Du kéfir, vous connaissez ?

Élisabeth eu un mouvement de tête désolé, et goûta le champagne. Il était sublime.

— C'est une plante d'origine caucasienne. On laisse les graines fermenter dans de l'eau sucrée, du citron et des figues sèches. C'est léger, pétillant et très digeste. Voulez-vous goûter ?

Il lui tendit son verre et elle y trempa les lèvres.

— Ce n'est pas mauvais, mais je vous avoue que je préfère le champagne, dit-elle en riant.

Elle se cala dans le fond de son fauteuil et dégusta sa verrine. Elle se sentait apaisée comme cela ne lui était pas arrivé depuis longtemps. Sans doute le champagne, et l'atmosphère de la pièce où flottait un léger parfum d'orange et d'eucalyptus. Elle chercha d'où provenaient ces senteurs et elle repéra un petit guéridon dans un coin du salon. Une fontaine en opaline diffusait des huiles essentielles.

— C'est très agréable, dit-elle en croisant le regard de Maxime, on se sent bien ici.

— Alors détendez-vous.

Elle soupira longuement et jeta un coup d'œil en direction des papiers posés près du seau à champagne.

— Je ne sais pas si je le peux vraiment.

Maxime aurait préféré patienter jusqu'au dessert avant d'évoquer l'objet de sa visite. En attendant, ils auraient parlé de petites choses anodines, il aurait pu mieux la connaître. Et se découvrir aussi. Mais, devant son impatience, il l'invita à lui confier ce qui la préoccupait. Elle lui tendit le message de François et, pendant qu'il lisait, elle acheva de boire son champagne. Il reposa la lettre, lui servit une seconde coupe et demanda :

— Qu'avez-vous pensé en lisant cela ?

— Me jugerez-vous mal si je vous dis que l'idée m'a effleuré l'esprit qu'il voulait surtout gagner l'estime de son fils ?

Il l'observait en souriant, elle se troubla. Il semblait si rassurant, si paisible, avec son regard sombre et rieur, ses cheveux en bataille et ses épaules à l'étroit dans sa chemise.

— Mais j'ai bien vite repoussé cette idée saugrenue. Aux dires de Roseline, son épouse, François était enchanté d'avoir retrouvé son fils et je puis vous assurer que Louis ne s'est pas posé de question, trop heureux de revoir son père malgré le poids de ses erreurs passées. François n'avait pas besoin de mentir pour retrouver son estime. En particulier dans un message posthume dont il ne tirerait aucun avantage !

Son raisonnement était cohérent. Maxime relut la lettre.

Les rideaux écartés laissaient pénétrer les rayons du soleil couchant. Le vent avait chassé les nuages et l'horizon resplendissait de nuances mauves et or. Quelque part la sonnerie d'un minuteur tinta. Les verrines étaient vides, Maxime invita Élisabeth à passer à table. Il la précéda dans la cuisine où régnait une bonne odeur de volaille rôtie. La pièce était équipée d'appareils électriques ultramodernes, de placards laqués blancs. Des étagères de verre et de céramique garnissaient un pan de mur, et au centre, des tabourets de bar entouraient une table haute recouverte d'un plateau de verre. Le couvert était dressé pour deux. Élisabeth prit place et admira en connaisseur les assiettes de faïence décorées de fleurs rouges et bleues. Maxime découpa le poulet et lui présenta le plat. La viande était accompagnée de croûtons dorés, et de légumes fondants à souhait. Elle se régala et ne tarit pas d'éloges.

— Qui vous a appris à cuisiner ainsi ?

— Ma mère. Et j'avais deux bonnes raisons pour apprendre : je l'adorais et j'étais gourmand ! J'étais tout le temps dans ses jambes quand elle cuisinait.

Élisabeth pensa à sa propre enfance. C'était toujours des employés qui préparaient les repas. Ce n'est que beaucoup plus tard, en prenant soin de Louis, que Gisèle s'était — comme elle aimait à le préciser — mise aux fourneaux.

— Si je vous comprends bien, vous croyez à l'innocence de votre mari ? demanda Maxime, la ramenant ainsi à l'instant présent.

— Je ne sais plus, cela paraît tellement invraisemblable. Il a tout de même avoué. S'il ne conduisait pas la voiture, pourquoi ne s'est-il pas défendu ?

— Pouvait-il passer pour quelqu'un qu'on abuse facilement ?

— Non ! répliqua-t-elle hâtivement. Je suis sûre que non... Toutefois, il a accepté le verdict et il est resté dix ans en cellule en gardant le silence.

Maxime pensa qu'il couvrait peut-être quelqu'un. C'était l'explication la plus logique. Pourtant, il ne dit rien. Il entreprit de débarrasser la table et Élisabeth se leva pour l'aider :

— S'il n'était pas au volant, ne trouvez-vous pas bizarre que rien n'ait filtré au moment de l'enquête ?

— Les gendarmes n'ont peut-être pas véritablement cherché, répondit Maxime en glissant les restes du poulet dans le réfrigérateur. Ils avaient des aveux. Et ça constitue toujours la plus parfaite des preuves.

Ils regagnèrent le salon et s'installèrent devant le dessert et le café.

— En quoi puis-je vous aider, Élisabeth ?

— Pouvez-vous reprendre l'enquête vingt-quatre ans après les faits et découvrir les circonstances exactes de l'accident ?

Il sucra son café et mangea une bouchée de tarte avant de répondre :

— Je peux essayer. Il existe toujours des pistes à explorer, les rescapés, les témoins.

— Je suis sûre que s'il y a un moyen vous le trouverez !

Flatté, il lui adressa un grand sourire.

— Merci de votre confiance, j'espère que je la mériterai.

— Je n'en doute pas, mon avocat m'a affirmé que vous étiez un enquêteur hors pair.

— Votre avocat est *mon* ami.

Elle but quelques gorgées de café. Il était parfait. Chaud, point trop corsé.

— Pourquoi avez-vous quitté la police ? demanda-t-elle.

— Des affaires qui vous hantent au point de ne jamais relâcher la pression, les coups de fils tardifs, les départs précipités au milieu d'un repas ou en pleine nuit. Mon couple n'y a pas résisté. Et brusquement… un déclic s'est produit. Je venais de terminer une enquête qui m'avait laissé trois jours et trois nuits sans répit. Mon supérieur a décidé de m'envoyer aussitôt sur une nouvelle affaire. Inutile de vous dire que j'ai renâclé… Et il m'a lancé : «Exécution, Lamarque ! Ou je te fais muter dans un coin de province tellement paumé qu'il te faudra un visa pour revenir à Paris ! » J'ai démissionné dans la minute. Et avant de créer mon agence je me suis accordé un an pour voyager. La Russie, la Chine, l'Amérique latine…

Il lui proposa une seconde part de tarte qu'elle refusa.

— Et vous, vous aimez voyager ?

204

— Cela m'arrive de temps à autre, répondit-elle, mais uniquement dans le cadre de mon travail. Et c'est presque toujours une corvée. Je ne peux pas m'empêcher d'imaginer toutes les catastrophes qui pourraient survenir en mon absence.

— Et elles se produisent, ces catastrophes ?

— Jamais… (Ils éclatèrent de rire.)

— Mon fils m'a reproché un jour de ne vivre que pour la porcelaine et la société.

— C'est vrai ?

— Sans doute. J'avais vingt-huit ans quand j'ai rejoint l'entreprise sous le regard critique du fondé de pouvoir de ma mère. Je craignais de ne pas être à la hauteur et je me remettais en question chaque jour. C'était tuant ! Plus tard, en épousant François, j'ai cessé de me tourmenter. La commercialisation, la direction du personnel, il me secondait parfaitement en tout. Grâce à lui, j'ai arrêté de redouter que le monde cesse de tourner si je commettais la moindre erreur. Quand on l'a arrêté, mon univers s'est effondré. Et je me suis retrouvée seule.

Elle se replia dans ses pensées et le silence s'installa, à peine troublé par le bruit d'un appareil électroménager dans la cuisine. Le lave-vaisselle, peut-être. Soudain, Élisabeth se retourna et croisa le regard de Maxime qui l'observait sans rien dire. Il souleva la cafetière. L'arôme du café lui flattait les narines, elle accepta une autre tasse qu'elle but rapidement. Puis elle rassembla les papiers épars.

— Je dois partir, il est tard.

— Pas tant que cela, vous avez le temps.

— Mais pas vous peut-être ?

— Si…

L'éclair qui brillait dans ses prunelles, la main qu'il tendait trop souvent vers son bras. Des signes qui reflétaient autre chose que de simples relations de travail. Une certaine intimité se dessinait entre eux, qui, elle le pressentait, irait crescendo au cours de leurs prochaines rencontres. Elle se leva brusquement et saisit son sac. Il passa devant elle, lui ouvrit les portes et la raccompagna jusqu'à sa voiture. Il s'inclina pour ouvrir la portière en prenant doucement appui sur son épaule. Elle perçut la chaleur de sa paume à travers le tissu de son chemisier et une onde tiède courut dans ses veines jusqu'à atteindre quelque recoin glacé de son cœur où reposaient tant de souvenirs douloureux.

— Je m'attelle à votre affaire dès demain, et je vous appelle quand j'ai du nouveau.

— Merci, Maxime, et encore bravo pour ce dîner ! C'était délicieux.

— J'ai beaucoup d'autres recettes en réserve, il ne tient qu'à vous de revenir les tester.

Elle lui tendit la main et il posa ses lèvres sur le bout de ses doigts. Elle trouva son geste totalement démodé, mais exquis.

Elle traversa Limoges en direction du sud pour rejoindre son domicile. Ce dîner lui laissait une sensation d'apaisement mêlé de confusion. Maxime était un homme remarquable, plein de sagesse et d'expérience, pétri d'humour, mais dangereux. Il avait un tel charme ! Ce n'était pas la première fois qu'elle se sentait troublée en sa présence. Et ce soir, elle avait clairement compris qu'elle ne lui était pas indifférente. Elle avait perçu cet instant de désir partagé dans la douceur de cette soirée d'été. Elle échafaudait déjà un plan pour le revoir. Dans le cadre du travail qu'elle lui avait confié, certes, mais… Elle se reprit. Elle avait passé un moment délicieux et elle avait baissé la garde. Elle s'en voulait, ce n'était pas le moment de tomber amoureuse. *À ton âge*, pensa-t-elle, *pauvre idiote*.

La nuit était claire, elle entrouvrit sa fenêtre et jeta un coup d'œil machinal dans son rétroviseur. C'est alors qu'elle remarqua la voiture… Elle aurait juré que c'était la même BMW qui s'était faufilée derrière elle place d'Aine. Le véhicule était trop loin pour qu'elle puisse apercevoir le conducteur ou lire la plaque d'immatriculation. Elle fit un détour par le boulevard Victor-Hugo, avant de reprendre la sortie de Limoges. La voiture suivit le même itinéraire, en gardant ses distances. Élisabeth accéléra, et, soudain, elle piqua vers la droite sans enclencher son clignotant et fit le tour d'un îlot de maisons. Le chauffeur ne se laissa pas surprendre et emprunta le même trajet. Elle sentait les battements de son cœur se précipiter et elle se rendit compte qu'elle conduisait beaucoup trop vite. Elle ralentit et, à tâtons, sortit son téléphone mobile de son sac et le posa à portée de main sur le siège passager. Elle roulait maintenant sur des routes de campagne, avec la certitude d'être toujours filée par la berline noire.

Dix minutes plus tard, elle aborda la commune de Nieul et franchit le pont au-dessus de la Glane. Lorsqu'elle prit le chemin qui menait chez elle, elle regarda dans le rétroviseur. Le véhicule bifurqua dans une rue transversale et s'éloigna en trombe. Elle activa la commande du portail et gara sa voiture à l'arrière de la maison. En marchant le long des allées, elle prit quelques longues inspirations et se sentit mieux. Son soulagement fut de courte durée. Une enveloppe de papier kraft l'attendait, adossée à la porte d'entrée. Elle longea la terrasse, regarda alentour avec un sentiment de frayeur grandissant. Il fallait ouvrir le portail électronique pour arriver jusqu'au perron! Sa main tremblante ne parvenait pas à tourner la clé dans la serrure. Elle se rua enfin à l'intérieur, enclencha l'alarme, avant d'allumer toutes les lumières du rez-de-chaussée. Elle se précipita dans la cuisine. Les volets étaient ouverts mais elle n'osa pas s'avancer pour regarder dehors. Elle devait prévenir la gendarmerie… Appeler Louis, ou Maxime. À 1 heure et demie du matin, elle mesura le vent de panique qu'elle risquait de soulever. Elle s'approcha enfin de l'évier et se servit un grand verre d'eau du robinet. C'est alors qu'elle aperçut un bouquet posé dans un bocal d'eau sur le rebord extérieur de la fenêtre. Le jardinier. Elle avait complètement oublié! M. Broussard l'avait avertie de sa venue cet après-midi. Souvent, il lui cueillait des fleurs qu'il déposait sur la fenêtre de la cuisine. Et elle connaissait son entêtement à laisser le portail ouvert pendant qu'il vaquait à ses occupations dans le jardin. C'était facile alors de se faufiler jusqu'au perron et de poser l'enveloppe en haut des marches. Il lui était arrivé de trouver des dépliants publici-taires pour des panneaux solaires, des voitures de luxe, jusque sur le seuil de sa porte.

Savoir que le harceleur s'était introduit dans le jardin sans effraction la rassurait quelque peu. Elle revint dans le salon et se décida à ouvrir l'enveloppe.

Elle déplia fébrilement la feuille blanche. L'avis du décès de François avait été découpé dans un journal, et collé au-dessus du message :

L'ASSASSIN EST MORT. LAISSEZ LE PASSÉ DANS L'OMBRE. OU LES ENFANTS PAIERONT POUR LES CRIMES DE LEURS PARENTS.

Quelque chose clochait. C'était toujours une écriture bâton, mais l'alignement des mots était différent, la teneur du texte aussi. Les précédents messages faisaient référence à l'accident, en soulignant que François ne serait jamais quitte. A contrario, celui-ci exhortait au silence. Affolée, Élisabeth relut ces quelques mots. Il y avait quelque part une personne qui était déjà au courant du message posthume de François à son fils. Quelqu'un qui la surveillait.

18

En dépit du système d'alarme, Élisabeth resta aux aguets toute la nuit. Tendue à l'extrême, elle sursauta au moindre petit bruit, prête à se ruer sur le téléphone. Au fil d'interminables heures, elle ressassa les événements de la veille. Lorsque 6 heures du matin sonnèrent, elle appela Manuelle. Elle connaissait les habitudes de son amie, elle savait qu'elle était déjà réveillée. Dans un flot de paroles qu'Élisabeth eut du mal à endiguer, Manuelle lui proposa de venir la voir séance tenante, lui conseilla de parler à Louis au plus vite, de se confier à Hervé... Finalement, elles décidèrent de se retrouver en fin de journée pour dîner ensemble. Après avoir raccroché, Élisabeth prit une douche, avala un café et quitta son domicile. Le soleil se levait à peine au-dessus des collines.

Arrivée au bureau, elle appela Maxime et, bien qu'il soit encore tôt, il décrocha immédiatement. Elle raconta la filature, le pli déposé devant sa porte. Puis elle lui lut le message et il convint avec elle que ces menaces différaient des précédentes.

— Vous devez prévenir la gendarmerie, Élisabeth, cette fois c'est trop grave. Si vous le souhaitez, je vous accompagnerai.

Réticente, Élisabeth expliqua qu'elle préférait suivre le conseil de Manuelle et en parler à Louis d'abord. Elle s'efforça de garder un ton professionnel en le remerciant une nouvelle fois pour le dîner. Et elle lui recommanda de ne pas oublier d'arroser ses fleurs.

Chaque matin, Louis descendait au bureau aux alentours de 9 heures et demie et Élisabeth répugnait à le déranger plus tôt. Sophie abordait ses dernières semaines de grossesse, elle ne supportait plus la chaleur et restait confinée dans l'appartement climatisé. Élisabeth avait cru déceler quelques signes de tension au sein du couple, mais Louis avait balayé ses inquiétudes d'un haussement d'épaules. Ses relations avec son fils n'étant pas au beau fixe, elle n'avait pas insisté.

Elle but un troisième café accompagné de quelques biscuits à la cannelle qu'elle avait apportés de chez elle. Puis elle s'installa devant l'ordinateur, ouvrit sa boîte de courrier électronique et découvrit avec plaisir un message de Malcolm O'Neill. Son principal importateur londonien possédait une prestigieuse boutique de luxe sur Bond Street, essentiellement dédiée aux arts de la table. Chaque année, les Porcelaines Astier créaient une collection spéciale pour O'Neill Limited et ces pièces uniques trônaient aux côtés des verres de Murano et du cristal de Baccarat. Malcolm O'Neill venait de recevoir les premiers ensembles de la collection 2014. Enchanté, il avouait son impatience à découvrir les autres pièces et invitait Élisabeth à venir à Londres les quatre et cinq octobre prochains. Il organisait un cocktail au cours duquel elle pourrait présenter ses dernières créations. Elle déroula les pages de son agenda. Sauf imprévu, Louis serait rentré de New Delhi. Elle s'apprêtait à répondre au message, mais elle se ravisa. Malcolm O'Neill était un monsieur d'un certain âge. Il consacrait tout son temps aux merveilles qui enluminaient son showroom, et laissait à ses assistantes le soin de gérer l'informatique et Internet. Elle jugea donc préférable d'attendre une heure décente et de l'appeler. Il ne tarit pas d'éloges sur la nouvelle collection qu'il qualifia de «véritable chef-d'œuvre». Élisabeth le remercia chaleureusement. Ils échangèrent quelques mots sur le temps qu'il faisait en Angleterre et en France et, avant de raccrocher, elle confirma sa venue à Londres début octobre.

Ensuite, elle consacra deux heures aux tâches courantes avant de se rendre à la manufacture où elle passa la fin de la matinée en compagnie du chef décorateur. Elle admira le travail des derniers services qui seraient expédiés à Londres dans quelques jours. Les arabesques turquoise dessinant des guirlandes enroulées de fines perles incrustées dans la porcelaine, le tracé délicat des filets… Malcolm O'Neill avait raison. La collection frisait la perfection. En contemplant les tasses aux lignes pures, aux anses ciselées et dorées à l'or fin, elle pensa à sa conversation avec Maxime la veille. Dans ses rares moments d'intense satisfaction, elle savourait le bonheur d'avoir voué sa vie à la porcelaine. Elle invita l'équipe de l'atelier de décoration à déjeuner, puis elle rejoignit le siège de l'entreprise.

Elle croisa Louis et Hervé dans le hall. Ils revenaient du golf, leur sac de sport sur l'épaule. Élisabeth eut du mal à dissimuler son agacement lorsqu'elle demanda à son fils de la rejoindre dans son bureau. Dix minutes plus tard, il prenait place en face d'elle et elle lui montra le message anonyme qu'elle avait reçu la veille.

— J'ai mis notre détective privé au courant, et je lui ai demandé de mener quelques investigations au sujet de l'accident de car.

— C'est amusant, je ne suis pas vraiment surpris que tu t'adresses à lui, répliqua le jeune homme d'une voix ironique qui déplut à Élisabeth.

Elle en déduisit qu'Hervé s'était fait un plaisir de colporter ses petits potins. Exaspérée, elle haussa le ton :

— Ce n'est pas toi qui affirmais récemment que si ton père était revenu sur ses aveux c'était la preuve de son innocence ? Par ailleurs, tu ne veux pas que nous prévenions les forces de l'ordre. Alors que suis-je censée faire ? Tu veux découvrir ce qui s'est passé cette nuit-là, oui ou non ?

— Il n'est nul besoin de ton détective pour ça ! Papa était innocent, point final.

Il se leva et récupéra la sacoche qu'il avait posée au coin de la porte.

— J'assiste à la réunion des producteurs à la maison de la porcelaine cet après-midi, auparavant, je monte prendre des nouvelles de Sophie.

Après son départ, Élisabeth resta interdite, les bras croisés sur son bureau, et elle ferma un instant les yeux. Les effets de sa nuit blanche se faisaient cruellement sentir, et ces affrontements permanents avec Louis devenaient insupportables. Un coup léger la tira de son inertie et la porte s'ouvrit sur Hervé :

— Tu as contacté O'Neill à Londres ? demanda-t-il.

Soudain, elle jaillit de son fauteuil et vint se planter devant lui :

— Je t'interdis de t'immiscer dans les conflits entre mon fils et moi. Mêle-toi de ce qui te regarde !

Elle lui claqua la porte au nez.

*
* *

Mercredi prochain, Louis ne serait plus là. Cette perspective accablait Sophie dès qu'elle ouvrait les yeux. Elle ne pouvait pas se résoudre à son départ. Trois semaines en Inde… À son retour, elle approcherait du terme de sa grossesse. Si elle tenait jusque-là. Elle avait pris beaucoup trop de poids et elle souffrait de rétention d'eau. Elle déambulait toute la journée à travers l'appartement, engoncée dans une robe informe, avec des chaussures sans talons, à cause de ses chevilles enflées. Et cette canicule qui n'en finissait pas. Elle croyait qu'avec les premiers jours de septembre la température se radoucirait enfin. Il n'en était rien. Le thé avait refroidi. Elle repoussa la tasse de côté et ouvrit le journal à la page des spectacles. Elle avait tout essayé, joué de tous les artifices afin que Louis repousse son voyage après la naissance du bébé. Il n'avait pas cédé. Et cette fois, elle était sûre que sa belle-mère n'était pour rien dans son attitude obstinée. Elle était au courant de leur désaccord et

214

elle savait qu'ils ne s'adressaient plus la parole en dehors du travail.

— J'ai consulté la météo mondiale sur le net. Pas facile de savoir avec précision le temps qu'il fait à New Delhi. J'ai du mal à choisir les vêtements que je vais emporter.

Il avait dit cela sur un ton presque joyeux en s'asseyant à la table du petit déjeuner. Sophie poussa brutalement la panière de croissants devant lui.

— Je ne te pardonnerai jamais de m'abandonner dans un moment aussi difficile.

— Tu n'es pas *abandonnée*. Tes parents habitent à une demi-heure de Limoges et ma mère passe ses journées dans son bureau au rez-de-chaussée.

— Et c'est censé me réconforter ? On voit bien que ce n'est pas toi qui vas accoucher !

Louis soupira. Il savait que Sophie était du genre à saisir le moindre prétexte pour se plaindre, mais à présent elle devenait franchement insupportable.

— Certes, je ne peux pas mettre notre enfant au monde à ta place, mais je serai là le moment venu.

— Et si j'accouche avant la date prévue ?

Les derniers examens prénataux n'indiquaient aucun signe d'accouchement prématuré. Il le savait, et Sophie aussi. Mais elle utilisait tous les moyens de pression dont elle disposait afin qu'il annule son voyage en Inde. Il n'en était pas question. Non seulement son déplacement était crucial pour finaliser le contrat Hirapatih, mais il espérait profiter de son séjour pour prospecter de nouveaux clients. Cette perspective l'excitait au point qu'il ne tenait plus en place. Et il était trop heureux de s'éloigner de Limoges pendant trois semaines. Il maîtrisait avec peine son exaspération face aux caprices de Sophie, à son indolence. Il n'avait pas pu s'empêcher de lui faire remarquer qu'à ce stade de sa grossesse la majorité des femmes travaillaient encore. Elle s'était mise dans une colère noire, avant de bouder pendant une semaine. Qu'elle se débrouille sans lui pendant quelques jours ! Il partait l'esprit d'autant plus léger que sa mère était à proximité. Et même si leurs rapports étaient tendus, elle accourrait à la moindre difficulté.

Louis se leva, rangea la tasse sale dans le lave-vaisselle et le beurre dans le réfrigérateur en pensant à sa récente conversation avec Hervé. En suivant leur parcours de golf, il lui avait confié qu'Élisabeth se détachait de lui. Elle ne jurait plus que par *son* détective. Hervé la soupçonnait même d'avoir utilisé la lettre posthume de son père comme un prétexte pour se rapprocher de cet individu. Évidemment, présenté en ces termes… Cependant, même s'il était inquiet, Louis ne voulait par interférer dans la vie de sa mère. Par ailleurs, il n'était pas réellement opposé à l'idée de rouvrir l'enquête, même officieuse, sur l'accident de car qui avait valu dix ans de prison à son père. Et les menaces adressées à sa mère le tracassaient. Après tout, « l'enfant qui devrait payer pour les fautes de ses parents » c'était lui. Et Sophie. Elle mangeait un croissant par petites bouchées en lui lançant des regards furibonds.

— Je vois que tu ne m'écoutes même pas ! hurla-t-elle. Puisque c'est ainsi, je retourne me coucher.

Il se pencha pour l'embrasser, mais elle le repoussa brutalement. Incapable d'articuler un mot

de plus, chancelante de rage, elle quitta la cuisine et
éclata en sanglots.

*
* *

Maxime avait pris la filature d'Élisabeth très
au sérieux. Après les dernières lettres de menaces
qu'elle avait reçues, il déplorait son refus de porter
plainte même s'il comprenait ses arguments. Son fils
refusait de voir une nouvelle fois le nom de son père
étalé dans la presse. C'était donc à lui d'essayer de
démêler cet imbroglio. Élisabeth lui faisait confiance
et il était prêt à tout pour ne pas la décevoir. De
ses vingt-cinq années passées dans la police, il avait
gardé des liens étroits et amicaux avec d'anciens
collègues. De bonnes relations qu'il entretenait
grâce à des dîners entre hommes, des billets offerts
à l'occasion de diverses manifestations sportives.
En conséquence, lorsque la complexité d'une affaire
l'exigeait, il n'hésitait pas à mettre ses contacts à
contribution. Dans ce cas précis, il fit appel à un
ami, commissaire divisionnaire, et obtint une copie
de l'enquête diligentée après l'accident de car en
février 1990. Les documents s'étalaient devant lui
et il les étudiait depuis deux jours. La tentation
était forte, mais il se refusait à appeler Élisabeth.
Les résultats de ses recherches étaient trop succincts.

Il pensait à elle souvent. Ses sentiments étaient
confus, allant de l'amitié jusqu'au tourment d'un
vague désir. Tous les matins, il s'attardait un peu
dans le centre-ville en espérant l'apercevoir, ne
serait-ce que de loin. Il fréquentait la maison de

la presse où ils s'étaient rencontrés par hasard, la boulangerie où il l'avait vue entrer un soir sans oser l'aborder. Aujourd'hui fut son jour de chance ! Il pénétrait dans la pharmacie au moment où Élisabeth sortait, en glissant une boîte de comprimés dans son sac. Spontanément, il s'approcha et l'embrassa rapidement sur les deux joues.

— Vous êtes malade ? demanda-t-il avec un coup d'œil sur la boîte de médicaments.

— Non, seulement sujette aux migraines, et je n'ai plus un seul cachet en réserve. Et vous ?

Il fit mine de se redresser avec une épouvantable grimace.

— Une douleur dans l'épaule qui me tarabuste depuis avant-hier… vous m'attendez ?

Elle acquiesça. Il poussa la porte de l'officine et ressortit cinq minutes plus tard avec à la main, une boîte de comprimés identique. Ils ne purent contenir un éclat de rire, et Élisabeth lança, espiègle :

— C'est l'aube du troisième âge qui se lève !

— Taisez-vous, vous allez me donner le bourdon. Je vous offre un café ?

— Oh merci beaucoup, mais je n'ai pas le temps ce matin.

Ils firent quelques pas et s'arrêtèrent à l'ombre d'un platane. Il était tôt encore mais le soleil resplendissait dans un ciel sans nuages.

— Vous avez du nouveau au sujet de notre affaire ?

Il expliqua, un peu malgré lui, les prémices de ses démarches.

— Vous n'êtes toujours pas décidée à déposer une plainte à la gendarmerie ? Ce serait pourtant plus sage.

— Mon fils ne veut pas en entendre parler et je ne me sens pas le courage de revenir à la charge. Nous avons du mal à communiquer en ce moment.

La mimique qui avait accompagné ses derniers mots en disait long et laissa Maxime perplexe. Il ne se sentait pas le droit de lui poser la moindre question et il attendit, en espérant qu'elle se confierait à lui. Mais elle jeta un rapide coup d'œil à sa montre et s'excusa de devoir le quitter.

— Appelez-moi dès que vous avez des informations !

Il la regarda s'éloigner, déçu de n'avoir pas su obtenir la promesse de partager un déjeuner.

*
* *

Lorsque Élisabeth arriva au bureau, Louis l'attendait. Elle lui demanda des nouvelles de Sophie.

— Ça va. Elle est très contrariée par mon départ. Mais je ne vois pas comment faire autrement. (Et il changea de sujet.) J'arrive des entrepôts. Nous manquons sérieusement de place. Les employés ne savent plus où stocker les anciennes collections. Une des solutions serait d'aménager un showroom réservé aux ventes « deuxième choix » pendant la saison touristique.

De nombreux producteurs de porcelaine avaient recours à ce moyen pour écouler la vaisselle présentant de légers défauts, les fins de séries ou les modèles au style suranné. La maison Astier, depuis toujours, avait choisi d'entreposer les anciennes collections et de détruire les pièces défectueuses.

Élisabeth se leva sentant grandir son impatience :

— Tu connais mon opinion, Louis. Ces ventes au rabais engendrent une mauvaise image de la société.

— C'est ridicule ! Les autres porcelainiers, et non des moins prestigieux, ont opté pour ce marché secondaire.

— C'est leur choix et je le respecte. Toutefois, une erreur commise par le plus grand nombre reste une erreur.

— Mais ces ventes représentent une manne financière non négligeable et, en outre, elles répondent à une demande. Ce marché existe bel et bien. J'en ai parlé à Hervé, il est d'accord avec moi.

Bien sûr… Ils se liguaient systématiquement contre elle en ce moment.

— Je n'en doute pas, répliqua-t-elle, mais pour l'instant c'est encore moi qui décide !

— Je te demande juste d'y réfléchir, insista Louis en se dirigeant vers la porte.

Elle promit et l'invita à déjeuner.

— Une autre fois. Aujourd'hui j'ai prévu de faire un parcours de golf avec Hervé. Le temps est superbe et nous en profitons.

Élisabeth rongea son frein toute la journée et elle affûta ses arguments en vue de l'explication qui était devenue inévitable. En fin d'après-midi, elle retrouva Hervé dans son bureau.

— Tu as un instant ? Je dois te parler.

Il acquiesça d'un signe de tête et ôta ses lunettes qu'il posa devant lui. Elle s'installa de l'autre côté du bureau, sortit un paquet de cigarettes et un briquet. Il la regarda faire d'un air ébahi.

— Il y a longtemps que nous nous connaissons, et je ne t'ai jamais vue fumer !

— Peut-être que tu ne me connais pas si bien que cela !

Le gouffre qui les séparait se creusait un peu plus chaque jour. Et cette constatation conforta Élisabeth dans sa démarche. Avec précaution, elle cherha les mots justes. Éviter le mélodrame… Mais comment lui expliquer sans le froisser qu'elle voulait s'affranchir de son passé. Et qu'il en faisait partie.

— J'ai l'impression que tout va de travers dans ma vie. J'ai beau essayer de me remettre en question, je ne sais plus où j'en suis.

— Je sais que tu vis une période difficile. Je suis sûre que ça te ferait du bien de te changer les idées. Si nous faisions un petit voyage tous les deux ?

La discussion était mal engagée. Elle refusait de se laisser entraîner sur ce terrain.

— Hervé… ça fait un certain temps que nous ne nous voyons plus en dehors du travail, et…

— Je n'ai pas l'impression que tu souhaites réellement ma présence en ce moment, et je ne veux pas m'imposer.

— J'ai beaucoup réfléchi, et je sais que je vais te faire de la peine. Mais j'ai un tel besoin de solitude. Je crois qu'il vaut mieux mettre un terme à notre relation.

Il ne s'y attendait pas car il resta un instant interloqué à la dévisager, comme si un pan de mur venait subitement de s'écrouler entre eux.

— C'est la solution que tu as trouvée pour résoudre tes problèmes, te débarrasser de moi ? Il me semble que nous avons encore tant de choses à partager.

— Si c'était le cas, nous aurions franchi le pas et officialisé notre vie commune depuis longtemps. Mais nous ne l'avons pas fait.

— Et tu oses me le reprocher, c'est toi qui ne l'as pas voulu !

Les plis de son visage s'étaient creusés, et il la fixait, les sourcils froncés. Elle eut l'impression qu'il devinait tout ce qu'elle taisait.

— Il y a quelqu'un d'autre ? demanda-t-il subitement.

La question n'était pas anodine, et il remarqua le soupçon d'hésitation qui passa dans son regard.

— Je crois que c'est plus simple que cela, répondit-elle en s'efforçant de contenir son trouble, nos chemins se séparent, voilà tout. Je suis désolée.

— Désolée ? Tu anéantis dix ans de vie sur un coup de tête et tu es désolée ?

Elle renonça à lui dire que l'idée la taraudait depuis un certain temps.

— Je t'aime autant qu'il y a dix ans, Élisabeth, davantage même. Mais bien sûr, ça ne te touche pas, tu t'en fous !

— J'ai beaucoup d'affection pour toi, et…

— Et ça ne suffit pas pour former un couple, tu as raison. Je suppose qu'il est inutile que j'essaie de te faire changer d'avis ?

— En effet. (Elle faillit répéter qu'elle était désolée mais se ravisa.)

— Mais pourquoi me traites-tu comme ça ? J'ai toujours fait tout ce que tu voulais. Tu pouvais tout me demander...

Il se rendit compte qu'il s'exprimait comme un vieil amant éploré. Déjà elle ne l'écoutait plus. Un silence insupportable s'installa entre eux et se prolongea jusqu'à ce qu'Élisabeth se lève :

— Je vais sortir fumer une cigarette.

Elle ouvrit la porte et se retourna sur le seuil :

— Étant donné les circonstances, je comprendrais si tu souhaitais démissionner.

Un court instant, elle lut de la fureur dans son regard, et son attitude changea. Il redressa les épaules et croisa les bras, la tête haute :

— Je n'ai pas l'intention de m'en aller, répliqua-t-il sur un ton glacial, si tu veux te débarrasser de moi, il faudra me foutre dehors !

— Il n'en est pas question. Tu restes mon plus proche collaborateur... Rien n'a changé de ce côté-là. À demain matin.

Elle quitta la pièce. Il ne fit rien pour la retenir.

Une fois seul, Hervé reprit sa place à son bureau. Il appuya sa tête contre le dossier du fauteuil et réfléchit. Élisabeth avait pris seule une décision qui les concernait tous les deux. Comme à l'accoutumée. Après dix ans où il l'avait aimée sans rien exiger d'elle, elle le rayait de son existence. Il essaya de se convaincre qu'il n'éprouvait rien, qu'il était capable d'encaisser le coup sans trembler. Après tout, il s'agissait d'une banale histoire d'amour qui s'achevait pour lui et qui n'avait jamais commencé pour elle.

Il se rappelait ce soir de mai, bien des années auparavant. Il l'avait demandée en mariage. Elle avait refusé, en y mettant des formes certes, mais en lui laissant bien entendre que ce refus était irrévocable. Ils n'en avaient jamais reparlé. Elle paraissait se satisfaire de leurs relations amants-amis. Ils étaient devenus un vieux couple qui se regardait vieillir à distance. Et voilà qu'elle changeait subitement la donne, n'écoutant que son bon plaisir.

Par la fenêtre ouverte, il voyait le soleil amorcer sa descente, jouant à cache-cache dans les branches des marronniers. Il contempla les grains de poussière qui volaient dans les faisceaux lumineux du couchant. Tous ses espoirs d'une vie de famille ancrée dans un avenir serein s'estompaient. C'était le risque dans ce genre de relation, pensa-t-il, personne ne doit rien à personne, tout peut s'arrêter d'un instant à l'autre. Mais il y en a toujours un des deux qui souffre et il savait que ce serait lui. Dans son égoïsme, Élisabeth n'imaginait même pas ce qu'il endurerait à devoir travailler avec elle, la côtoyer chaque jour. Comme si leur relation n'avait jamais existé.

Il chaussa ses lunettes et consulta son agenda de la semaine. Il se rappela ses débuts dans la société et ce qui, à cette époque-là, l'avait poussé à accepter le poste qu'elle lui avait proposé. Partir était peut-être la meilleure solution. Après tout, il avait atteint l'âge légal de la retraite. Et sa présence dans le cercle restreint des Astier n'avait plus de réel fondement.

19

Le 8 septembre, Élisabeth conduisit Louis à l'aéroport de Limoges. Il avait réservé un vol direct pour Londres avant de prendre un long courrier qui le mènerait à New Delhi. Sur la route de l'aéroport, ils échangèrent quelques propos anodins entrecoupés de silences. Élisabeth était toujours inquiète quand il était loin d'elle. L'obsession de savoir que « s'il lui arrivait quelque chose » elle serait dans la plus totale impuissance. Elle n'avait jamais rien dit du calvaire qu'elle avait enduré lorsqu'il était parti six mois en Chine. Elle lui fit promettre de l'appeler dès son arrivée dans la capitale indienne. De son côté il lui recommanda de prendre soin de Sophie. La date de l'accouchement approchait, et la jeune femme se montrait de plus en plus tendue et agressive. Il était encore chaviré par la scène de leurs adieux ce matin. Elle avait piqué une crise de nerfs, piaffant au milieu du salon en lui jurant qu'elle ne serait plus là quand il reviendrait. Si elle se comportait ainsi en son absence, il n'osait même pas imaginer la réaction de sa mère. En temps ordinaire il aurait pu demander à Hervé de veiller au grain. Mais ce dernier lui avait appris que sa mère avait rompu leur relation. Il avait attendu, persuadé qu'elle lui ferait quelques confidences, mais elle n'avait pas jugé bon d'aborder le sujet avec lui. Au grand dam d'Hervé qui aurait bien aimé que Louis plaide sa cause et tente de la ramener à la raison. Louis avait deviné son amertume. Il avait compati à sa peine, mais l'idée d'interroger sa mère à propos de sa vie privée lui parut à la limite de l'indécence.

Élisabeth se gara sur le parking express de l'aéroport. Tandis que Louis ôtait ses valises du coffre, elle lui conseilla pour la énième fois d'être vigilant et de l'appeler régulièrement.

— Je t'enverrai un e-mail chaque soir, maman, c'est promis.

Il enregistra ses bagages et, dix minutes plus tard, il se dirigeait vers le couloir d'embarquement. Au moment d'embrasser sa mère, il la vit se métamorphoser. Elle laissa tomber le masque et subitement, son sang-froid l'abandonna. Elle le serra dans ses bras de toutes ses forces en chuchotant à son oreille :

— Prends bien soin de toi, mon chéri. Je t'aime.

Il resserra son étreinte en murmurant :

— Ne t'inquiète pas maman, il ne m'arrivera rien. Je t'aime aussi.

*
* *

Depuis deux semaines, Maxime étudiait le compte rendu de l'enquête menée par la gendarmerie en février 1990. C'était plus ardu qu'il ne l'imaginait, mais cela en valait la peine. Il éplucha les dépositions des témoins de l'accident du col de l'Épine. Certains d'entre eux résidaient toujours dans la région et, lorsqu'il les interrogea, ils furent unanimes : l'homme arrêté par les gendarmes était seul dans sa voiture. Parmi les pièces rassemblées dans les dossiers, Maxime finit par trouver l'adresse de Liliane Martin, une enseignante rescapée de l'accident. Elle demeurait à Senzieux, un petit village près de Saint-Étienne. Il ne trouva aucun numéro de téléphone correspondant à ces données. Il se renseigna auprès des commerçants de la commune et recueillit quelques précieuses informations. Liliane Martin vivait dans une maison isolée à la sortie du bourg. Elle ne travaillait pas et, depuis plus de quinze ans qu'elle résidait à Senzieux, elle ne s'était liée avec personne. Maxime usa de tous les subterfuges dont il avait coutume et il finit par obtenir son numéro de téléphone confidentiel. Il se présenta et fut surpris qu'elle accepte de lui parler. Il expliqua l'enquête dont il était chargé, mais passa sous silence la mort de François. Il présenta ses arguments avec prudence, évoqua Élisabeth, Louis qui avait souffert de l'absence de son père. Puis il posa quelques questions au sujet de l'accident. Elle avoua ne s'être jamais remise de cette nuit qui avait détruit sa vie. Au fil de la conversation, il devina un certain soulagement de sa part. Comme si elle n'attendait que cela : raconter ! Lorsqu'il proposa de la rencontrer, peut-être en compagnie d'Élisabeth, elle accepta.

À présent, il avait suffisamment de nouvelles informations pour appeler Élisabeth.

*
* *

227

Élisabeth et Maxime prirent la route le mercredi en milieu de matinée. La petite commune de Senzieux était située à trois heures et demie d'autoroute de Limoges. Maxime conduisait prudemment, en suivant les indications du GPS. À la demande d'Élisabeth il répéta l'essentiel de son entretien avec Liliane Martin.

— Elle ne sait pas que François est décédé ?

— Non, et je n'ai pas fait allusion à son dernier message non plus. Nous verrons ce que nous pouvons dire au cours de la conversation.

Il dessina le portrait de la professeur d'art plastique, telle que les habitants du village l'avaient décrite.

— Si elle vit ainsi coupée du monde, pourquoi accepte-t-elle de nous recevoir ?

— Je me suis posé la question. Après vingt-quatre ans, elle éprouve peut-être le besoin de parler.

À l'heure du déjeuner, Maxime proposa de faire une pause sur une aire d'autoroute.

— Je n'ai pas très faim, avoua Élisabeth.

— Vous m'en voulez si j'insiste ? Je suis incapable de sauter un repas.

— Si vous devez faire un malaise, arrêtons-nous vite ! répliqua-t-elle avec malice. Mais je ne vous imaginais pas adepte de la restauration d'autoroute.

Il se contenta de sourire sans répondre et prit la prochaine sortie. Il dépassa la cafétéria, et s'arrêta dans un coin calme et ombragé. Intriguée, Élisabeth le vit descendre de voiture, ouvrir le coffre et en extraire une glacière portative.

— Vous venez ? suggéra-t-il en lui désignant une table entourée de bancs à l'ombre des arbres.

Il déplia une nappe, installa des assiettes, deux verres et des couverts.

— J'ai demandé à la patronne de la brasserie à côté de l'agence de nous préparer un repas froid. Je vais découvrir le menu avec vous, mais j'ai toute confiance en elle.

Il ouvrit les barquettes. Une salade de raie aux câpres avec des lentilles vertes, et une compote de fruits de saison. Le tout accompagné de pain croustillant et d'une bouteille d'eau fraîche. Maxime posa un thermos sur le coin de la table.

— J'ai également prévu du café. Asseyez-vous et essayez de vous détendre.

La température était douce sous les arbres. Ils mangèrent en parlant de petites choses sans importance. Leurs goûts littéraires, musicaux. Maxime avoua une passion pour le cinéma, et sa collection de plusieurs centaines de DVD. Élisabeth se moqua gentiment de son besoin de manger à heure fixe, elle qui oubliait si facilement de déjeuner, se contentant d'avaler une barre chocolatée aux céréales ou deux yaourts sur le coin de son bureau. Au moment de déguster leur dessert, ils gardèrent le silence. Ils étaient assis côte à côte sur un banc de bois que les intempéries avaient noirci. Maxime mangeait lentement, les yeux fixés sur la ligne d'horizon et Élisabeth l'observait de profil. Le front bombé, le menton un peu affaissé et les cheveux poivre et sel qui lui tombaient dans le cou. Elle eut soudain envie qu'il s'arrête de manger pour l'embrasser. Une envie si forte qu'elle se sentit rougir.

Il débarrassa les assiettes sales et servit le café dans des gobelets en plastique. En suivant la simplicité de ses gestes Élisabeth retrouva son sérieux.

— J'appréhende cette rencontre. Que puis-je dire à cette femme… que je suis désolée de ce qui s'est passé il y a vingt-quatre ans ?

Maxime reprit sa place à côté d'elle et posa un bras autour de ses épaules.

— D'abord vous n'êtes pour rien dans ce qui s'est passé. Et je suis là pour faire en sorte que tout se passe bien.

Elle n'en demeurait pas moins inquiète. Ils burent leur café et rangèrent la glacière dans le coffre. Puis Maxime reprit le volant. Élisabeth boucla sa ceinture et se laissa aller au creux de son siège. Pendant une bonne partie du trajet, elle resta muette. Il crut qu'elle s'était assoupie, mais il s'aperçut qu'elle écoutait les indications du GPS et suivait la route avec lui.

— Encore une demi-heure, dit-elle en sortant une petite trousse noire de son sac.

Elle retoucha légèrement son maquillage et donna un coup de peigne dans ses cheveux. Elle avait du mal à cacher sa nervosité.

Vingt kilomètres avant Saint-Étienne, ils quittèrent l'autoroute pour suivre des routes de campagnes de plus en plus sinueuses. Ils traversèrent Senzieux et en suivant l'itinéraire ils arrivèrent à une petite route départementale qui menait au domicile de Liliane Martin. La maison, flanquée d'une éolienne était préservée des regards par une haie de troènes. Le jardin jouissait d'une vue magnifique sur la vallée en à-pic. Maxime s'arrêta devant le portail.

Lorsqu'ils claquèrent les portières de la voiture, une femme sortit de la maison et s'avança vers eux. Manifestement elle les attendait. De petite taille et d'une maigreur saisissante, des cheveux blancs coupés très court, elle portait un jean râpé et une chemise à carreaux constellée de taches de peinture. Un visage lisse, des traits fins, Élisabeth lui donna à peine la cinquantaine. Elle les invita à la suivre à l'intérieur. L'entrée principale ouvrait directement sur une immense pièce, plongée dans la pénombre. Liliane Martin désigna des fauteuils dans un angle, près de la cheminée.

— Installez-vous, j'ai préparé du café.

Ils prirent place sans dire un mot, trop absorbés à regarder autour d'eux. La pièce rassemblait un salon de style rococo où des fauteuils et des poufs étaient recouverts de velours aux teintes passées, et un atelier de peinture. Des pinceaux, des tubes de gouache encombraient les tables et le manteau de la cheminée. Des toiles de dimensions variées garnissaient les murs, d'autres étaient adossées aux boiseries… et il y avait celles inachevées, posées sur les chevalets. La peinture aurait pu être qualifiée de contemporaine, mais elle n'avait rien du mystère subtil de l'abstrait. La plupart des œuvres semblaient jaillir des ténèbres… comme un combat désespéré opposant l'artiste à d'obscures pulsions. Des formes humaines enchevêtrées dans des fils, prisonnières de gigantesques toiles d'araignée, des visages aux orbites vides, des arbres morts dressés dans un ciel d'orage. Toutes les toiles étaient émaillées de graffitis tracés au fusain, comme des codes. *C'est macabre*, pensa Élisabeth.

Avait-elle parlé à voix haute ? Maxime posa une main sur son genou tandis que Liliane Martin revenait avec un plateau, des tasses et une cafetière.

— Colombien, annonça-t-elle, comme si elle cherchait une approbation.

— Ce sera parfait, murmura Élisabeth.

— Que symbolise votre peinture ? demanda Maxime.

Elle parut surprise.

— L'invisible… En tout être, il y a une part d'invisible. J'aime la débusquer comme on traque la vérité au fond du puits. Autrefois, je peignais des paysages et j'exposais. J'avais même reçu les honneurs de la presse spécialisée. Un critique d'art m'avait qualifiée d'artiste paysagiste, capable de sublimer la nature. Mais après l'accident, je suis restée longtemps figée devant mon chevalet, incapable de coordonner mes pensées, de retrouver des gestes naturels. Je suis venue m'installer dans ce trou perdu, persuadée que, la solitude aidant… En réalité, je ne sais pas ce que j'espérais. Lorsque j'ai enfin pu me poser devant une toile, j'ai commencé par des traits rapides exécutés au fusain, comme des esquisses. C'est ainsi que j'ai touché une autre forme d'expression, un autre style.

Tout d'un coup, elle se désintéressa de Maxime et tendit une tasse à Élisabeth en la regardant droit dans les yeux :

— Vous êtes l'épouse de François Ranval ? (Sans attendre la réponse, elle ajouta :) Si j'ai bien compris vous attendez que je vous raconte ce qui s'est passé ce soir-là ?

— Si vous le pouvez.

Liliane Martin prit place en face d'elle et, au regard glacial qu'elle lui adressa, Élisabeth sut qu'elle ne la ménagerait pas.

— Je n'ai rien oublié. Au départ ce devait être une semaine de vacances à la neige pour une trentaine d'enfants et leurs enseignants. Nous avions encore quatre heures de trajet avant d'arriver au chalet. Après la halte consacrée au dîner, les enfants s'étaient endormis dans le car. J'ai lu un moment, et je me suis assoupie. Mais j'ai le sommeil léger. J'ai d'abord entendu le chauffeur proférer un chapelet de jurons, puis le bruit des freins et celui du métal écrasé. J'ai été soulevée de mon siège, propulsée dans l'allée. J'ai vu le plafond s'inverser, des sacs voler dans tous les sens. Tout le monde s'est mis à hurler. Les vitres ont éclaté, les enfants étaient projetés aux quatre coins du car. Et ces roulés-boulés qui n'en finissaient pas. Puis, brusquement, ce fut le silence et j'ai perdu connaissance.

Elle se tut et but quelques gorgées de café en scrutant une toile accrochée au-dessus de la cheminée. Le grincement de l'éolienne déchirait le silence qui régnait dans la maison et, malgré les volets presque clos, une chaleur d'enfer alourdissait l'atmosphère. Soudain, Liliane Martin se tourna vers ses invités, comme si elle était surprise de les trouver dans son salon.

— Puis je suis revenue à moi. Aujourd'hui encore, j'ai l'impression de revivre cette étrange sensation, la conscience qui s'éveille et réintègre le corps comme les pièces d'un puzzle. Les pompiers étaient déjà là. On m'avait sortie du car et j'étais étendue par terre sur une bâche. Une fracture ouverte au tibia et un léger traumatisme crânien, je m'en sortais plutôt bien. Je n'irai pas jusqu'à dire qu'on m'a négligée, mais je n'étais pas la priorité des secouristes. Je suis restée pendant des heures, couchée dans la neige à regarder les enfants et ma collègue recouverts d'un drap blanc, les blessés que les sauveteurs avaient toutes les peines du monde à remonter au bord de la route où les ambulances les prenaient en charge. Et tous ces cris, ces appels au secours qui me déchiraient les tympans… Combien de fois ai-je entendu dire autour de moi qu'avec le temps les souvenirs finissent par s'estomper. C'est faux. La scène dans ses moindres détails, les bruits, les odeurs, tout cela est toujours aussi vivant dans ma mémoire. Je pense qu'on meurt sans avoir oublié, sans avoir compris pourquoi ça vous arrive, *à vous.*

Élisabeth prit conscience qu'elle n'avait pas encore prononcé un mot. Comment amener cette femme blessée à parler de François?

— Vous avez témoigné au procès, n'est-ce pas?

— Oui… Les parents des enfants décédés étaient présents. En voyant leur déchirement, je n'arrivais pas à m'expliquer pourquoi j'étais encore vivante. Les gendarmes ont dû maîtriser le père de Marie, ma jeune collègue morte. À plusieurs reprises, il a tenté d'escalader le box où se trouvait votre mari. Quand la mère de Marie a témoigné à la barre… je… (elle inspira longuement et ses mains se crispèrent sur les accoudoirs de son fauteuil) elle a raconté qu'elles s'étaient quittées fâchées pour une histoire de valise que Marie lui avait empruntée sans le lui dire. Elle sanglotait en répétant qu'elle ne se le pardonnerait jamais, et toute la salle pleurait.

Élisabeth essayait de se représenter la scène. Une bouffée de culpabilité lui coupa subitement le souffle. Maxime s'en rendit compte et prit le relais. Il posa quelques questions sur le déroulement du procès. Liliane Martin insista sur la fureur, les injures des parents à l'égard de François.

— Il y eut même des menaces de mort à son encontre. Il y a des personnes qui croient surmonter leur douleur en réclamant la tête de l'assassin d'un être cher. Mais la mort ne ressuscite jamais personne.

— Vous avez assisté à tous les événements qui se sont déroulés juste après l'accident ? demanda Élisabeth.

— Contrainte et forcée, oui.

— Si une autre personne avait conduit la voiture de mon mari, vous l'auriez remarqué ?

Liliane Martin ne put cacher sa stupéfaction. Elle réfléchit un instant avant de répondre :

— Je ne crois pas, non. Toute mon attention était portée sur les enfants que les sauveteurs retiraient des décombres du car. Cependant, j'ai suivi l'affaire et le procès. Il me semble que votre mari a reconnu sa responsabilité dans l'accident. Pourquoi en serait-il autrement aujourd'hui ?

Élisabeth raconta brièvement le décès de François et l'ultime message adressé à son fils. Pendant ses explications, Liliane Martin ne la quitta pas des yeux. Son regard sombre parut s'assombrir encore, tandis que son visage perdait le peu de bienveillance qu'elle s'efforçait d'afficher. Tout à coup, elle jaillit de son fauteuil :

— C'est cela que vous êtes venue chercher ? L'absolution en quelque sorte ? Pour continuer à vivre comme si tout cela n'était jamais arrivé. Ne comptez pas sur moi pour vous y aider. Je vous prie de partir maintenant... allez-vous-en !

Maxime se leva et prit Élisabeth par le bras.

— Nous partons, merci de nous avoir reçus, madame.

Élisabeth attrapa son sac au vol et bredouilla quelques mots d'excuse. Elle n'avait plus qu'une envie, quitter cette maison, cette femme, et sa peinture cauchemardesque. Et elle se méprisait pour cela. Comme ils refermaient la porte derrière eux, ils entendirent de longs sanglots et un bruit de verre brisé.

Élisabeth se recroquevilla au fond du siège passager et garda le silence. Elle n'aurait pas dû accepter cette rencontre. Si elle avait pu remonter le temps jusqu'au moment où elle ne savait rien de Liliane Martin ! Elle frissonna et serra ses mains entre ses genoux pour les empêcher de trembler.

Une demi-heure plus tard, Maxime reprenait l'autoroute, et Élisabeth n'avait toujours pas prononcé un mot. Soudain, elle vit une pancarte annonçant une aire de repos et demanda à Maxime de s'arrêter. Elle descendit de voiture, fit quelques pas sur la pelouse et finit par s'asseoir sur un banc, en proie à de violentes crampes d'estomac. Elle avait le choix entre vomir son déjeuner ou éclater en sanglots. Elle se raidit. Brusquement, elle n'eut plus le choix, elle éclata en sanglots. Maxime l'observait avec un mélange d'inquiétude et de tendresse. Il entoura ses épaules en murmurant : « Dites-moi si je peux faire quelque chose » Elle sursauta, mais ne se dégagea pas de son étreinte.

— Tout cela est arrivé par ma faute. Si je n'avais pas demandé à François de rentrer ce soir-là… la personne qui m'envoie ces lettres anonymes a raison. Quelques pièces de porcelaine ne valaient pas la vie de tous ces enfants et de cette jeune femme. Je ne me le pardonnerai jamais.

— Arrêtez de vous flageller ! Vous n'y êtes pour rien. C'était normal de faire appel à votre mari dans ce cas de figure, et il aurait pu accepter l'alternative que vous lui aviez proposée et prendre le train.

Le téléphone d'Élisabeth retentit. Elle le chercha au fond de son sac et décrocha. Elle s'entretint longuement avec le directeur de production de la manufacture. Il ne pouvait pas joindre Hervé et s'inquiétait du retard de la livraison de quartz. Elle appela Bénédicte.

— Hervé déjeune avec un client, il a demandé qu'on ne le dérange pas.

— Dérangez-le quand même ! rétorqua Élisabeth. Qu'il rappelle le directeur de production sur-le-champ.

Elle coupa la communication. L'intermède avait suffi pour qu'elle recouvre ses esprits, et elle proposa à Maxime de repartir. Il lui ouvrit la portière de la voiture et, en se penchant, il posa un léger baiser sur son front, juste à la racine des cheveux. Après cela, le tutoiement lui parut naturel :

— Installe-toi confortablement et essaie de récupérer un peu.

Ils échangèrent quelques mots sur la personnalité de Liliane Martin, sa vie de recluse, son art.

— C'est effrayant, dit Élisabeth. Ça fait penser à des remous, avec les ténèbres qui s'approchent, l'irréversible altération de la vie, j'en tremble encore…

— Nous aurions pu nous économiser les désagréments de cette visite, mais elle a au moins le mérite d'ouvrir de nouvelles pistes. Je vais chercher du côté des familles des victimes.

Il hésita à évoquer les démarches qu'il envisageait et jeta un bref regard dans sa direction. Puis ses yeux se posèrent sur la route et les collines à l'horizon. Il conduisit en silence pendant une heure. Élisabeth sentait qu'il l'observait, mais ne réagit pas. Elle n'était pas naïve au point d'ignorer ce qui se passait entre eux. Elle devait détourner ses pensées de sa présence à ses côtés. Elle songea à Louis, à ses appels enthousiastes depuis son arrivée à New Delhi. Saurait-il jamais la vérité sur la condamnation de son père ? Les faits avaient été prouvés, les peines prononcées. François était seul à détenir la clé du mystère. Pourquoi n'avait-il rien dit ? Et pourquoi adresser cet ultime message à son fils, comme un cadeau empoisonné. Elle songea à Roseline. Avait-elle eu vent de rumeurs à propos d'un passager dans la voiture ? Même si François prétendait n'avoir rien dit à personne, il aurait pu se confier à sa femme qui lui avait peu ou prou servi de thérapeute.

— À quoi penses-tu ?

À quoi pensait-elle ? À sa vie à l'approche de la soixantaine, à toutes ces années à la tête de la société. Au moment où il lui faudrait se retirer. Elle se tourna vers Maxime :

— Je réfléchissais à ma vie, à mes choix. J'ai fait des Porcelaines Astier une des plus belles entreprises de la région mais, excepté cela…

— Ce n'est pas si mal, non ?

— Au point de vue économique, oui. Mais sur un plan personnel, j'ai vécu pour mon fils et pour la société familiale. Un jour, ils ne feront plus qu'un, et je serai exclue du jeu. Et ce jour n'est peut-être pas si lointain. Louis n'a pas la même vision de l'avenir que moi, nos opinions divergent de plus en plus.

Maxime ne répondit pas. Que ferait-il de sa vie, le jour où il passerait la main à l'agence ?

— Je suis incapable de prévoir ce que je ferai après, reprit Élisabeth. J'ai peu d'amis, pas de vie privée. Il ne me restera plus rien. À part me retirer dans ma maison et attendre de crever comme une conne.

Maxime appuya machinalement sur la pédale du frein. Il se demandait si elle parlait sérieusement.

— Oh là là ! C'est la peinture de Liliane Martin qui te fait cet effet-là ?

Comme elle ne le suivait pas sur sa lancée teintée d'humour, il redevint sérieux.

— Quand on a la santé et des moyens financiers, on peut échafauder tant de projets. Voyager par exemple. À ta place, je m'offrirais un tour du monde, des croisières…

— Je déteste voyager. L'idée même de préparer des valises me rend malade. D'ailleurs début octobre, je dois participer à un week-end de présentation chez mon importateur londonien. C'est d'ores et déjà une corvée.

Il laissa quelques secondes s'écouler avant de lancer :

— J'ai une idée... je vais t'accompagner ! Je connais Londres, c'est une des plus belles villes du monde, je te servirai de guide. Et si tu veux, je t'aiderai à boucler tes valises.

Elle lui jeta un coup d'œil en biais. Il ne plaisantait pas.

— Et tu comptes inclure tes frais de déplacement dans le budget de la mission que je t'ai confiée ? demanda-t-elle, sur le ton léger d'une boutade.

— Faut voir...

Il était 21 heures lorsqu'ils s'arrêtèrent devant la maison de Maxime où Élisabeth avait laissé son véhicule. Il lui tendit la main et l'aida à descendre de voiture. Une lueur s'alluma dans ses yeux.

— Je suppose que je devrais te prendre dans mes bras maintenant. Mais j'ai peur de me rendre ridicule.

L'instant d'après elle était contre lui. Elle aurait dû s'écarter, mais elle n'en avait pas envie. Elle se laissa porter par une totale sérénité, sans a priori, sans aucun faux-semblant. Des sentiments qu'elle ne s'expliquait pas. Mais pourquoi faudrait-il trouver des explications à des émotions si enivrantes ? Ce serait tellement agréable d'échapper à la discipline de son quotidien. Pendant des années, elle avait pesé chacun de ses actes, surveillé la moindre de ses pensées. Et si, pour une fois, elle s'accordait le droit de commettre une folie ? Ils marchèrent vers la maison en se tenant le bras et Maxime lui proposa une coupe de champagne pour se remettre des désagréments qui avaient jalonné cette journée.

— Ce n'est pas raisonnable, je dois prendre le volant pour rentrer chez moi, et je suis épuisée.

— Tu peux rester…

Ils gravirent l'escalier de pierre recouvert d'ardoise qui menait à la porte d'entrée.

— Tu restes ? demanda-t-il en introduisant la clé dans la serrure.

Elle n'hésita pas.

— Je reste.

— Jusqu'à demain matin ?

Elle huma les senteurs suaves du crépuscule. Et s'il lui prenait le désir de s'enfuir au milieu de la nuit ? Pas ce soir. Ce soir, elle avait envie de s'abandonner, de tout oublier.

Et la nuit n'y suffirait pas.

20

— Tu vas tout me raconter dans les moindres détails ! s'écria Manuelle, et après ta déculottée tu n'as pas le choix.

Elles étaient installées au bar de leur club de tennis et sirotaient un soda glacé.

— Je n'ai pas grand-chose à te dire.

— Tu plaisantes ? Tu as rompu avec Hervé pour te jeter aussitôt dans les bras d'un autre homme, et tu n'as rien à dire ?

Élisabeth eut une moue dubitative. Qu'aurait-elle pu raconter à son amie ? Elle ne s'expliquait même pas comment elle s'était libérée d'une relation de dix ans pour céder avec autant de facilité à… *Céder* ? Elle parlait comme sa mère à présent. En y réfléchissant, elle était presque sûre d'avoir pris la plupart des initiatives ce soir-là. L'esprit léger, heureuse. Comme en cet instant, en compagnie de Manuelle. Le ciel était d'un bleu limpide, la température douce. Une brise légère soulevait les toiles des parasols. Une fin d'été aux teintes sublimes. Elle perçut les battements de son cœur et un joli sourire illumina son visage.

— Et où en es-tu avec Hervé ?

Elle était bien incapable de répondre. Ils se retrouvaient chaque matin au bureau et débutaient la journée par la traditionnelle réunion des chefs de services.

— Nos échanges se limitent à l'activité de l'entreprise.

Le serveur leur demanda si elles souhaitaient réserver une table et, après s'être concertées d'un regard, elles acceptèrent. Manuelle se pencha vers son amie et demanda à voix basse :

— Parle-moi de ton détective.

— Maxime est un homme hors du commun.

— Et c'est tout ? Tu ne trouves pas que ça fait un peu cliché ?

Ce n'était pas tout. Mais Élisabeth n'avait pas envie de partager les détails des soirées à rire autour de bons petits plats qu'il mitonnait pour elle, des nuits à faire l'amour, bavarder, dormir blottis l'un contre l'autre. Ils se rejoignaient sur tant de sujets. Excepté les voyages mais il ne désespérait pas de la convertir. Elle pensait à lui cent fois par jour avec impatience et ravissement. Elle avait parfois l'impression de perdre la tête. Le serveur posa une assiette garnie d'amuse-bouche devant elles.

— Je suis ta meilleure amie, insista Manuelle, tu dois tout me dire.

— Je suis folle !

Elle avait dit cela sur un ton joyeux avant d'enfourner un petit feuilleté au tartare de saumon. Existait-il un espace de folie en chacun de nous, et un seul être capable de le révéler ? La sonnerie du téléphone l'arrêta dans ses divagations. Elle songea aussitôt à Sophie. La jeune femme vivait difficilement ses dernières semaines de grossesse. Elle pêcha son téléphone au fond de son sac et vit s'afficher le numéro de sa mère. Elle décrocha et entendit un sanglot suivi d'une cascade de mots inaudibles.

— Maman, je n'ai rien compris, calme-toi. Que se passe-t-il ?

— J'ai reçu un disque au courrier ce matin.

— Un disque ?

Il y eut une légère interruption, et Élisabeth entendit la voix de Roger Legaret en fond sonore qui précisait : « C'est un DVD. »

— Qu'est-ce qu'il y a sur ce DVD ?

— Des reportages du procès de François. Des images horribles de mères qui avaient tenté de se suicider après l'accident. Qu'est-ce que ça signifie, Élisabeth ?

— J'arrive tout de suite !

Vingt minutes plus tard, elle s'arrêtait devant la maison de retraite *Les Amandiers*. Elle trouva sa mère en pleurs et Roger Legàret qui essayait en vain de la consoler. Élisabeth visionna le DVD et comprit la raison du désarroi de sa mère. Aucun détail sordide ne lui avait été épargné. Les familles effondrées quittant le tribunal en se soutenant, les larmes des mères. Les interviews des couples qui s'étaient déchirés après le drame et avaient fini par se séparer. Et l'analyse d'un psychiatre : « La mort d'un enfant entraîne souvent la fin d'un couple. La douleur est si grande, si dévastatrice que les parents sont incapables de continuer à vivre ensemble... » Suivaient les images de François menotté, protégé par des policiers, le véhicule de la police sous les invectives de la foule. Et les parents de la jeune enseignante décédée racontant leur visite, chaque dimanche, sur la tombe de leur fille. Comme un pèlerinage. Élisabeth pensa à Liliane Martin. Les rescapés sont-ils plus chanceux, ou portent-ils à jamais le remords d'avoir survécu?

Rien ne semblait pouvoir calmer Gisèle qui tournait en rond dans le salon à la recherche d'un mouchoir. Quand elle l'eut trouvé, elle s'essuya les yeux, se moucha discrètement et prit une pastille contre les maux de gorge.

— J'ai pris froid à cause de la climatisation, expliqua-t-elle avant d'éclater de nouveau en sanglots.

Élisabeth l'arrêta dans sa ronde et la prit dans ses bras.

— Là, doucement, ce n'est rien.

— Mais qui a pu faire cela? Si c'est une plaisanterie, elle est du plus mauvais goût et je ne trouve pas ça drôle du tout.

Elle se calma un peu, décida de préparer du thé et s'échappa en direction de la kitchenette. Élisabeth examina l'enveloppe qui contenait le DVD. Un envoi anonyme, l'adresse écrite à la main en caractères d'imprimerie. Elle sentait le regard de Legaret peser sur elle. Elle était sûre qu'il avait compris et qu'elle ne pourrait plus faire l'économie d'une explication. Lorsque Gisèle revint avec un plateau et des tasses, Élisabeth lui demanda de s'asseoir.

— Nous n'avons pas affaire à un plaisantin et ça dure depuis des mois.

Elle raconta les lettres anonymes, fit un compte rendu succinct des menaces qu'elle avait reçues, en épargnant toutefois les détails les plus inquiétants.

— Mais pourquoi ne m'as-tu rien dit ? Je suis ta mère, n'ai-je pas le droit de savoir qu'un fou menace ma fille et mon petit-fils ? Tu as porté plainte ? Qu'en dit Hervé ?

Elle interrompit le flot de ses questions pour reprendre son souffle. Élisabeth s'installa à côté d'elle sur le canapé et lui prit la main.

— Je ne voulais pas t'inquiéter. Tu as la charge de grand-mère Hortense, c'est déjà beaucoup.

— Je comprends le chagrin de tous ces parents. Mais les faits remontent à vingt-quatre ans ! Tout cela est passé depuis si longtemps.

Élisabeth aida sa mère à servir le thé. Elle se retint de lui dire qu'on ne se débarrasse pas si aisément du passé. L'ignorer, l'enfermer dans un coin de sa mémoire à la rigueur. Mais tôt ou tard il ressurgissait. Elle tendit la tasse à Legaret. Jusqu'ici, il avait gardé le silence, mais il scrutait Élisabeth d'un air sévère, les sourcils froncés. Il entendait encore le cri d'horreur de Gisèle, ses sanglots au téléphone lorsqu'elle l'avait alerté.

— Qu'est-ce que vous comptez faire ? demanda-t-il.

À ce stade, il était préférable de l'informer du dernier message de François adressé à son fils.

— Louis veut savoir la vérité sur le passé de son père.

— Quelle vérité ? grogna Legaret. Il a pris le volant en état d'ébriété et tué dix personnes. Il n'y a rien à ajouter.

— Sans doute, rétorqua Élisabeth passablement agacée, mais je n'ai pas le droit d'ignorer l'avis de mon fils. Toutefois, j'ai conscience que nos recherches doivent rester discrètes. J'ai donc confié l'enquête à un détective.

Legaret sauta sur l'occasion pour dire le peu de bien qu'il pensait des privés.

— Foutaise! Nous avons une police qui compte parmi les meilleures du monde, vous devez porter plainte.

— Je n'ai pas jugé pertinent de le faire jusqu'à maintenant, afin d'éviter les fuites dans la presse. Croyez-moi, les faits seront rapidement exposés sur la place publique.

— Si cela se produit, nous le gérerons. Nous l'avons déjà fait et avec succès, il me semble.

Par ce *nous*, il entendait qu'il s'en chargerait volontiers cette fois encore. Élisabeth ne releva pas le sous-entendu dans ses propos et il remarqua son hésitation.

— C'est trop grave, Élisabeth! Vous venez de nous dire que le dernier message laissait entendre que Louis pourrait être la cible de cette haine.

— Roger a raison, enchaîna Gisèle, sois raisonnable, ma chérie.

Elle tremblait encore en buvant son thé. Pour reposer sa tasse sur la table, elle dut pousser l'enveloppe et le DVD, et Élisabeth vit des larmes se former dans ses yeux.

— Je vais aller à la gendarmerie, maman, je te le promets, mais je ne peux pas le faire sans l'avis de Louis. Et pour l'instant, il est d'accord avec moi pour garder le silence.

Legaret proposa de l'accompagner le moment venu, mais elle déclina son offre.

— Je ferai appel à vous si la presse se réveille, dit-elle sur un ton ferme.

Quand elle s'avança pour le saluer, Legaret comprit qu'elle présenterait aux gendarmes une version édulcorée des événements. Si toutefois elle se décidait à porter plainte.

*
* *

Sophie jeta un coup d'œil au calendrier. Encore dix jours avant le retour de Louis. Elle s'était octroyé une longue cure de solitude et de repos, et elle se sentait mieux. Sa dernière visite chez le gynécologue l'avait rassurée. Tout se présentait bien. Le médecin lui avait garanti qu'avec la péridurale l'accouchement serait pratiquement indolore. La présence de Louis à ses côtés ferait le reste… Encore dix jours, se répéta-t-elle. Il l'appelait tous les deux jours, lui envoyait de longs messages électroniques débordant d'enthousiasme. La porcelaine, leur client, les nouveaux marchés potentiels. Il lui expliquait qu'à son retour il devrait batailler pour convaincre sa mère de créer une collection de moyenne gamme. Sophie approuvait tout ce qu'il disait, même si elle n'y comprenait rien. L'engouement de Louis, conjugué à ses longues soirées d'inertie, l'amena à réfléchir. Elle était consciente que son attitude envers son mari était souvent injuste. Il l'adorait, elle n'en doutait pas. Mais il attendait d'elle qu'elle s'intéresse à l'activité familiale qui faisait son bonheur et sa fierté. Elle comprit alors qu'elle avait commis une erreur. Malgré la venue du bébé, son couple abordait une pente dangereuse. Elle sentait réguliè-rement les mouvements saccadés de son enfant dans son ventre. Une sensation bouleversante, comme un subtil battement d'aile au creux de ses entrailles. Était-elle en train de mettre cet immense bonheur en péril ? Cela ne tenait qu'à elle d'inverser la tendance. Si elle voulait retrouver l'amour inconditionnel de Louis, la folle insouciance des premiers mois de leur mariage, elle devait changer de tactique. Fini les caprices. Il était temps de passer à autre chose. Elle prit une douche, s'habilla confortablement et descendit au rez-de-chaussée.

Elle trouva sa belle-mère dans son bureau. La porte était entrouverte, et elle l'observa un moment avant de frapper. Le coude sur la table, elle se massait le front du bout des doigts, en griffonnant des chiffres en marge d'un dossier.

— Je vous dérange ?

Élisabeth sursauta.

— Sophie ! Vous m'avez fait peur. Quelque chose ne va pas, vous ne vous sentez pas bien ?

La jeune femme s'efforça de prendre un ton enjoué.

— Je vais bien. La vague de chaleur est passée, je ressens comme un regain d'énergie. (Elle semblait hésiter.) Vous êtes sans doute très occupée ?

Élisabeth l'observa avec un soupçon de perplexité. Chaque fois que Sophie avait fait irruption dans son bureau c'était pour prendre part à une dispute qui l'opposait à Louis. Mais elle paraissait détendue, allant même jusqu'à lui sourire.

— J'ai du travail certes, mais ça peut attendre. Vous avez besoin de moi?

— J'aimerais visiter la manufacture.

Élisabeth dissimula sa surprise derrière un sourire engageant.

— La visite est longue et fatigante, vous êtes sûre que vous ne préférez pas patienter après la naissance du bébé?

— Non, ça ira. C'est avec vous que je voudrais faire cette visite. Enfin si ça ne vous dérange pas.

— Pas du tout, bien au contraire.

Pour une fois que sa belle-fille marquait un peu d'intérêt pour l'activité familiale, autant ne pas la décourager. Élisabeth referma son dossier et mit un peu d'ordre sur son bureau avant de prendre son sac et ses clés de voiture.

Une demi-heure plus tard, elle se garait sur la place de parking qui lui était réservée devant l'entrée principale de la manufacture. Elle aida Sophie à descendre de voiture et la présenta aux membres du personnel : « Sophie, ma belle-fille… » De prime abord, la jeune femme se sentit agacée par les courbettes, les formules de bienvenue. Mais elle finit par trouver flatteurs ces signes de sympathie respectueuse. C'était même agréable.

Élisabeth commença par lui montrer les matériaux qui composaient la porcelaine :

— Le kaolin apporte la blancheur, le feldspath la solidité et le quartz la brillance. Tous ces matériaux sont réduits en poudre et assemblés dans des proportions qui restent secrètes, et font partie de l'héritage familial. On forme ensuite une pâte avec de l'eau, plus ou moins consistante selon les objets que l'on veut façonner.

Elles s'avancèrent vers des machines qui libéraient de petites quantités de pâte blanche dans des moules. Depuis le commencement de la visite, le téléphone d'Élisabeth avait déjà sonné deux fois. Elle avait rejeté les appels.

— Les moules sont en plâtre. C'est une matière poreuse qui absorbe rapidement l'humidité. Après le temps de prise, les pièces sont démoulées et elles sèchent vingt-quatre heures à l'air libre.

Elle prit le bras de Sophie et l'entraîna à l'intérieur d'immenses séchoirs où des milliers d'objets reposaient sur des étagères qui couraient du sol au plafond.

— Au départ nous prévoyons des moules beaucoup plus grands que les pièces à fabriquer.

— Pourquoi? demanda Sophie dont la curiosité s'éveillait pour la première fois.

— La porcelaine perd quatorze pour cent de sa masse au cours des différentes cuissons.

Elles observèrent les étapes du garnissage, où les anses, les becs étaient fixés sur les pièces.

Élisabeth précisa que chaque objet était nettoyé et poli avant une première cuisson à 980 degrés pendant vingt-quatre heures.

— Ensuite, on trempe la porcelaine, à la main, dans un bain d'émail qui lui donne son aspect lisse. Si les pièces de porcelaine ne sont pas émaillées, on les appelle des «Biscuits». On commercialise souvent de jolis bibelots sous cette forme.

Elles s'approchèrent des fours. Élisabeth coula un regard en biais vers sa belle-fille. Elle avait les traits tirés, le regard assombri de cernes. Mais elle semblait si jeune avec sa peau fraîche, sa frange tombant sur ses yeux comme une écolière. Elle embaumait le savon, un parfum doux aux notes fleuries. Pourquoi cet intérêt soudain pour la porcelaine? L'ennui, l'envie de plaire à Louis dont l'absence devait lui paraître bien longue? Ou bien avait-elle des desseins plus obscurs?

— La visite ne vous semble pas trop ennuyeuse?

Oh, si... pensa Sophie. Mais elle assura sa belle-mère du contraire. À chaque poste de travail, Élisabeth saluait le personnel de quelques mots aimables, s'inquiétait de tel ou tel membre de leur famille. De temps en temps, elle glissait une mèche de cheveux derrière son oreille avec ce demi-sourire qui lui conférait un charme fou. Elle affichait l'assurance due à la connaissance parfaite du monde qui l'entourait. Sophie l'envia.

— Ces fours sont réservés à la deuxième cuisson, précisa-t-elle, la chaleur est progressivement portée à 1 400 degrés et la cuisson dure douze heures. Ensuite, le refroidissement se fait aussi par paliers, et très lentement.

Elles se dirigèrent ensuite vers l'atelier de contrôle, et Élisabeth laissa au responsable le soin de commenter:

— Le contrôle de qualité s'élabore en deux temps. Visuel d'abord. Il faut être très attentif pour détecter le plus petit point noir, ou la minuscule bulle d'air. Ensuite nous procédons à une vérification sonore.

Il prit deux tasses et les frappa successivement avec le manche d'une petite cuillère. La première produisit un timbre d'une pureté exceptionnelle, tandis que l'autre renvoyait un son caverneux.

— C'est ainsi que nous décelons un fendillé ou une fissure.

La visite durait depuis une heure et demie, et Sophie fut surprise de ne pas ressentir la moindre fatigue. Plus surprenant encore, depuis un moment, elle se sentait réellement intéressée par ce qu'elle découvrait. Au service création, elle prit le temps de s'asseoir et admira les croquis des concepteurs. Elle surveillait sa belle-mère qui écoutait les commentaires du désigner comme si elle perçait les mystères de ce monde pour la première fois. L'enthousiasme passionné de Louis lui apparut alors sous un jour nouveau. Comme une révélation. Élisabeth avait gardé le plus fascinant pour la fin de la visite. L'atelier de décoration. Jusqu'à la finition, le plus petit filet doré s'appliquait à la main. Sophie s'arrêta devant la collection de vases baptisée «Orchidée»

— Quand je pense aux simples poudres blanches que vous m'avez montrées au début de la visite… En voyant ces plats, ces vases, c'est de la magie!

— Non, répondit Élisabeth amusée, c'est avant tout du travail, de l'ingéniosité, de l'expérience aussi. Les Porcelaines Astier ont cent vingt ans d'existence, ça compte.

— Ce sont vos parents qui vous ont initiée?

— J'avais quatre ans quand mon père est décédé. Ma mère a décidé de s'occuper de moi, et elle a confié la société à Roger Legaret. Il fut mon mentor. Je sais, ajouta-t-elle devant la moue de la jeune femme, vous ne l'appréciez pas beaucoup.

— Il me fait peur.

— Je vais vous avouer quelque chose, il m'intimidait aussi quand j'ai commencé à travailler avec lui.

En parlant, elles avaient gagné l'espace qui servait de bureau de liaison avec le siège de la société en centre-ville. Élisabeth invita Sophie à boire une tasse de thé avant leur départ. Elles s'installèrent à une table recouverte d'une nappe brodée. Sophie se rua sur les petits fours. Elle mourait de faim en permanence. Elle observa sa belle-mère qui tenait le couvercle de la théière du bout des doigts et versait le thé dans des tasses de porcelaine blanche. Elle ne pouvait s'empêcher d'admirer ses mouvements déliés, ses mains aux ongles discrètement vernis. De petites veines bleues trahissaient son âge, comme les rides autour des yeux et les plis au coin des lèvres. Mais il émanait d'elle une distinction intemporelle qui fascinait.

— Je vais vous raccompagner, proposa Élisabeth lorsqu'elles eurent achevé de boire leur thé. Vous devez être épuisée après ces trois heures de visite.

— Pas du tout, et je dois reconnaître que c'était passionnant!

Elle semblait sincère. Peu après, elles reprirent la direction de Limoges. Elles venaient de passer trois heures à s'observer l'une l'autre, et Élisabeth ne savait que penser. Sophie l'avait suivie sans rechigner, elle l'avait écoutée, en particulier pendant la seconde partie de la visite au cours de laquelle elle avait senti l'intérêt de la jeune femme s'éveiller réellement. Elle s'était montrée attentive, aimable avec le personnel. Et même à son égard. Face à cette situation inédite, elle se devait de faire un geste à son tour. En conduisant, elle réfléchit à son agenda de la semaine. Un dîner d'affaires, un autre avec Maxime. Elle offrit à Sophie de venir la prendre jeudi soir à l'appartement.

— Nous pourrions dîner ensemble, si vous voulez.

La jeune femme parut surprise, mais elle accepta l'invitation.

21

Ça allait de mal en pis. La gorge nouée, Nathalie considérait la mise en demeure exposée devant elle. Elle se demandait comment apprendre la nouvelle à Mylène : le banquier s'apprêtait à lui couper les vivres. Elle n'était pas toujours d'accord avec les choix de sa fille, et cela ne datait pas d'hier. Mais c'était sa fille. Elle ne supportait plus de la voir sombrer ainsi. La réparation de la chambre froide avait duré beaucoup trop longtemps, faute d'obtenir les fonds dans les délais. Ce problème à peine réglé, un autre appareil était tombé en panne. Contrainte de ralentir la production pendant plusieurs semaines, Mylène avait perdu deux clients importants, dont un magasin de produits fermiers à Guéret. Le gérant lui commandait une centaine de fromages chaque semaine, et pour la jeune femme la perte était colossale. Nathalie se sentit oppressée par une bouffée de chaleur. Elle se leva et ouvrit la fenêtre. Mylène avait beau lui assurer que c'était juste un cap difficile à franchir, l'affaire de quatre ou cinq mois pour reconstituer une clientèle, elle la voyait de plus en plus désemparée et abattue. Nathalie mit le courrier recommandé de côté et s'attela aux déclarations mensuelles. Elle détestait ce travail. Et elle ne pouvait plus compter sur l'aide de son gendre. Diplômé en gestion des petites entreprises, Joël lui donnait volontiers un coup de main dans ses tâches administratives. Mais, face aux difficultés de Mylène, il avait décidé de chercher un emploi et il avait rapidement trouvé une place de chauffeur-livreur dans une compagnie de transport. Il gagnait à peine sa vie, pour dix à douze heures de livraisons chaque jour.

Le notaire parisien avait expédié le règlement de la succession de François. Cela avait tout juste suffi à payer les cotisations en retard et les factures les plus urgentes. Nathalie avait donné un peu d'argent à Mylène, ce qui lui avait permis de payer la réparation du matériel et de reprendre enfin la production fromagère. Elle devait hélas prospecter de nouveaux clients et, sans le soutien de Joël, la jeune femme avait tout à faire à la laiterie. Elle ne savait plus où donner de la tête.

Nathalie se rendit compte d'une erreur dans sa déclaration de TVA et elle recommença les calculs avant de se consacrer aux factures en souffrance. Les idées noires l'obsédaient. Bien sûr, elle s'était opposée à sa fille au moment de son installation, persuadée que c'était une folie. Toutefois, au cours de cette mauvaise passe, elle avait su éviter les petites phrases perfides du style « Je te l'avais bien dit… ». Ce n'était pas le moment. Mylène était si malheureuse en constatant chaque jour que son rêve tournait court. Nathalie n'en pouvait plus de la voir trimer ainsi, et malgré leurs différends elle était prête à sortir les griffes pour la défendre. Si elle n'était pas aussi entêtée ! Pourquoi refusait-elle de demander l'aide d'Élisabeth ? Les ventes de fromages fermiers au comité d'entreprise de la porcelainerie étaient un franc succès. Et Nathalie interprétait cela comme un argument en faveur de sa fille. La veille encore, elle était revenue à la charge, en essayant de la convaincre :

— Si tu ne veux pas demander à Élisabeth, sollicite ton cousin ! Entre nous, il vient de faire un héritage dont il n'a pas vraiment besoin.

— Avoir des dettes envers la famille n'amène que des histoires, avait rétorqué la jeune femme.

— Louis peut considérer ça comme un investissement dans ton affaire.

— Sois sérieuse maman ! Une affaire au bord de la faillite… je mourrais de honte à l'idée d'emprunter de l'argent dans ces conditions.

La discussion en était restée là.

Nathalie réfléchissait. Elle additionnait des nombres, en défalquait d'autres. La situation semblait désespérée. À moins que… Dans ces moments-là, la rage qu'elle éprouvait à l'égard de sa cousine prenait des proportions incommensurables. Élisabeth qui l'avait laissée dans l'ignorance du décès de François, qui l'avait écartée des funérailles. Nathalie avait toujours été avare de confidences. Avait-elle seulement confié à quelqu'un l'affection qu'elle portait à son cousin ? Adolescents, ils passaient beaucoup de temps ensemble, ils se racontaient leurs secrets, leurs espoirs et leurs peines. Après le mariage de François, il ne s'écoulait pas une semaine sans qu'elle ne l'appelle au moins deux ou trois fois. Quelquefois, elle trouvait un prétexte pour s'échapper de la ferme et ils se retrouvaient pour déjeuner dans un endroit tranquille. Il lui avait terriblement manqué après son arrestation. Plus tard, elle avait souffert de son indifférence lorsqu'il avait fondé une seconde famille. Et il était mort sans qu'il lui soit donné le bonheur de le revoir. Par la faute d'Élisabeth. Sa colère l'étouffait. Elle souhaitait les pires maux à sa cousine. Qu'elle souffre les feux de l'enfer, qu'elle implore pitié... qu'elle crève ! Elle s'emportait, son esprit s'enflammait. Elle ne se rendait pas compte que sa raison vacillait. Élisabeth devait aider Mylène ! Elle le devait à la mémoire de François ! Les Astier l'avait exploité, ils avaient saccagé sa vie. Ils l'avaient sacrifié. D'un geste vif, elle décrocha le téléphone et appela le siège de la porcelainerie. Elle demanda à parler à Élisabeth, bien décidée à se faire entendre. Mais elle fut si malhabile dans ses exigences qu'Élisabeth lui raccrocha au nez.

*
* *

La nuit tombait lorsque Élisabeth rentra chez elle. Au bureau, l'absence de Louis se faisait cruellement sentir. Elle enchaînait les réunions, les rendez-vous et cumulait des journées de seize heures. Elle se débarrassa de sa veste, de ses chaussures et ouvrit les baies. Puis elle se rafraîchit le visage avant de jeter un coup d'œil au courrier. En proie chaque fois à la même appréhension : découvrir une enveloppe marron... Rien de particulier aujourd'hui. Elle respira.

Maxime rentrait ce soir, après un déplacement de trois jours pour les besoins de son enquête. Il l'avait appelée dans l'après-midi et ils avaient convenu de se retrouver chez elle vers 22 heures. Elle vérifia le répondeur téléphonique et se dirigea vers la cuisine. Maxime s'arrêterait certainement en route pour dîner. Il était incapable d'attendre aussi tard. Elle n'avait pas très faim mais se força à avaler quelques bouchées de bar aux fines herbes qu'il avait mitonné avant son départ. Il avait soigneusement emballé les restes dans une boîte hermétique avec un petit commentaire effronté : *Il y aura au moins un soir où tu te nourriras comme il faut.* C'était ce qu'elle appréciait chez lui. Il savait se montrer drôle, tendre, impertinent parfois. Ils se retrouvaient plusieurs fois par semaine, et même chez elle c'était lui qui cuisinait. Elle aimait à le regarder couper, pétrir, faire sauter les légumes dans une poêle, découper la viande ou le poisson... et goûter tous les plats avec un soupçon de béatitude sur le visage.

Élisabeth ne comptait plus les jours depuis leur première nuit ensemble. Une brosse à dents, quelques vêtements dans chaque demeure, tout s'était déroulé naturellement entre eux, geste à geste, mot à mot. C'en était presque banal. Elle se laissait aller à des sensations nouvelles, parfois confuses. Un sentiment exaltant, un peu effrayant aussi. Quelque chose qui ressemblait au bonheur.

L'appétit vint finalement. Elle mangea le poisson jusqu'à la dernière bouchée et rangea la vaisselle dans la machine. Puis elle jeta un coup d'œil à l'horloge de la cuisine. Elle avait encore une heure devant elle. Elle prit une douche, enfila un pantalon de toile écrue et un tee-shirt. Puis elle s'installa sur la terrasse avec le magazine qu'elle avait acheté en s'arrêtant à la maison de la presse. Mais elle était trop contrariée pour lire. Elle ne pouvait se départir du malaise qu'elle éprouvait depuis l'appel de Nathalie en fin de matinée. Cette dernière s'était montrée arrogante, détestable au point qu'elle avait coupé court à l'entretien. D'autant plus facilement qu'elle avait déjà ses clés de voiture à la main et s'apprêtait à se rendre à un rendez-vous fixé de longue date avec son banquier. Mais en pensant à Mylène, le remords la tenaillait. Cette gamine avait fait preuve d'un grand courage en créant son entreprise dans des circonstances aussi hasardeuses. Elle méritait son aide. Elle ne pensait pas se tromper en avançant que Louis serait d'accord avec elle. Il existait sûrement un moyen de rattraper sa maladresse. Elle composa le numéro du téléphone portable de son cousin. Christian décrocha presque aussitôt et Élisabeth perçut un bruit de machine en fond. Il était encore au travail.

— Pardonne-moi de te déranger à une heure aussi tardive. Je dois te parler, mais avant tout, promets-moi de ne pas t'emporter.

Elle attendit qu'il formule clairement sa promesse et lui répéta sa conversation avec Nathalie.

— C'est pas vrai ! cria-t-il dans l'appareil, elle a osé malgré mon interdiction.

— Du calme, Christian ! Pour ma part, j'ai eu tort de lui raccrocher au nez, mais le ton sur lequel elle s'est adressée à moi m'a déplu. Toutefois, sur le fond elle a raison. C'est mon devoir de donner un coup de pouce à la petite.

— Jamais de la vie !

— Mais c'est ridicule, c'est ta fille enfin ! Tu préfères la voir abandonner cette fromagerie qui lui tient à cœur. Elle a tout donné pour créer sa société et j'ai eu maintes fois l'occasion de constater combien elle en était fière!

À cela, Christian n'avait rien à rétorquer. Il s'écoula quelques secondes pendant lesquelles il ne dit rien, et Élisabeth crut qu'elle avait gagné la partie.

— L'idée que Nathalie pense que c'est un dû de ta part me répugne.

— Je me fous de ce que pense Nathalie, répliqua-t-elle un brin agacée. Il s'agit de Mylène. Et tu sais que je l'aime beaucoup.

— Mais tu n'imagines pas comme ce peut être blessant de mendier ainsi. Mylène le vivra très mal.

— Alors laisse-moi lui amener les choses à ma façon. Elle ne se sentirait pas blessée si c'était son banquier qui lui accordait un prêt. C'est donc un prêt sans intérêt que je vais lui proposer et nous verrons ensemble comment établir des modalités de remboursement suffisamment étalées dans le temps pour qu'elle puisse remonter la pente une bonne fois pour toutes.

La gêne de Christian ne faiblissait pas. Mais il pensa à sa fille. Elle s'était effondrée dans ses bras cet après-midi en sanglotant «C'est fini papa… je n'irai pas plus loin.»

Il prit le parti d'accepter la proposition d'Élisabeth.

*

* *

— Il n'a pas été facile de retrouver des acteurs d'une tragédie vieille de vingt-quatre ans.

Finalement, j'ai pu obtenir les coordonnées de Pierre Turpot magistrat à la retraite. Il présidait la cour d'assises de Grenoble lors du procès de ton mari…

La nuit était soyeuse et pleine d'étoiles. L'air s'emplissait du crissement des criquets. Élisabeth et Maxime étaient assis côte à côte sur la balancelle capitonnée de tissu fleuri, les pieds posés sur le montant des fauteuils en vis-à-vis. Dans les photophores, des bougies parfumées à la citronnelle éloignaient les moustiques.

— Qu'est-ce qu'on est bien, murmura Maxime.

Élisabeth s'était préparé du thé glacé et elle servit un verre de kéfir à Maxime. Il lui avait donné des graines souches, ainsi, il avait toujours un pichet de sa boisson favorite dans le réfrigérateur. En sirotant, il l'observait du coin de l'œil. La lueur des bougies se reflétait sur son tee-shirt turquoise et adoucissait les rides que l'inquiétude creusait entre ses sourcils.

— À l'énoncé du verdict, reprit-il, l'avocat de ton mari lui a prédit qu'avec une remise de peine il ferait huit ans de prison maximum. Sa remarque a été entendue dans la salle d'audience, elle a provoqué un tollé et une bordée d'injures. Sur les marches du tribunal plusieurs parents ont juré d'avoir sa peau à sa libération.

— Tu penses à un acte de vengeance ? Mais pourquoi avoir attendu quatorze ans ?

— Les circonstances peuvent varier au gré des aléas de la vie. Ce qui était impensable hier peut devenir essentiel aujourd'hui. Mais avant d'aller plus loin dans cette hypothèse, j'ai conduit une petite enquête concernant les familles des victimes. Le président Turpot m'a indiqué quelques pistes et j'ai pu localiser six des neuf couples ayant perdu un enfant dans l'accident. Deux sont partis s'installer à l'étranger, deux se sont séparés et ont fondé un nouveau foyer. Deux couples enfin ont surmonté leur épreuve. Ils ont déménagé et ont eu un autre enfant dans l'année qui a suivi le drame.

Élisabeth but quelques gorgées de thé. Comment se remet-on de la perte d'un enfant ? Est-ce plus facile avec une nouvelle naissance ? Une vie pour une autre. Elle était convaincue que ce ne devait pas être aussi simple.

— Quant à la famille de l'enseignante décédée, reprit Maxime en faisant tourner le pied de son verre entre ses doigts, le père est mort en 2001 et la mère est en maison de retraite depuis huit ans.

— Avaient-ils d'autres enfants ?

— Non, elle était leur fille unique. Il reste encore trois familles dont je n'ai pas retrouvé la trace.

Les verres étaient vides et Élisabeth les rangea sur le plateau avant de reprendre sa place sur la balancelle. Les premiers jours de l'automne étaient superbes, mais la température déclinait déjà. Un vent frais s'était levé. Elle prit son châle sur le dossier d'un fauteuil et l'enroula autour de ses épaules. Maxime se rapprocha et lui posa un baiser dans le cou avant de revenir à leur affaire.

— Et de ton côté, tu envisages toujours la culpabilité de ta cousine ?

Élisabeth ne savait que penser. Elle imaginait mal Nathalie traçant des lettres d'imprimerie sur des enveloppes, découpant des articles de presse. Mais de tels actes exigeaient une hargne qui lui ressemblait. Toutefois, depuis quelque temps, Élisabeth pensait aussi à la seconde femme de François.

— Quand Louis a reçu la dernière lettre de son père, j'ai longtemps hésité avant de me décider à appeler Roseline. Je l'ai fait finalement, et je lui ai demandé si François lui avait parlé d'un passager dans sa voiture, de son éventuelle innocence. Elle s'est violemment emportée en m'intimant l'ordre de ne plus jamais l'appeler. Elle a évoqué le chagrin de ses enfants qui ne se remettaient pas de la mort de leur père. J'ai eu l'impression qu'elle m'en voulait. J'ai préféré raccrocher, mais j'aurais pu lui dire que Louis aussi avait souffert.

Elle replia ses jambes et se pencha légèrement en avant. Elle se sentait recrue de fatigue, la nuque et le dos brisés.

— J'ai rencontré Roseline deux fois en tout et pour tout, dit-elle après une pause, je me demande si elle est capable d'autant de haine.

— La douleur est une émotion qui peut amener certaines personnes à prendre d'horribles décisions.

Elle n'en doutait pas. Son châle glissa le long de ses bras. Elle le remonta et quitta la balancelle.

— Si nous marchions un peu ?

Ils longèrent les allées bordant les massifs impeccablement entretenus. Le vent avait forci. Élisabeth frissonna.

— Il me semble qu'il y a une éternité que je n'ai pas vu autant d'étoiles, dit-elle en regardant le ciel.

— Pourtant elles sont là toutes les nuits.

— Alors il y a une éternité que je n'ai pas pris le temps de les admirer.

Ils contournèrent la piscine en direction du jardin d'hiver.

— Cesse de marcher la tête en l'air, recommanda Maxime, c'est comme ça qu'on s'étale de tout son long !

— Mais tu ne me laisserais pas tomber, n'est-ce pas ?

Il resserra son étreinte et ils s'arrêtèrent pour échanger un baiser.

— Nous rentrons ? suggéra-t-elle au bout d'un moment. Il commence à faire frais.

Ils regagnèrent la maison main dans la main et, perdue dans ses pensées, Élisabeth garda les yeux levés vers la nuée d'étoiles. Soudain Maxime demanda :

— Tu veux toujours de moi pour t'accompagner à Londres ?

— C'est un week-end de travail, tu sais.

— Oh… j'aurais préféré une exaltation plus romantique dans ta réponse, mais je m'en contenterai, répondit-il avec une expression désabusée.

— Qu'entends-tu par « une exaltation plus romantique » ?

— Tu pourrais me promettre un week-end inoubliable, pendant lequel nous ne formerons plus qu'un.

— Tu sais que c'est scientifiquement impossible ? le coupa-t-elle, en éclatant de rire. Deux corps ne pourront jamais occuper le même espace dans l'univers.

Il la regarda avec une épouvantable grimace :

— C'est bien ce que je dis, tu es d'un romantisme ! Tu ne pourrais pas faire semblant d'y croire ?

Ils franchirent le seuil de la maison, sans remarquer la voiture qui longeait le mur d'enceinte de la propriété tous phares éteints.

— C'est entendu, murmura Élisabeth, tu m'accompagneras à Londres et, ensemble, nous braverons les lois de la physique!

22

Au cours de la dernière semaine de septembre le Limousin fut agité d'une longue succession d'orages. L'air était lourd, et chaque jour les nuages s'amoncelaient dans un ciel plombé. De plus en plus sensible aux variations climatiques, Sophie repoussa le dîner avec sa belle-mère de quelques jours. Elle ne se sentait pas bien, allant même jusqu'à redouter de faire un malaise en public. Élisabeth partagea ses craintes et elles convinrent d'une autre date. En fin de compte, le jour venu, ce fut au tour d'Élisabeth de reporter leur rencontre de vingt-quatre heures. Sa réunion avec les commissaires aux comptes s'éternisait et elle était à cran.

Le mercredi soir, Sophie descendit rejoindre sa belle-mère à 19 h 30. Élisabeth la fit entrer et lui demanda de patienter quelques minutes, le temps de mettre un peu d'ordre sur son bureau. En l'attendant, la jeune femme se planta devant la fenêtre entrouverte.

— Ce temps orageux, c'est insupportable !

Sa silhouette se détachait à contre-jour, effroyablement engoncée dans le tissu léger de sa robe. *Comment pouvait-on prendre autant de poids*, se demanda Élisabeth. En voyant ses chaussures à talons plats dont les lanières s'enfonçaient dans ses chevilles, son ventre énorme, elle pensa à sa propre grossesse. Sa mère lui reprochait toujours de ne pas s'alimenter convenablement. «Il faut aussi nourrir ton enfant», répétait-elle comme un mantra.

Avant de partir, Élisabeth prétexta le besoin de retoucher son maquillage et, depuis le couloir, elle annula la table qu'elle avait réservée dans un de ces établissements huppés que Sophie adorait.

Elles rejoignirent le parking en échangeant quelques mots à propos du temps, et Élisabeth quitta Limoges. Une demi-heure plus tard, elle se rangeait devant un petit restaurant de campagne qu'elle connaissait bien. Le service y était simple et la cuisine délicieuse. Elle aida Sophie à descendre de la voiture et, au sourire qu'elle lui adressa, elle sut qu'elle avait fait le bon choix en l'invitant dans cet endroit charmant et discret. Elles s'installèrent au fond de la salle et consultèrent le menu. Élisabeth demanda qu'on leur apporte du jus de fruits frais en guise d'apéritif. En dépit de la température extérieure, la salle à manger baignait dans une atmosphère légère. Un photophore, un vase de fleurs fraîches ornaient chaque table recouverte d'une nappe vieux rose. La salle était presque vide et, au-delà de quelques murmures, on entendait des bruits de vaisselle entrechoquée et une musique de fond. Quelques notes langoureuses en harmonie avec cette soirée qui marquait les prémices de l'automne. La serveuse, une jeune fille accorte au délicieux sourire, nota leur commande.

— Je n'ai pas encore eu l'occasion de vous remercier pour la visite de la manufacture, dit Sophie après avoir bu quelques gorgées de jus d'abricot.

— Je suis ravie de vous avoir guidée. J'espère que cette découverte initiatique vous a plu ?

— Beaucoup ! Depuis, j'ai consulté les sites Internet de maisons concurrentes pour comparer leurs créations. J'ai également regardé les productions des autres pays comme la Bavière, la Bohême. Ce que vous faites est beaucoup plus chic ! J'ai hâte que Louis revienne pour lui montrer tout ce que j'ai appris.

— Courage ! Encore quatre jours, c'est presque terminé.

— Est-ce que je pourrai vous accompagner à l'aéroport ?

— Avec plaisir… Je suis sûre qu'il sera heureux de nous voir ensemble, ajouta Élisabeth après un instant d'hésitation.

La serveuse s'approcha et déposa devant elles des assiettes garnies d'une salade de crustacés aux citrons confits.

— Je crois que Louis adore son voyage en Inde, reprit Sophie en piquant sa fourchette dans une bouchée de homard grillé, il m'a expliqué l'énorme potentiel que représente ce pays.

— Avec plus d'un milliard d'habitants, c'est cohérent.

— Il pense qu'il y a un marché à prendre, mais pour une porcelaine de seconde catégorie.

— Et il a dû vous dire aussi que je réfutais l'idée que des « sous-produits » sortent de notre manufacture ?

— Oui, et ça l'inquiète un peu. Il a peur de ne pas pouvoir vous convaincre.

Élisabeth sourit. Éternelle querelle des anciens et des modernes. Elle se rappelait ses propres batailles, parfois épiques, qui l'opposaient à Roger Legaret. Les idées d'avant-garde, les innovations se bousculaient dans sa tête. Lui en appelait au classicisme qui avait fait la renommée des Porcelaines Astier.

— La première fois que je lui ai présenté une assiette ovale, raconta-t-elle, j'ai cru qu'il allait s'étouffer !

Elles rirent et soudain le regard de la jeune femme se figea. Un couple venait d'entrer dans le restaurant, et en passant près d'elles l'homme adressa un vague signe de tête à Sophie. Elle devint très pâle et Élisabeth prit peur.

— Vous ne vous sentez pas bien ?

Sophie hocha la tête et porta la main sur son ventre avant de répondre.

— Ça va...

Elle jeta un œil vers la table où le couple avait pris place, puis elle posa ses couverts en travers de son assiette. Le gigot était pourtant délicieux, mais elle n'avait plus faim. La serveuse débarrassa les assiettes et leur proposa la carte des desserts. Élisabeth se plongea dans l'énumération des gourmandises toutes plus alléchantes les unes que les autres, avant de s'inquiéter du silence de Sophie. Elle ne bougeait pas et sa main, toujours posée sur le menu, était animée d'un imperceptible frissonnement. Élisabeth replia la carte.

— Sophie, vous pouvez vous confier à moi vous savez. J'ai bien vu que depuis l'arrivée de ce couple quelque chose ne va pas.

Sophie croisa les bras pour dissimuler le tremblement de ses mains. Elle avait surtout envie de sortir de la salle, de s'enfuir le plus vite et le plus loin possible.

— C'est mon ex-petit-ami, murmura-t-elle.

— Un souvenir douloureux ?

Sophie chercha une longue inspiration avant de répondre :

— C'était un collègue enseignant. Dès le début de notre liaison, j'ai su qu'il était marié. Mais il m'avait assuré que tout était fini avec sa femme, et qu'il était sur le point de divorcer. Je l'ai cru.

— Et bien sûr c'était faux ?

La serveuse s'approcha de la table afin de noter leur choix de dessert.

— Plus tard, répondit Élisabeth.

Tout à coup Sophie se mit à pleurer.

— Excusez-moi, c'est un peu de nervosité à l'approche de l'accouchement.

Et les souvenirs d'un profond chagrin, acheva Élisabeth à part elle. Elle prit la main de la jeune femme par-dessus la table et patienta en silence.

— J'ai attendu, reprit Sophie, j'ai tellement attendu.

L'amour, les enfants, un homme absent, et le retour des enfants quand ils sont grands. Les femmes attendent toujours, songea Élisabeth, *n'est-ce pas là leur destin ?* Elle commanda deux tisanes pomme-cannelle et, tandis que la serveuse s'éloignait, elle examina l'ex-petit-ami de Sophie. Un physique assez banal, mais de beaux yeux gris. Il parlait à sa compagne, le buste penché vers elle, avec de temps à autre une mimique ridicule.

— Votre liaison a duré longtemps ? demanda-t-elle.

— Beaucoup trop ! Il m'a fallu plus de deux ans pour comprendre qu'il ne quitterait pas sa femme.

— Tant mieux ! s'exclama Élisabeth. Sa première famille lui aurait collé aux basques toute sa vie, et vous n'auriez jamais été sûre que les comparaisons avec la première épouse tournent à votre avantage.

— À l'époque, j'étais loin de voir les choses comme ça ! Je suis allée de dépression en dépression et j'ai fini par demander ma mutation dans un autre collège. Je croyais que j'étais guérie. Mais un jour ma mère m'a fait remarquer que je restais dépendante de lui, que je continuais à penser à lui, même pour le détester. J'ai compris qu'elle avait raison et j'ai lâché prise.

Elle se tut et détourna son regard vers la fenêtre. La nuit était tombée. D'habitude, elle était couchée depuis belle lurette. Elle ne pouvait plus lutter contre la fatigue. Sa belle-mère respectait son silence et elle lui en sut gré. Elle s'en voulait de s'être dévoilée devant elle. Hier encore, elle la considérait comme son ennemie. Et aujourd'hui, elle lui parlait de son ex-amant, et elle éclatait en sanglots comme une petite fille.

— Ça ne vous dérange pas si nous rentrons ? demanda-t-elle.

— Pas du tout ! J'ai eu une dure journée et demain sera pire encore. Une bonne nuit de sommeil s'impose.

Élisabeth régla l'addition et elles quittèrent le restaurant. Elle prit le bras de sa belle-fille pour traverser la rue et elles se dirigèrent vers le parking.

En approchant de sa voiture, Élisabeth repéra l'enveloppe marron coincée sous les essuie-glaces. Elle ouvrit la portière arrière afin que Sophie pose sa pochette et son écharpe et, tandis que la jeune femme contournait le véhicule, Élisabeth arracha prestement l'enveloppe du pare-brise et l'enfouit dans son sac. Puis elle vérifia que Sophie était bien installée et elle démarra. Quelqu'un les avait suivies jusqu'au restaurant! Qu'allait-elle faire si on les prenait en filature? Pas question de jouer un nouveau rodéo nocturne dans les rues de Limoges avec sa belle-fille à ses côtés. Autant la conduire à la maternité sur-le-champ. Elle roula lentement en jetant de fréquents coups d'œil dans les rétroviseurs. Rien d'anormal ne se produisit et, une demi-heure plus tard, elle déposait Sophie au siège de la société.

— Voulez-vous que je vous accompagne jusqu'à votre appartement?

— Non, ça ira. Merci Élisabeth… pour tout! Pour le dîner, et pour m'avoir écoutée épancher mes souvenirs.

Élisabeth la prit dans ses bras en lui tapotant l'épaule :

— Tout cela n'a guère d'importance, ma petite fille. Ce qui compte c'est la vie telle qu'elle s'offre à vous aujourd'hui. Louis, le bébé… vous êtes si jeune. N'y pensez plus.

Elles s'embrassèrent et Élisabeth la regarda monter les marches de l'immeuble. Elle attendit que la porte se referme derrière elle, puis elle jeta un regard furtif alentour et reprit le volant avec la même angoisse au ventre. Seule dans la voiture, elle écrasa la pédale de l'accélérateur et en moins d'un quart d'heure, elle était chez elle. Elle s'arrêta devant la porte du garage, trop épuisée pour rentrer la voiture. Elle prit son sac, ferma les portes à clé et revint vers la maison. L'air était chargé d'humidité et le vent poussait de petites nappes de brume vers les collines.

C'est en longeant les allées qu'elle constata le saccage de ses massifs. La plupart des fleurs étaient coupées ou arrachées et gisaient sur les pelouses. Hébétée, elle évaluait le désastre lorsqu'elle eut l'impression d'être observée. Elle en eut la chair de poule et attendit, immobile, comme si le moindre mouvement pouvait mettre sa vie en danger. Mais la curiosité prit le dessus. Elle pivota et scruta le jardin en direction du portail. Elle aperçut une silhouette sombre qui se détachait du renfoncement entre les piliers et s'enfuyait dans la nuit en courant. Quelqu'un avait encore pénétré dans l'enceinte de la propriété! Au loin un chien aboya. Prise de panique, Élisabeth se rua à l'intérieur de la maison et enclencha l'alarme. Au moment de fermer les volets du rez-de-chaussée, elle distingua les phares d'une voiture qui s'éloignait en direction de Limoges. Elle avait beau se raisonner en se répétant que la maison était fermée et sécurisée, elle n'en fit pas moins un tour complet, vérifiant chaque fenêtre, chaque verrou avant de revenir vers le salon. Son sac était toujours là où elle l'avait lancé en entrant. Elle s'en empara et sortit l'enveloppe de papier kraft. Elle en extirpa une feuille blanche qu'elle déplia fébrilement. Le message était court: *Laissez les secrets enterrés, ou d'autres innocents paieront.* Chaque mot résonnait comme un symbole et les battements de son cœur lui broyèrent la poitrine. On avait déposé cette lettre sur son pare-brise alors qu'elle se trouvait en compagnie de sa belle-fille, laquelle portait son futur petit-fils. Elle ne pouvait pas atermoyer davantage, elle devait porter plainte. Elle se laissa tomber sur le canapé, la lettre glissa à ses pieds et elle réfléchit en essayant de remettre de l'ordre dans ses pensées. Ses idées tournaient en rond en prenant des dimensions disproportionnées. Elle aurait dû se coucher, s'efforcer de dormir. Mais cela ne servirait à rien, elle se sentait incapable de fermer l'œil. Une tisane calmante peut-être. Elle fit un mouvement pour se lever mais elle fut prise d'un vertige et se rassit aussitôt. Que lui arrivait-il? Était-ce la peur qui la paralysait ainsi? Ou bien l'impuissance? Ne pas savoir ce que tramait cet ennemi invisible, se dire qu'elle n'avait aucun moyen de le découvrir. C'était insoutenable. Soudain elle éprouva le besoin de parler à quelqu'un… qui appeler? Maxime était à Paris, Louis en Inde et il n'était pas question de déranger sa mère. La solitude qui l'entourait lui parut douloureuse, presque insupportable. Une immense lassitude lui écrasa les épaules. Elle renonça à téléphoner à Manuelle. C'était toujours son amie qu'elle appelait au secours aux heures les plus incongrues, quand elle avait la certitude que tout allait mal. Il suffisait alors de quelques mots échangés, d'écouter le timbre joyeux de sa voix… Ce soir, elle devrait affronter ses frayeurs. Elle se pelotonna sur le canapé et finit par s'assoupir.

Lorsqu'elle ouvrit les yeux, la lumière du jour filtrait à travers les persiennes. Elle se redressa vivement et regarda sa montre. 8 heures. Contrariée, elle se leva et, en pensant au travail qui l'attendait, elle se précipita dans la salle de bains. Elle arriva au bureau avec un quart d'heure de retard. Hervé l'attendait, manifestement agacé.

— Tout le monde est déjà dans la salle de réunion, encore deux minutes et nous commencions sans toi !

— Vraiment ? dit-elle avec un soupçon d'ironie dans la voix, avant de lui emboîter le pas le long du couloir.

De longues heures s'égrenèrent au fil de discussions animées et Élisabeth retrouva enfin le calme de son bureau où une kyrielle de messages l'attendait. Elle prit toutefois le temps de téléphoner à Sophie. Apparemment elle allait bien, elle lui parut même enjouée en lançant :

— Plus que trois jours avant le retour de Louis. Je suis tellement impatiente !

— Je vous comprends. Son avion atterrit à 16 heures. Descendez me rejoindre à 15 heures, ce sera parfait.

Dans la foulée, Élisabeth appela le jardinier et lui demanda de venir nettoyer les massifs. Éberlué, il chercha à savoir ce qui s'était passé mais il comprit qu'elle ne souhaitait pas en parler, et il n'insista pas. Elle avait à peine raccroché que le téléphone retentit de nouveau. Bénédicte lui annonça que son rendez-vous suivant était reporté d'une heure. Cela tombait à pic. Elle avait un travail fou ! Elle considéra les dossiers qui s'accumulaient devant elle et elle s'y attela avec entrain. Au bout d'une demi-heure, elle se leva avec l'intention de se préparer un café. Soudain, elle entendit des voix, des pas précipités dans le couloir, et Manuelle fit une entrée fracassante dans son bureau. Elle semblait bouleversée. La respiration haletante, elle se laissa tomber dans le fauteuil en face d'Élisabeth et sortit un papier de son sac.

— Regarde ce que j'ai reçu ce matin, bredouilla-t-elle.

Le message anonyme l'accusait d'être au courant des secrets de la famille Astier.

```
En vous taisant, vous êtes devenue leur
complice. Le moment venu, vous paierez
aussi !
```

— Ça m'a filé une de ces frousses en lisant cela… Qu'est-ce qu'on fait ?

Élisabeth ne dit rien de la lettre déposée sur son pare-brise la veille, de la certitude qu'on l'épiait jusque chez elle. Mais il fallait que cela cesse.

— J'appelle Maxime sur son portable, et s'il est d'accord on va à la gendarmerie.

23

À peine rentré de New Delhi, Louis n'économisa pas ses efforts. En compagnie de sa mère, du directeur de production et du chef décorateur, il paracheva les premières commandes de la société Hirapatih. Les réunions n'en finissaient pas et il ralliait son domicile la soirée bien avancée. Sophie l'attendait pour dîner. Elle avait pris l'habitude de lui mitonner des petits plats, des gâteaux. Elle s'inquiétait de sa fatigue et lui demandait de raconter sa journée de travail. Elle lui avait parlé de sa visite à la porcelainerie et il était resté bouche bée. L'entente cordiale qui semblait régner entre sa femme et sa mère ne cessait de l'étonner. Il n'en revenait pas mais il était ravi. Pourtant une ombre demeurait au tableau. Il repoussait la discussion de fond qu'il devait avoir avec sa mère. Cela ne lui avait pas échappé qu'en son absence elle s'était dépensée sans compter, menant tout de front avec l'énergie et le talent qu'il lui enviait parfois.

Il accueillit le week-end avec soulagement. Il s'accorda une grasse matinée qui effaça les séquelles du décalage horaire. Puis il se prépara à rejoindre la maison de sa mère, qui avait organisé le déjeuner dominical pour fêter son retour.

Élisabeth avait servi l'apéritif sur la terrasse. En cette fin de mois de septembre, la température s'était légèrement radoucie mais le temps était magnifique. Louis distribua les petits cadeaux qu'il avait rapportés de New Delhi. Sa grand-mère Gisèle s'extasia sur les écharpes en cachemire, les bijoux, mais il trouva son enthousiasme un peu forcé. Elle semblait tendue presque sur la défensive. Il s'inquiéta de sa santé et de celle d'Hortense. Elle se contenta de lui adresser ce doux sourire qui le berçait depuis son enfance. En revanche, sa mère affichait une forme éblouissante. Il sirotait son Martini en la regardant. Bien coiffée, un maquillage subtil… Qu'est-ce qui la rendait aussi enjouée ? Elle était très élégante dans sa robe bleu marine et blanche. Elle plaisantait, riait aux éclats. Il lui découvrit un petit air charmeur, une expression sereine, un peu composée, mais vibrante d'une sensualité à peine voilée. Il était stupéfait d'avoir pour mère cette femme si jeune encore, si attirante.

Il devait lui parler et sa tâche ne serait pas aisée. Comment lui présenter les changements qui étaient devenus vitaux au sein de l'entreprise ? Elle abordait la soixantaine et, depuis quelque temps, il espérait qu'elle lui laisserait davantage de responsabilités. Voire qu'elle passerait la main. Au lieu de cela, elle ne lui avait jamais semblé aussi rayonnante. Une femme pétrie de talent, au sommet de son expérience. Elle n'était sûrement pas disposée à prendre sa retraite. Et pourtant… grisé par la puissance économique en devenir des pays émergents, il savait que la société devait évoluer, sous peine de péricliter. La porcelaine Astier portait la marque d'Élisabeth.

Classique, unique, élégante. L'emblème du raffinement! Comment lui faire comprendre, sans la froisser, qu'un coup de jeune s'imposait?

— N'est-ce pas, mon chéri?

Il sursauta. Il n'avait pas entendu Sophie qui s'adressait à lui:

— Je disais que la venue de notre fils allait changer nos vies. Et que nous n'avons aucune idée de ce qui nous attend.

Élisabeth posa sa coupe de champagne sur la table basse, et se leva:

— La venue d'un enfant nous apparaît souvent comme la réponse au mystère que constitue la vie de couple. Mais à la naissance du bébé, on découvre que le mystère ne fait que commencer.

Elle avait dit cela en plantant son regard dans celui de son fils. Louis essaya de lui sourire. Il avait parfois l'impression qu'elle lisait dans la plus intime de ses pensées.

— J'ai préparé quelques amuse-bouche, veux-tu m'aider à apporter les plateaux, Louis?

Il la suivit jusque dans la cuisine où elle retira du réfrigérateur des plats emplis de toasts et de petites verrines:

— J'ai fait tout cela ce matin.

Il ne cacha pas sa surprise. Elle prit une bouteille de jus d'orange et il remarqua le pichet de kéfir.

— Tu connais? demanda-t-elle.

— Oui, au lycée un de mes profs en buvait à longueur de journée. Tu aimes?

— Euh… c'est nouveau pour moi.

Comme sa tenue, ou le diffuseur de parfum sur la desserte du salon. Comme les SMS échangés en catimini. Et la cigarette qu'elle allumait de temps à autre, même si elle avait essayé de le lui cacher.

— Est-ce que l'enquête a évolué à propos de l'affaire de papa ?

— Vingt-quatre ans après les faits ça demande un certain temps pour retrouver des témoins. Néanmoins Maxime Lamarque a localisé une enseignante rescapée de l'accident. Nous l'avons rencontrée, mais malheureusement nous n'avons pas appris grand-chose.

Elle jugea bon de taire les dernières menaces qu'elle avait reçues. À quelques jours de l'accouchement de Sophie, inutile de l'inquiéter. Lorsqu'elle avait informé Maxime de la lettre anonyme adressée à Manuelle, il lui avait demandé d'attendre un peu pour se rendre à la gendarmerie. Il était sur une piste intéressante qu'il souhaitait creuser. Cependant, lorsqu'ils avaient dîné ensemble le surlendemain, il avait refusé d'en dire davantage tant qu'il n'était pas au fait de toutes les informations.

Élisabeth acheva de garnir le dernier plateau qu'elle tendit à son fils :

— Veux-tu l'apporter sur la terrasse ? J'arrive dans une minute.

Elle ouvrit le four et vérifia la cuisson de la pintade en essayant de se souvenir des recommandations de Maxime. Elle considéra la volaille d'un air dubitatif. Comment ferait-elle pour la découper tout à l'heure ? Devait-elle commencer par les cuisses ou les ailes ? Elle ne savait plus. Elle envoya un SMS à Maxime. Il répondit en moins d'une minute et, en lisant son message, elle eut un petit pincement au cœur. Ce serait tellement agréable de l'avoir à ses côtés ! Mais il était trop tôt pour l'introduire dans le cercle familial. Sa mère n'était même pas au courant de sa rupture avec Hervé. Maxime lui avait promis de la rejoindre en fin de la journée.

— Pour mesurer le désastre de ton repas sans traiteur !

— Je te déteste ! avait-elle répliqué en lui jetant sa serviette à la tête.

Ce souvenir fit naître un sourire sur son visage tandis qu'elle rejoignait ses invités.

Avant de passer à table, Louis fit un détour par la salle de bains afin de se rafraîchir. Ses interrogations à propos des changements qu'il avait constatés chez sa mère trouvèrent une réponse immédiate. Sur la tablette de porcelaine au-dessus du lavabo, il remarqua la deuxième brosse à dents, le rasoir électrique et la bouteille de parfum pour homme signé d'un grand couturier.

*
* *

Agacée par les mèches de cheveux qui tombaient sur son visage, Élisabeth pêcha un élastique dans son sac et les attacha sur sa nuque. Puis elle retira ses lunettes et les posa sur la table de travail près du bac d'émail. Depuis trois heures, elle était à la manufacture où elle assistait à l'émaillage des premières pièces de la nouvelle collection. Émerveillée, elle admira le design des assiettes rappelant la forme épurée d'un coquillage, les chromos sélectionnés pour la décoration : une simple fleur de camélia au centre, dans les tons ivoire et rose pâle, et sur le bord un filet argent. De tout temps, Élisabeth avait été fascinée par la dextérité des ouvrières qui trempaient rapidement chaque pièce dans le bain d'émail. La gestuelle, très élaborée, demandait un long apprentissage. Elle était toujours attentive à la bonne marche du travail lorsque Jean Daviaud, le chef de production, quitta son box pour la rejoindre.

— Tout se passe selon vos souhaits ?

— Oui, j'adore cette collection, c'est une pure merveille !

Il ne put s'empêcher de sourire. Depuis quinze ans qu'ils travaillaient ensemble, il l'avait toujours vue s'extasier devant leurs nouvelles créations.

— Comme à l'accoutumée ! Je voulais vous confirmer que les dernières pièces ont été expédiées à Londres hier après-midi.

— Je pars vendredi pour la présentation, le timing est parfait. Bravo, Jean.

Il s'éloigna et Louis arriva sur ces entrefaites. Il observa les émailleuses pendant un moment. Élisabeth s'approcha et lui tendit les chromos :

— C'est magnifique, n'est-ce pas ?

Elle le vit froncer les sourcils, perplexe.

— C'est vrai maman. Mais il faut avouer que le procédé est coûteux. Si tu as un moment, je peux te parler ?

Il avait un dossier sous le bras et il affichait un air déterminé à ne pas la laisser escamoter la discussion. Elle jeta un coup d'œil alentour.

— Allons dans le bureau de Jean.

Le chef de production avait quitté la manufacture pour superviser un chargement à destination de trois grands hôtels danois.

— Je t'écoute, lança-t-elle en refermant la porte du box derrière eux, mais par pitié, fais vite! J'ai une tonne de travail en retard.

— Je serai aussi bref que possible, mais je me suis engagé à fournir des réponses à mes contacts de New Delhi et j'ai vainement essayé de te parler depuis mon retour. Je souhaiterais que nous examinions sérieusement la création d'une seconde collection de moyenne gamme.

— Tu sais que je suis contre tout ce qui peut dévaloriser…

— Il ne s'agit pas de dévaloriser quoi que ce soit! s'écria-t-il sans lui laisser le temps d'objecter. Il s'agit de répondre à un gigantesque marché. Le secteur du luxe est en plein essor dans les pays émergents. Si tu voyageais un peu hors des frontières européennes, tu te rendrais compte de cette demande pharaonique. Mais notre porcelaine est trop chère.

— Et je pense qu'elle doit le rester. Nous avons choisi de produire des collections d'exception.

— Qui restent réservées à une élite, alors que le marché de deuxième catégorie est quasiment inexhaustible.

En parlant, il avait sorti plusieurs demandes émanant de grossistes, de revendeurs, d'hôteliers situés dans diverses régions de l'Inde.

— Il faut prendre le train en marche et non pas le regarder passer en campant sur nos positions. L'avenir de la société ne se cantonne plus à Londres ou dans les pays scandinaves.

Même s'il manquait de tact, il utilisait ses arguments à bon escient. Élisabeth savait que le marché européen s'essoufflait.

— Je trouve tes propos blessants eu égard aux difficultés qu'ont dû affronter les dirigeants de notre entreprise pour conquérir ces marchés que tu dénigres.

Il piqua un fard. Sa volonté d'imposer ses idées était si forte ! Mais il ne devait pas perdre de vue qu'il s'adressait à sa mère… à la femme qui avait porté la maison Astier à la troisième place de la porcelaine de luxe en France et dont la vaisselle rayonnait aux quatre coins du monde. Et elle ne l'avait pas attendu pour cela.

— Je te demande de m'excuser, se reprit-il en posant la main sur la sienne avec douceur, je m'emporte, je m'emporte.

Mon Dieu, il ressemble de plus en plus à son père, se dit-elle en s'attardant sur son visage aux traits fins, mais volontaires, à l'implantation de la chevelure… Élisabeth était viscéralement opposée à l'idée de créer une collection de gamme inférieure. Mais elle se devait de l'écouter, pour mieux le contrer peut-être.

— Et tu envisages d'influer sur quels postes de la fabrication pour diminuer les coûts ?

— Tout ce qui se fait manuellement engendre un prix de revient exorbitant. La première étape serait d'investir dans des machines à la pointe de la technologie pour assurer l'émaillage mécaniquement. Et parlons du décor ! Ce serait plus rapide et moins onéreux si nous développions la partie automatisée.

Élisabeth semblait réfléchir. Il pensa qu'il était en train de la convaincre. Le moment était venu de sortir son va-tout.

— Et pour être encore plus performant, nous avons également la possibilité d'acheter de la porcelaine brute en provenance des pays de l'Est. Nous assurerions essentiellement le décor et les finitions.

Élisabeth se retint de jaillir de sa chaise.

— Et cette porcelaine porterait l'estampille Astier?

— C'est incontournable! Les clients veulent jouir de la notoriété de notre maison, mais à un coût plus abordable.

Cette fois, Élisabeth se leva.

— Ça n'arrivera pas tant que je dirigerai la société! Si tes clients n'ont pas les moyens d'acheter du Astier qu'ils se fournissent directement dans les pays de l'Est!

Louis eut l'impression que ses paroles sonnaient comme un avertissement mais il refusa d'en tenir compte.

— Et pendant ce temps, nous perdons des parts de marché, répliqua-t-il en se levant à son tour, c'est absurde! S'il te plaît, réfléchis... Je crois que le moment est venu de revoir la stratégie de l'entreprise, de diversifier notre production. Ou nous allons nous faire dévorer.

Élisabeth soupira. Elle se sentait lasse. Pourquoi avait-elle le sentiment de passer à côté de quelque chose?

— Tu ne dis rien, maman? Je suppose que je dois interpréter ton silence comme un refus?

— Nous n'avons pas la même conception de la notoriété. Je préfère prendre le risque d'être dévorée plutôt que de renoncer à nos traditions.

Il ne s'attendait pas à la convaincre dès leur première discussion, il avait d'ores et déjà anticipé un long combat. Mais il eut du mal à cacher son agacement.

— Ce que tu peux être vieux jeu parfois! Il y a une différence entre tradition et ringardise. Et c'est ce que nous allons devenir, des ringards!

— Il y a aussi une différence entre innovation et stupidité! répliqua-t-elle sur un ton où perçait un début de colère.

Il se sentit rougir et se demanda si elle se rendait compte du sang qui affluait à son visage. Il ouvrit la bouche, prêt à une nouvelle prise de bec, mais il se reprit. Tout ce qu'il fallait c'était faire preuve de patience et, le moment venu, lui prouver à quel point elle avait tort.

Élisabeth regarda sa montre. Elle ôta le ruban élastique qui nouait ses cheveux et les lissa du bout des doigts.

— Je vais finir par être en retard. J'ai mille choses à boucler avant mon départ pour Londres.

Il ouvrit la porte et s'effaça pour la laisser passer. En dépit de leur différend, il lui adressa un petit sourire affectueux et lui tendit la joue. Elle y planta un baiser. Elle savait que la conversation n'était pas terminée. Seulement différée.

— Veux-tu que je t'accompagne à l'aéroport vendredi matin? demanda-t-il d'une voix radoucie.

— Non, merci. Je deviens peut-être ringarde, mais je suis encore capable de conduire ma voiture!

24

L'avion amorça sa descente et se posa en douceur sur le tarmac de l'aéroport de Limoges. Élisabeth et Maxime avançaient dans la cohue des passagers. Ils se tenaient la main, et de temps à autre ils se regardaient en souriant. Ils ne disaient rien. Au-delà des mots, seul le silence pouvait graver le souvenir des cinq jours écoulés. Ils récupérèrent leurs bagages sur le tapis roulant et rallièrent le parking où ils avaient laissé leurs voitures. Élisabeth chargea ses valises dans le coffre. Elle avait hâte de rentrer et de faire enfin la connaissance de son petit-fils.

Après deux jours voués aux manifestations organisées par la société O'Neill, Maxime l'avait convaincue de s'accorder trois journées supplémentaires pour flâner à la découverte de la capitale anglaise. Elle avait cédé. Et pour profiter de chaque instant elle avait coupé son téléphone. C'est en rentrant à l'hôtel qu'elle avait trouvé le message de Louis. Avec dix jours d'avance, Sophie avait mis au monde un magnifique bébé de 3,480 kg qu'ils avaient prénommé François.

Élisabeth et Maxime échangèrent un dernier baiser.

— Quand te reverrai-je?

— Très vite, répondit Élisabeth, je t'appelle.

Elle prit la route de Limoges, encore sous le charme de ce merveilleux séjour à Londres. Tout compte fait, ce n'était pas si mal les voyages ! L'exposition de Malcolm O'Neill s'était achevée par un dîner de gala. Lorsqu'elle était entrée dans la salle embrasée de mille feux, en robe Elie Saab, au bras de Maxime en smoking, bien des regards s'étaient tournés vers eux. Elle avait remarqué que les femmes entouraient Maxime avec un peu trop d'empressement. Elle avait même vu une toute jeune fille minauder... fourreau moulant, gestes étudiés, sourires mutins. Elle avait failli éclater de rire, avant de ressentir un petit pincement de jalousie.

Puis, émerveillée, elle avait découvert Londres. Pourtant elle y séjournait fréquemment mais toujours dans le cadre de son travail. Et à peine achevés ses derniers rendez-vous, elle reprenait l'avion. Cette fois, Maxime lui avait aménagé trois journées de tête-à-tête romantique. Une promenade en calèche sur Hampton Court, un dîner au bord de la Tamise. Et, blottis l'un contre l'autre, ils avaient admiré les prémices de l'automne sur Holland Park. Il connaissait tous les quartiers de Londres, du plus chic au plus pittoresque. Lorsqu'il avait loué une voiture, elle était restée médusée en découvrant son aisance pour emprunter la partie gauche de la chaussée. Elle n'avait pas osé lui demander dans quelles circonstances il s'était familiarisé avec les us et coutumes de la capitale anglaise... et surtout en quelle compagnie ! Mais sa curiosité en souffrit.

Un séjour divin, se répétait-elle inlassablement. Enfin presque. Elle avait noué d'excellents contacts avec une kyrielle d'acheteurs anglais. Pas de doute, la nouvelle collection Astier, exclusivement distribuée par O'Neill Ltd, serait un triomphe. Mais elle demeurait inquiète. Malcolm paraissait exténué. Elle avait remarqué qu'il ne buvait pas, mangeait peu. Il portait souvent la main sur son estomac avec une légère crispation du visage. Elle s'en était alarmée et il avait avoué quelques petits problèmes de santé. Sans apporter de précision. Bien sûr il avait trente ans de plus que le jour où ils s'étaient rencontrés. Il avait vieilli. Et sans doute faisait-il la même constatation à son égard. Mais ce soir-là elle l'avait trouvé changé.

Élisabeth se gara devant l'hôtel particulier du centre-ville, juste à côté de la voiture de Louis. Toutes les fenêtres du premier étage étaient éclairées. Louis devait mourir d'impatience de lui présenter son fils. Au téléphone, il lui avait dit que Sophie préparait un petit dîner très simple, juste pour eux trois. Elle avait accepté son invitation avec joie, et proposé d'acheter le dessert chez leur pâtissier préféré. Elle prit son sac, le carton de pâtisseries et, en montant les marches de l'immeuble, elle regarda l'heure. 19 h 30. Surtout ne pas rentrer trop tard pour appeler Maxime. Malgré leurs moments de tendre complicité, il lui avait semblé soucieux et elle n'avait pu se départir du sentiment que quelque chose le tracassait. Quelque chose qu'il avait choisi de lui taire pendant leur séjour en Angleterre.

Avant de rentrer chez lui, Maxime fit un détour par l'agence. À cette heure avancée, les bureaux étaient déserts et c'était bien ainsi. Il avait besoin de solitude pour revivre chaque instant de leur escapade à Londres. Les soirées mondaines, les sorties en amoureux… s'endormir la tête d'Élisabeth sur son épaule, ouvrir les yeux et la découvrir assise au pied du lit, se moquant de ses ronflements. Il avait savouré chaque minute. Élisabeth occupait toutes ses pensées. Son rire, son regard aux prunelles d'ambre pur, sa gestuelle, tout chez elle l'attirait, le ravissait. Il était amoureux. Toutefois, il espérait qu'elle ne s'était pas rendu compte de ses silences un peu trop longs parfois. Pourvu qu'il n'ait rien gâché! Elle avait dit qu'elle l'appellerait. Avant leurs retrouvailles il devait relire les derniers éléments du dossier, jusqu'à la moindre virgule. Comment lui annoncer ce qu'il avait découvert? Il savait qu'il allait la blesser.

*
* *

Jeudi en fin d'après-midi, Élisabeth se rendit à l'agence. Maxime était resté évasif au téléphone et elle était impatiente d'apprendre les résultats de ses dernières recherches. Apparemment, il l'attendait. Le visage grave, il lui recommanda de s'asseoir. Elle eut alors l'impression qu'une catastrophe allait fondre sur elle. Elle prit peur.

— Tu m'effraies… qu'est-ce qui se passe?

— J'ai retrouvé deux familles d'enfants disparus. Il y a peu de chose à dire quant à la première. Trois mois après l'accident, ils ont déménagé dans le sud-ouest de la France, et ils ont eu deux autres enfants par la suite.

Il se tut et consulta les pages étalées devant lui. Il évitait son regard, cherchait les mots.

— Et les parents de l'autre enfant? insista-t-elle, soudain affolée.

Il posa les coudes sur son bureau et soupira. Longuement. Et il croisa enfin son regard:

— Je suis désolée de devoir t'annoncer cela, c'est quelqu'un que tu connais bien. Ton directeur général.

Jusqu'ici, elle avait retenu son souffle. Elle le relâcha brusquement:

— Hervé?

— Il était le père, ou plutôt le beau-père, d'un des enfants, Tristan Desvignes.

Il la vit pâlir, se tasser sur elle-même. Elle aurait pu, elle aurait dû exploser. Au lieu de cela, elle resta immobile, le regard fixé sur ses mains jointes.

— Tu en es sûr? demanda-t-elle enfin.

— Je n'ai pas le moindre doute.

Il lui tendit une liasse de documents. Une attestation de mariage aux noms d'Hervé Louvain et Chantal Desvignes. Un acte de naissance relatif à un enfant de sexe masculin, Tristan Desvignes, né de père inconnu, quatre ans avant le mariage de sa mère. Et un certificat de décès: Tristan Desvignes, treize ans, décédé au col de l'Épine le 17 février 1990.

Élisabeth reposa les papiers sur le bureau de Maxime. Combien de fois avait-elle surpris les regards froids d'Hervé, ses gestes de colère rentrée? Le lâche. Il n'avait jamais eu le courage de lui avouer la vérité. Il s'était contenté de jouer les protecteurs, puis les amoureux éconduits. Maxime l'observait avec un soupçon d'inquiétude. Elle comprit ce qu'il n'avait pas encore expliqué.

— Tu penses qu'il est l'auteur de tous ces messages anonymes ?

— Il avait le mobile et, en étant aussi proche de toi, l'opportunité.

Bien sûr. Et il avait une clé et le code d'accès de son domicile. Elle se demanda s'il avait provoqué leur première rencontre pour se rapprocher d'elle et peaufiner les moindres détails de sa vengeance. Et pourtant, malgré la colère qui grandissait en elle, elle n'imaginait pas qu'il puisse s'en prendre à Louis. L'affection qu'il lui portait ne pouvait pas être feinte. Elle soupira et se massa le front du bout des doigts. Après tout, il avait bien passé les dix dernières années à lui jouer la plus ignoble des comédies... Maxime guettait ses réactions. Il connaissait sa capacité à affronter les difficultés. Ce mutisme ne lui ressemblait pas.

— Que vas-tu faire ? demanda-t-il d'une voix où perçait l'inquiétude.

— Il me doit une explication ! Je peux garder les copies de ces documents officiels ?

Il acquiesça. Puis il fit le tour du bureau et la prit dans ses bras. Il se retint de la couvrir de baisers.

— Dis-moi comment je peux t'aider ?

— Ça ira, merci, Maxime.

Elle était coutumière des déceptions, des trahisons. Une de plus...

— Tu m'en veux d'avoir découvert cette sale histoire ?

— Certes non ! C'est moi qui t'ai demandé d'enquêter.

Il lui fit promettre de l'appeler après son entrevue avec Hervé, quelle que soit l'heure. Elle promit et ils s'embrassèrent. Au moment où elle se détachait de lui, il se pencha et glissa «je t'aime» à son oreille. Elle ne répondit pas, mais ces deux mots résonnaient encore dans sa tête lorsqu'elle grimpa dans sa voiture. Pourquoi avait-il dit cela à cet instant précis? Était-ce une forme de réconfort de sa part, ou le pensait-il vraiment? Et elle, quels étaient ses sentiments à son égard? Chaque instant passé près de lui était un pur moment de plaisir. Elle éprouvait un désir étrange qui n'avait rien de superficiel. Elle aimait faire l'amour avec lui. Partager une certaine intimité. Il était brillant, drôle. Elle n'avait jamais autant ri en compagnie d'un homme. Elle n'était pas certaine d'être amoureuse pour autant. Pourtant, en y réfléchissant, elle se rendit compte que son cœur était déjà bien engagé.

Il était presque 20 heures lorsqu'elle rejoignit le siège de la société. Le personnel avait quitté les lieux depuis longtemps, mais la voiture d'Hervé était toujours sur le parking. Elle longea les couloirs déserts, déposa son sac dans son bureau et se dirigea vers celui d'Hervé. Elle poussa la porte et entra sans frapper.

— Je te dérange?

— Non, j'ai encore deux ou trois petites choses à terminer.

Elle posa les documents que Maxime lui avait remis juste sous son nez. Il y jeta un coup d'œil rapide et elle vit son visage se décomposer.

— Je suis navré, dit-il d'une voix blanche, j'aurais dû te parler de ça depuis longtemps.

Élisabeth se raidit. Les questions se bousculaient dans son esprit, une en particulier l'obsédait.

— Tu savais lorsque nous nous sommes rencontrés ?

— Ce jour-là, non. Mais j'ai découvert peu après qui tu étais.

— Et tu as accepté le poste que je t'ai offert sans rien dire ! C'était ça ton plan ? Trouver ta place au sein de ma famille pour mieux savourer ta revanche le moment venu ?

— Je n'avais aucun projet de revanche à ce moment-là. J'étais surtout très malheureux. Tristan avait trois ans quand j'ai rencontré sa mère. Nous nous sommes mariés au bout de quelques mois. Si tu savais à quel point j'adorais cet enfant.

Aujourd'hui encore il revoyait ce petit garçon qui lui tendait les bras en l'appelant papa… Il avait les yeux clairs de sa mère et des fossettes au creux des joues quand il riait.

— Nous formions une famille parfaite. Jusqu'à ce jour de février… En quelques heures toute notre vie a basculé. Chantal ne s'en est jamais remise. Je la regardais se détruire à grand renfort d'antidépresseurs. Elle rejetait son chagrin sur notre couple et elle m'en voulait de ne pas sombrer avec elle. Elle me reprochait la mort de son fils. Nous étions pourtant d'accord pour qu'il participe à cette classe de neige, mais c'est moi qui avais préparé son dossier d'inscription, et même sa valise. C'était suffisant pour qu'elle me rende responsable. J'assistais, impuissant, à la fin de notre couple. Un jour, elle m'a demandé de partir, et nous avons divorcé. Tu ne peux pas imaginer comme j'ai maudit ton mari! Si je m'étais trouvé en face de lui à l'époque, l'idée de ce que j'aurais été capable de lui infliger me terrorisait. Le divorce prononcé, j'ai vécu seul pendant des années avant de te rencontrer.

— Et moi, pauvre idiote, je n'ai pas hésité à te proposer le poste de Legaret! Tu as dû me prendre pour la reine des gourdes.

— Il est vrai que j'étais sidéré de me retrouver, sans l'avoir imaginé une seconde, face à la femme de celui qui avait détruit ma vie. Mais j'ai vite compris que Louis et toi, vous étiez aussi ses victimes. Je me suis attaché à notre ambiance de travail, à toi. Le monde de la porcelaine me fascinait... Alors je me suis employé à accomplir tout ce que tu attendais de moi. Et nous nous sommes rapprochés.

Élisabeth fit un pas vers lui. Une bouffée de révolte l'envahit. Elle dut se maîtriser pour ne pas lui donner l'ordre de quitter les lieux sur-le-champ.

— Tu n'as jamais eu le moindre remords?

— Détrompe-toi. La culpabilité m'a longtemps tenaillé. Mais j'ai fini par me convaincre que je n'avais pas de raison de me sentir coupable. Après tout, ce n'était pas comme si j'avais volontairement provoqué notre rencontre. J'avais juste tiré parti d'un événement fortuit.

— Tu avais ma confiance, Hervé, j'éprouvais même de l'affection pour toi.

— Au début peut-être, parce que tu étais seule et que le destin t'avait porté un coup terrible. Mais j'ai très vite compris que je n'occuperais jamais une place à part entière dans ta vie. Je m'en suis accommodé tout en continuant d'espérer. Jusqu'au jour où tu as entrepris de retrouver ton mari. Et tout a basculé. Je n'ai pas supporté l'idée que tu revois cet assassin, et moins encore que Louis renoue des liens avec lui.

Élisabeth était toujours debout devant le bureau. Elle tourna machinalement la tête vers la fenêtre. Un ciel d'orage enveloppait la ville. Tant de détails s'accumulaient dans son esprit, et soudain tout dans la conduite d'Hervé lui parut suspect. Elle se retourna vers lui et le foudroya du regard. Il pensa qu'elle allait l'injurier.

— Ces lettres anonymes qui m'empoisonnent la vie depuis des mois, je ne comprends pas. Tu ne pouvais pas me dire en face ce que tu avais sur le cœur ? Tu as perdu la raison ?

— Je ne sais pas. Peut-être... Parfois le malheur rend fou. Et la situation m'était devenue insupportable. Ce fut pire lorsque je t'ai vue t'éloigner de moi et te jeter dans les bras de ce détective.

Devant sa stupéfaction, il lui raconta qu'il était au courant de sa liaison. Depuis des semaines, il la suivait, il l'épiait.

— Une nouvelle fois, je sentais qu'on m'arrachait quelque chose. J'ai cru revivre l'enfer qui avait suivi la mort de Tristan et mon divorce. C'est vrai que j'ai eu l'impression de perdre la tête. Une fois qu'on a réveillé la douleur on ne peut plus revenir en arrière. J'ai mesuré l'étendue du mal qui était resté enfoui en moi et j'ai compris que rien ne l'apaiserait. Alors j'ai continué à t'envoyer des messages pour que tu n'oublies jamais que ton mari était un criminel.

Élisabeth pensa au paquet déposé chez Louis, au DVD expédié à sa mère.

— Et tous ces actes odieux accomplis sous le couvert de l'anonymat, tu ne trouves pas ça un peu lâche?

Il déglutit avec peine. Son poing posé sur le bureau se resserra.

— Comment oses-tu parler de lâcheté? Ce que j'ai fait n'est peut-être pas honorable, je te l'accorde. Mais qu'est-ce comparé à la vie de mon enfant, de neuf enfants et d'une jeune femme innocente? Je n'ai jamais cessé de penser à ces vies brisées, ces générations sacrifiées.

— Et c'est pour te venger que tu menaces mon fils et sa famille?

Il se figea un instant avant de la regarder droit dans les yeux:

— Je ne m'en suis jamais pris à ton fils. J'ai toujours eu beaucoup d'affection pour lui.

— Lui envoyer une peluche maculée de sang, en effet c'est une marque d'affection!

— Je voulais qu'il soit conscient que son père était un assassin.

— Tu aurais pu mettre fin à ton harcèlement après la mort de François.

— C'est ce que j'ai fait. Pendant un certain temps... Jusqu'à ce que tu viennes me jeter notre rupture au visage! Je n'ai pas accepté la manière dont tu t'es débarrassée de moi, et...

— Et la lettre posthume de François? coupa-t-elle brusquement. Tu t'es demandé s'il était possible qu'une autre personne conduise la voiture à sa place?

— Je n'y crois pas une seule seconde ! Il a usé de ce stratagème pour ajouter à votre confusion et se donner le beau rôle auprès de Louis. Ainsi, il passait pour une victime lui aussi. Le salaud… De toute façon qu'il soit, ou non, au volant, il y était dans cette voiture maudite !

Elle vit des larmes glisser le long de ses joues. Sur qui pleurait-il ? Pas dupe, elle resta de marbre.

— Les fuites dans la presse, c'était toi ?

— Oui. J'avoue que j'en ai retiré un certain plaisir. Mais je n'avais pas prévu que cela permettrait à Legaret de remettre un pied dans la société.

— Tu n'as pas eu peur que je porte plainte ?

— Au prix d'un scandale qui rejaillirait sur la maison Astier ? J'étais sûr que tu n'en ferais rien. Et j'avais raison, non ? D'ailleurs même ton détective n'a pas réussi à te convaincre d'aller à la gendarmerie. Tu serais prête à tout pour ne pas entacher la renommée de ta société et ton image de petite-bourgeoise de province.

Élisabeth ravala le sanglot qui lui brûlait la gorge.

— Je te hais ! (Elle avait crié, surprise d'entendre sa voix s'élever dans la pièce, de sentir les larmes au coin de ses paupières.) J'espère que tu as bien savouré ta revanche ?

— Même pas. La vengeance, c'est un édifice qu'on bâtit contre les autres et qui finit toujours par s'écrouler sur soi. Au fond je ne suis pas fier de ce que j'ai fait. Mais je ne m'en suis jamais pris à Louis, je te le jure sur l'honneur.

— Sur l'honneur ? Je trouve l'expression inappropriée dans ta bouche.

— Tu ne comprends pas, tu n'as jamais compris ! Je t'aimais et j'étais heureux avec toi. Il y avait si longtemps que cela ne m'était pas arrivé. Je pensais que nous allions devenir un couple, que je retrouverai le cadre familial qui m'avait tant manqué. Mais tu t'es foutu de moi. J'étais le pantin qui partageait quelques moments d'intimité, et qui t'accompagnait dans les dîners. Une femme seule et vieillissante suscite toujours le dédain ou la pitié des autres. Tu n'as jamais eu le moindre sentiment pour moi. En revanche, l'affection qui nous lie ton fils et moi a toujours été sincère. Et je ne te permets pas d'en douter. Je n'ai jamais proféré la moindre menace à son encontre.

Elle devina qu'il disait vrai. Et ses affirmations corroboraient ses propres intuitions. Il y avait bel et bien une autre personne qui menaçait sa famille. Une personne qui ne voulait pas qu'on découvre la vérité à propos de l'accident du col de l'Épine. Elle sentit une douleur lancinante gagner peu à peu chaque parcelle de son corps. Elle frissonna.

— Rends-moi les clés de mon domicile. Et entre nous, t'introduire chez moi pour saccager mes massifs, je trouve ça mesquin et un tantinet puéril.

Il la regarda d'un air ébahi, avant d'extraire un trousseau de clés du tiroir de son bureau.

— Je n'ai pas saccagé tes fleurs. D'ailleurs, je ne suis jamais entré chez toi en ton absence. Tu ne m'en as guère offert l'occasion.

Il rassembla les documents qu'elle avait apportés et les lui tendit :

— Je ne sais pas ce que tu vas décider maintenant que tu connais la vérité, mais je te demande pardon.

— Ce n'est pas suffisant Hervé. Je ne te pardonnerai jamais le jeu cruel auquel tu as joué avec moi. J'exige que tu quittes la société au plus tard fin décembre.

— Je comprends. Puis-je te demander de ne rien dire à Louis jusque-là ?

— Je ne te promets rien, j'y réfléchirai.

Elle revint dans son bureau et attendit de voir la Mercedes d'Hervé quitter le parking de l'entreprise. Son téléphone portable avait sonné quatre fois en son absence. Maxime s'inquiétait pour elle et venait aux nouvelles. Elle lui envoya un message afin de le rassurer et promit de l'appeler un peu plus tard. Elle avait besoin d'être seule. Elle fit le tour des bureaux vides, s'attarda dans le hall. Le centenaire d'Hortense… C'était ce soir-là que tout avait commencé. Elle eut le sentiment que sa vie ne serait plus jamais la même. Un instant, elle fut tentée de monter embrasser ses enfants. Mais elle n'avait pas le cœur à faire des risettes au petit François. Elle savait qu'elle aurait trop de mal à dissimuler son désarroi, les sanglots qui lui brûlaient la gorge. Et elle sentait une migraine poindre au creux de sa nuque. Elle enclencha l'alarme et sortit de l'immeuble.

Pour autant, elle n'avait pas envie de rentrer chez elle. Elle abandonna sa voiture dans un parking et longea la rue du Clocher à pied. Le ciel était bas et la brume tombait sur la ville. Limoges en gris argent s'assoupissait doucement. Elle marcha au hasard, sans rien voir de la cour du Temple, de l'église Saint-Michel-des-Lions.

Avait-elle à ce point manqué de discernement ? François, Hervé… elle s'était laissé berner avec une stupidité consternante. Elle s'arrêta et regarda les chapeaux exposés dans une vitrine. Pourquoi avait-elle pensé récemment qu'elle devait s'acheter un chapeau ? Le baptême de son petit-fils ! Soudain, elle se sentit habitée d'un vide étrange avec la sensation confuse d'atteindre un tournant. Comme si cet instant précis mettait un terme à tout un pan de sa vie. Elle chemina longtemps encore avec parfois l'impression de tourner en rond, le long des rues de sa ville devenue transparente comme un miroir sans tain.

Troublée, anxieuse, elle se surprit à trembler, en proie à une indicible tristesse. Elle ne remarqua pas les éclairs lorsqu'ils embrasèrent la ligne d'horizon au-dessus des toits ni les passants qui couraient. Certains la bousculèrent au passage.

En voyant les premières gouttes s'écraser sur les trottoirs, elle prit conscience de l'orage qui grondait autour d'elle, de la nuit qui était tombée. Et de la pluie qui ruisselait sur son visage. Elle se dit alors qu'elle pouvait pleurer…

Il n'y paraîtrait pas.

25

Chaque année en octobre, la direction de la maison Astier se réunissait afin de définir la campagne promotionnelle de fin d'année. Dans la salle aux murs tendus de tissu gris, Élisabeth présidait la table de conférence, Louis à sa droite. En s'installant, elle avait remarqué qu'Hervé avait cédé la place qu'il occupait à sa gauche depuis plus de vingt ans. Le directeur commercial s'y était faufilé, et Hervé s'était assis à l'autre bout de la table. Sa veste était négligemment posée sur le dossier de son fauteuil, il avait desserré le nœud de sa cravate et fait sauter un bouton de sa chemise. Pour l'heure, il était question d'attribuer le budget publicitaire. Un choix difficile parmi tous les médias français et européens.

Depuis quelques minutes la réunion tournait à l'orage. Élisabeth privilégiait les magazines de luxe, une série de spots à la télévision et une campagne d'affichage dans les aéroports. Louis répliqua que ces sommes colossales seraient mieux employées en diversifiant le plan marketing.

— Je ne dis pas que nous devons négliger le marché du luxe en France, mais c'est l'export hors union européenne qu'il faut dynamiser.

Les coudes sur la table, les mains ouvertes, il défendait ses idées avec une telle conviction...

Il avait peut-être raison. Élisabeth avait reçu les résultats des ventes à l'exportation du premier semestre. Tous les pays européens étaient en chute libre. Mais elle n'était pas prête à composer.

— Une campagne dans les pays émergents ne peut avoir d'effet que si nous y sommes bien implantés. Et ce n'est pas encore le cas.

— Tant que nous commercialiserons une gamme destinée à la fine fleur de la population !

Élisabeth regardait machinalement sur sa gauche. Au moindre conflit elle cherchait toujours l'approbation d'Hervé. Il trouvait la petite phrase qui apaisait les esprits en orientant le débat dans son sens à elle. Elle fit un effort pour paraître calme et réussit à dire d'un ton naturel :

— Cette discussion n'est pas à l'ordre du jour. Contentons-nous du budget publicitaire de fin d'année.

Elle suggéra un tour de table pour recueillir les avis de chacun. Elle l'emporta. Mais, pour la première fois, elle perçut une incertitude chez certains de ses collaborateurs. Quant à Hervé, il appuya ouvertement le projet de Louis au grand étonnement des autres directeurs des différents services. Puis, un à un les participants se levèrent et quittèrent la salle. Hervé attendit d'être seul avec Élisabeth.

— Peux-tu m'accorder quelques instants en privé ?

Elle regarda sa montre tandis qu'il s'installait près d'elle, à la place qu'occupait Louis :

— Je serai bref, rassure-toi. Je voulais juste t'informer que je quitterai l'entreprise à la fin du mois.

— C'est-à-dire la semaine prochaine ?

— Oui, je prends officiellement ma retraite.

Elle serra le poing autour de son stylo. Apparemment, il n'avait pas l'intention de discuter. Il lui imposait sa décision comme un fait accompli. Elle aurait pu évoquer la période légale de préavis, la nécessité de recruter et de former son successeur, mais elle n'en fit rien. Il partait et, tout bien considéré, c'était mieux ainsi. C'était devenu une corvée de le saluer chaque matin, de le croiser dans les couloirs, de subir ses apartés avec Louis.

— Très bien Hervé, je prends acte, dit-elle en ouvrant son agenda. Peut-on prévoir demain après-midi 14 heures pour que tu me remettes tes dossiers en cours et que nous les examinions ensemble ?

Il se tapit au creux de son fauteuil et elle remarqua son hésitation, un mouvement du buste comme s'il effectuait un repli. À telle enseigne qu'elle envisagea un piège derrière ce départ précipité.

— Tu t'apprêtais à me dire quelque chose ?

— Oui… enfin j'ai pensé que ce serait une bonne idée de confier mon poste à ton fils. Il a l'enthousiasme et les compétences requises. Et tu es toujours si occupée. Il te seconderait avec beaucoup d'efficacité.

S'étaient-ils concertés avant ? Elle eut la désagréable impression qu'on lui forçait la main.

— Ce n'est que mon avis, s'empressa d'ajouter Hervé. Tu devrais lui faire un peu plus confiance.

— Il m'est arrivé d'être déçue en accordant ma confiance.

Il ne releva pas l'allusion mais, au regard gêné qu'il lui adressa, elle sut que sa réplique avait fait mouche.

— Il s'agit de ton fils.

— Je sais qu'il rêve de tous les pouvoirs mais il est jeune.

— À peine moins que toi quand tu as rejoint l'entreprise. Heureusement que Legaret avait l'esprit ouvert, lui, il a su te lâcher la bride.

— Le contexte n'est pas le même.

— Si. Mais le problème vient de toi, Élisabeth. Tu ne peux pas t'empêcher de tout régenter. Seras-tu un jour capable de déléguer ?

— À t'entendre, je suis un vrai tyran.

— Non, tu es dirigiste, et parfois sectaire.

— Ce qui revient au même, non ? demanda-t-elle en se levant.

Elle repoussa son siège et rassembla les documents épars devant elle.

— Je ne fuis pas la discussion, et encore moins tes remarques désobligeantes à mon égard. Néanmoins, mes rapports avec mon fils restent du domaine privé. Si tu n'as rien d'autre à me dire, je file. Je suis en retard.

Hervé ne bougea pas. Elle était debout près de lui. Un instant, il envisagea de profiter de leur tête-à-tête, le dernier sans doute, pour lui dire à quel point il était désolé de son comportement. Il avait beaucoup réfléchi depuis leur explication. Il avait tant aimé Chantal et Tristan. Et il avait posé en postulat cet amour dont la fin tragique l'avait anéanti. C'était si loin cependant. Pourquoi n'avait-il pas apprécié sa rencontre avec Élisabeth et Louis ?

Une seconde chance que le destin lui avait offerte et qu'il n'avait pas su saisir. Il ne supportait plus de croiser Élisabeth chaque jour, de subir le ton glacial qu'elle adoptait pour lui parler, son regard lourd de reproches. Qu'était-il devenu à ses yeux ? un salaud ? Il n'était qu'un homme malheureux qui avait cru expier sa souffrance en se vengeant. Mais quelle différence au fond ? Et à quoi bon ressasser tout cela maintenant ? La page était tournée. Il ne trouva pas un mot à ajouter et se leva à son tour.

— Voyons-nous demain à l'heure que tu voudras. Je te remettrai mes dossiers et tu en feras ce que bon te semble. Et surtout évite-moi le cocktail de départ à la retraite. Je suppose que ce serait une corvée pour toi et, sincèrement, pour moi aussi.

Sur ces mots, il quitta la salle. Restée seule, Élisabeth nota le rendez-vous du lendemain dans son agenda. Elle jouait machinalement avec son stylo en pensant aux critiques d'Hervé, à cette réunion qui lui avait paru longue et pénible. Soudain le téléphone fixé au centre de la table sonna. Elle s'arc-bouta pour décrocher et Bénédicte lui signala un appel de Malcolm O'Neill à Londres. Elle se rassit et prit la communication. Après les salutations d'usage, il lui demanda si les services à thé et à café de la collection 2012 étaient toujours disponibles. Elle promit de se renseigner et de le rappeler dans la matinée. Puis elle s'enquit de sa santé. Il lui confia qu'il entrait à la clinique dans quatre jours. Avec pudeur, il prononça les mots « cancer de l'estomac » et « chimiothérapie »

— Je serai absent deux ou trois semaines tout au plus. C'est mon assistante, Kathleen, qui me remplacera. Vous aviez sympathisé avec elle lors de notre cocktail. N'hésitez pas à la solliciter si besoin est.

Élisabeth lui souhaita beaucoup de courage et un bon rétablissement. Elle raccrocha et quitta la salle de réunion passablement bouleversée.

Elle prit les messages urgents auprès de son assistante et se rendit dans son bureau. Elle tira les rideaux et alluma les appliques. En cette fin octobre le temps était maussade, et le ciel, chahuté par de lourds nuages, plombait la lumière. Elle lança l'ordinateur et s'installa pour consulter ses e-mails. Parmi la multitude de messages professionnels, elle découvrit celui de Manuelle qui annulait leur déjeuner. Marine, sa fille cadette née de son premier mariage, s'était disputée avec son père. Elle s'était confiée à sa mère, et au cours de leur conversation Manuelle l'avait sentie ébranlée. Elle avait aussitôt décidé d'aller la voir pour le week-end. Au contraire de son frère aîné, Marine avait gardé des liens avec leur père. Mais chacune de leur rencontre tournait au conflit et, bouleversée, la jeune femme s'épanchait auprès de sa mère.

Le message de Manuelle datait de plusieurs heures, elle devait déjà rouler en direction de Paris. Élisabeth l'imaginait dans tous ses états. Elle revoyait son amie bien des années auparavant... Tous les ans, au mois de juillet son ex-mari prenait les enfants pour quatre semaines de vacances qui lui avaient été accordées par le juge aux affaires familiales. Un véritable enfer pour Manuelle. Pendant un mois, elle vivait dans la terreur de ne jamais revoir Paul et Marine. «S'il ne les ramenait pas à la fin du mois...

S'il en profitait pour s'installer à l'étranger avec eux ? »

Si Élisabeth ne s'était pas trouvée à ses côtés, elle serait restée clouée trois semaines près du téléphone en se rongeant les sangs. Mais chaque été Élisabeth élaborait un programme qu'elle avait nommé « détente de juillet », cinéma, expositions, excursions. C'est au cours de l'un de ces mois de juillet, qu'elles s'étaient inscrites dans un club de tennis. Quand Manuelle recevait enfin l'appel de son mari lui donnant rendez-vous pour lui remettre les enfants, elle se jetait dans les bras d'Élisabeth en pleurant. C'était fini. Du moins pour cette année.

Élisabeth soupira et referma sa messagerie électronique en pensant à son amie. Son double, *sa jumelle de cœur*. Son contraire aussi. Elles s'étaient toujours secourues, réconfortées quels que soient les aléas de leurs vies.

Elle jeta un œil sur son agenda. Après-midi chargé ! Mais Maxime lui avait réservé sa soirée. Elle eut un petit frisson de plaisir. Une surprise avait-il dit. Il était coutumier de petits dîners impromptus dans des endroits pittoresques. Il l'avait invitée à des concerts, des représentations théâtrales en plein air, initiée à la découverte de vieilles églises ou de châteaux en ruine. Qu'avait-il encore imaginé pour la surprendre ? Elle devait se remettre au travail pour ne pas prendre de retard. Elle pensa à Malcolm O'Neill et nota d'appeler la manufacture afin de lui donner une réponse au sujet de la collection 2012. Puis elle se promit de prendre de ses nouvelles auprès de sa collaboratrice le plus régulièrement possible.

Et sans transition elle songea à Louis. Ils étaient de plus en plus souvent en désaccord à propos des stratégies commerciales de l'entreprise. Hervé ne s'était pas gêné pour lui asséner quelques vérités. Elle avait maîtrisé sa colère en pensant qu'il exprimait *ses* vérités. Mais il avait raison sur un point. Elle n'était guère plus âgée que son fils lorsque Roger Legaret l'avait éduquée aux affaires. Il n'avait pas hésité à lui confier de lourdes tâches tout en gardant un œil sur elle. Et si elle avait une part de responsabilité dans les différends qui l'opposaient à Louis ? Elle revoyait le petit garçon, l'adolescent qu'il était encore il n'y avait pas si longtemps. Rejetait-elle l'idée qu'il était devenu un homme apte à lui succéder ?

Toutefois, elle n'était pas prête à céder concernant la création d'une gamme de seconde catégorie. Difficile pourtant de ne pas admettre que la crise économique frappait de plein fouet le marché du luxe en France et en Europe. Il était essentiel de compenser la chute du chiffre d'affaires. Alors que faire ? Une petite voix lui susurrait qu'Hervé avait raison. Elle devait concéder un espace à Louis, lui laisser l'occasion de lancer ses projets. Il en réussirait certains. Il échouerait aussi. Elle était passée par là. « C'est ainsi que naît l'expérience », disait Roger.

Elle regarda les quelques mots de son agenda qui lui rappelaient sa soirée avec Maxime. Et si c'était cela la solution ? Abandonner une part de ses responsabilités à son fils, gagner un peu de sérénité et du temps libre. Elle associa aussitôt la notion de loisirs à Maxime. Des week-ends en amoureux plus nombreux, davantage de dîners, de concerts. Et pourquoi ne profiterait-elle pas de son petit-fils, comme l'avait fait sa mère avec Louis ? C'était tentant… elle devait y réfléchir. En attendant, il fallait envisager les conséquences du départ d'Hervé. Elle jugea pertinent de rediscuter de tout cela avec son fils autour d'un déjeuner puisque Manuelle avait annulé leur rencontre hebdomadaire. Elle fouilla les papiers qui recouvraient son bureau et trouva enfin ce qu'elle cherchait. Les tableaux du personnel avec les noms, les postes et les programmes de production. Au cours du déjeuner elle évoquerait les plannings de fin d'année. Elle prit son sac, ses clés de voiture et longea le couloir. Alors qu'elle approchait du bureau de Louis dont la porte était restée entrebâillée, elle entendit la voix d'Hervé. Elle s'arrêta et tendit l'oreille.

— Ne la laisse pas te mener par le bout du nez, tu as ton mot à dire dans la gestion de la société. Tu dois te battre pour imposer tes idées, et avec d'autant plus de détermination que c'est toi qui as raison concernant la stratégie export.

Élisabeth poussa violemment la porte et s'adressa à Hervé, la voix froide de rage :

— À ta place, je commencerais à préparer mes cartons !

Ils se regardèrent en silence, quelques secondes à peine, comme si chacun redoutait de prononcer le mot susceptible de mettre le feu aux poudres. Puis Hervé quitta la pièce après un rapide coup d'œil à Louis.

Élisabeth était venue vers son fils avec un profond désir d'apaisement. Blessée par les paroles d'Hervé, par tout ce qu'ils s'étaient dit avant, qu'elle n'avait pas entendu mais qu'elle imaginait, elle repoussa la moindre velléité de conciliation.

— Si tu as des reproches à me faire, aie au moins le courage de me les adresser directement ! Du reste, il faudra t'y résoudre, ton confident nous quitte la semaine prochaine.

— Tu dois être aux anges, c'est bien ce que tu voulais ?

— Il a pris sa décision sans m'en informer, précisa-t-elle en s'asseyant en face de lui.

— Tu ne lui as guère laissé le choix. Tu le largues après dix ans de liaison et tu le nargues tous les jours en affichant ta liaison avec un autre homme. Je comprends qu'il préfère s'en aller.

— C'est ce qu'il t'a dit ?

Elle n'avait pas révélé à Louis l'implication d'Hervé dans certaines menaces à leur encontre. Et il avait le culot de lui attribuer le mauvais rôle auprès de son fils.

— Ce serait plus courageux de sa part de t'expliquer les véritables raisons de son départ, reprit-elle. Mais si tu te contentes de cela, la discussion est close.

Louis fronça les sourcils. La remarque de sa mère était pour le moins énigmatique, néanmoins il renonça à l'interroger. Elle affichait une telle contrariété qu'il jugea préférable de ne rien dire. Cependant, il se promit de parler à Hervé. Élisabeth ouvrit la chemise cartonnée posée devant elle et sortit le tableau des horaires de travail à la manufacture.

— Comme chaque année, nous devrons faire face à un afflux de commandes en cette période. J'ai apporté les plages horaires des manutentionnaires.

Voyons ensemble à qui nous proposerons d'effectuer des heures supplémentaires. Ils sont nombreux à apprécier une augmentation de salaire à l'approche des fêtes.

Louis piocha une liasse de papiers dans le tiroir de son bureau :

— Je me suis penché sur la question moi aussi, et en comparant les coûts on se rend compte que c'est plus avantageux de faire appel à des intérimaires.

Élisabeth détestait l'idée de prendre et jeter son personnel comme du matériel consommable.

— Ils sont habitués aux contrats de travail temporaires, objecta Louis. Nous n'avons pas inventé le système, et puisqu'il existe pourquoi ne pas en tirer parti ?

Elle réfléchit en évaluant les avantages et les inconvénients de la solution avancée par son fils. Même si elle n'était pas emballée, elle ne pouvait pas réfuter toutes ses initiatives au prétexte de pratiques instaurées dans la maison depuis des décennies.

— D'accord, bredouilla-t-elle en essayant de repousser la petite pointe de remords qui la taraudait déjà.

Louis sembla apprécier qu'elle se range à son avis.

— Et qu'en sera-t-il du poste d'Hervé ? demanda-t-il. As-tu réfléchi à la future organisation ?

— Je pensais répartir ses tâches entre différents services pour le semestre à venir. Et prendre ainsi le temps de recruter un remplaçant. Et toi qu'en penses-tu ?

Il grimaça en plissant le nez. Élisabeth refréna un sourire. Enfant, il affichait toujours cette mimique quand il s'apprêtait à contester une sortie ou l'heure à laquelle il monterait faire ses devoirs. Mais à cet instant précis sa grimace ne présageait rien d'agréable.

— J'espérais que tu me confierais le poste de directeur général adjoint et que ce serait à moi de recruter un assistant.

Pourquoi n'était-elle pas surprise ? Il lui proposait de partager la direction de l'entreprise, à pouvoir égal. Ou presque. Pour la première fois, elle eut envie de capituler. Elle était fatiguée.

— Tu as conscience que cela provoquera un certain bouleversement dans nos services ?

— C'est toi qui viens d'évoquer le prochain semestre pour nous organiser, non ? Tout cela peut se faire en douceur.

— Alors donnons-nous le temps de la réflexion et surtout laissons passer les fêtes de fin d'année.

Elle se leva et il l'accompagna jusqu'au seuil de la porte.

— Sophie ne me pardonnera jamais si je ne te parle pas du baptême de François. J'ai pensé que vous pourriez préparer la cérémonie toutes les deux.

— Il vaut mieux laisser Sophie s'en charger, c'est son bébé ! Elle pourrait voir mon intrusion d'un mauvais œil.

Après un bref instant d'hésitation il reprit, l'air vaguement inquiet :

— Elle n'a pas vraiment l'habitude…

— Eh bien, ce sera l'occasion d'apprendre ! Et tu es là pour la seconder. C'est une chance pour elle de ne pas se sentir seule devant les difficultés.

Il comprit qu'elle faisait allusion à sa propre vie, et il baissa la tête en ouvrant la porte devant elle.

26

Il était 20 heures passées, lorsque Élisabeth rentra chez elle. De réunions en rendez-vous, suivis d'un déjeuner qui s'était éternisé, la journée lui avait semblé interminable. Et en fin d'après-midi, la dispute qui l'avait opposée à Louis l'avait laissée pantelante. Elle se débarrassa de sa veste et de ses chaussures. Les fleurs qu'elle avait achetées en début de semaine étaient fanées. Des pétales jonchaient l'acajou verni de la desserte. Elle ôta ses boucles d'oreilles et les posa dans une coupelle. Le tintement du métal dans la porcelaine résonna dans la pièce silencieuse. Elle emporta le vase dans la cuisine et monta directement dans la salle de bains. Sous le jet de la douche chaude, elle sentit peu à peu ses muscles se détendre. Puis elle enfila un pyjama d'intérieur et, devant le miroir, elle étala une bonne crème nourrissante sur son visage en insistant sur le contour des yeux. Elle n'avait pas quitté ses lunettes de la journée, et les cernes marquaient son épuisement.

En traversant la mezzanine, elle vérifia le répondeur téléphonique et descendit dans le salon. Elle alluma une seule lampe d'ambiance et la pièce baigna aussitôt dans un doux clair-obscur, idéal pour ses yeux irrités. Elle se sentait passablement nauséeuse, pourtant elle prit la peine d'inventorier le contenu du réfrigérateur. Maxime le garnissait régulièrement de petits plats dans des boîtes hermétiques qu'il étiquetait, accompagnés de légumes qu'il achetait chez son maraîcher favori. Rien ne la tentait. Elle se servit un grand verre d'eau, prit une poire dans la corbeille à fruits et deux carrés de chocolat dans le placard. Elle posa le plateau sur la table basse du salon et régla le thermostat avant de se laisser glisser au creux du canapé en pressant les doigts sur ses paupières. Un long frisson la parcourut. Avec les premiers jours de novembre un coup de froid s'était abattu sur le Limousin. Le matin, des écharpes de brumes s'attardaient sur la campagne environnante, signe avant-coureur d'un hiver précoce. Novembre. Élisabeth aimait l'automne, la saison des volets tôt fermés, des plateaux-repas, des soirées avec un livre au coin du feu. Dans deux semaines, elle aurait soixante ans. L'âge où la plupart des gens préparaient leur retraite, élaboraient des projets pour occuper leur temps libre. Elle songea à Roger Legaret qu'elle avait subrepticement poussé vers la sortie, à Hervé qui avait décidé de partir. Elle n'imaginait pas avoir du temps devant elle. À l'idée d'heures se muant en jours, en mois, en années, une douleur sourde l'aiguillonnait au creux de l'estomac. Elle grignota un carré de chocolat. Elle achetait toujours la marque préférée de Louis...

Pourquoi s'étaient-ils disputés ? Elle ne se souvenait même plus de l'origine de leur désaccord. Mais elle ne pouvait effacer de son esprit la violence des propos échangés. Elle avait réparti les tâches d'Hervé entre les différents chefs de service, et Louis ne lui pardonnait pas d'avoir tenu bon. Et, pour aggraver la tension entre eux, il avait été contraint de reconnaître qu'il s'était trompé en engageant des intérimaires pour la période des fêtes. La fabrication de la porcelaine ne s'improvisait pas. Il fallait former les débutants. Élisabeth ne s'était pas privée de lui faire remarquer que les économies réalisées d'un côté étaient sacrifiées en temps de formation et par la casse beaucoup plus importante due à l'inexpérience des nouvelles recrues. Louis s'était rebiffé et l'avait accusée d'avoir parfaitement mesuré ces inconvénients et de l'avoir «laissé se planter pour lui donner une bonne leçon».

Élisabeth rapporta son plateau dans la cuisine. Elle alluma la bouilloire électrique avec l'intention de se préparer une tisane lorsque la sonnette du portail retentit. Elle appuya sur le bouton de l'interphone et reconnut la voix de Maxime au milieu des grésillements de l'appareil :

— Élisabeth, ça va ? Tu ne réponds pas au téléphone, j'étais inquiet… Tu m'ouvres ?

Elle déverrouilla le système de sécurité, enfila son imperméable par-dessus son pyjama et sortit sur la terrasse avec un parapluie. Après un rapide baiser, ils s'engouffrèrent dans la maison.

— Pourquoi tu ne décroches pas ton portable ?

— Je n'ai rien entendu ! s'excusa-t-elle.

Elle piocha son mobile au fond de son sac et découvrit tous ses appels en absence.

— Désolée, dit-elle en réprimant un bâillement, il était sur mode silencieux.

— Tu n'as pas l'air en forme, tu t'apprêtais à te coucher ?

— Pas encore, je me préparais une tisane.

En regagnant le salon, elle saisit son reflet dans le miroir et se trouva horrible avec son vieux pyjama en pilou, ses cheveux défaits et son visage barbouillé de crème.

— J'ai eu une journée épouvantable et je me suis encore disputée avec Louis. Ça devient lourd…

— Tu as envie d'en parler? demanda-t-il en posant son blouson de cuir sur le dos d'un fauteuil.

— Pas vraiment, veux-tu un café?

— Bof… Non, je prendrai plutôt une tisane avec toi.

Il choisit un sachet parfumé à la poire et à la cannelle dans le coffret. Il observa le tremblement de ses mains tandis qu'elle versait l'eau bouillante. Elle paraissait sur le point de craquer. Elle prit sa tasse à deux mains, passa les doigts sur la porcelaine chaude et but une gorgée. Pendant un moment, ils dégustèrent leur infusion en silence. Le bruit de la pluie contre les persiennes se fit vif et régulier. Une bonne averse d'automne. Soudain, Élisabeth eut un léger sursaut et se redressa comme pour se retenir de piquer du nez dans sa tasse.

— Ça va? s'inquiéta Maxime. Ma pauvre chérie, tu es tout le temps sous pression, comme si tu portais le poids du monde à bout de bras. Tu n'es pas obligée d'être aussi forte.

— Je ne le suis pas.

— Alors cesse de faire comme si! Tu n'es pas tentée par l'idée de tout laisser tomber?

Elle coula vers lui un regard étonné.

— Certainement pas ! Je n'ai jamais envisagé de vivre ailleurs, de faire autre chose… toute ma vie est ici.

Elle se servit une resucée de tisane et glissa un demi-morceau de sucre dans la tasse.

— Et toi ? Tu t'imagines abandonnant tes enquêtes ?

— Tous les jours ! Je me suis toujours senti une âme d'aventurier.

Il avait ri en disant cela et il posa son bras autour des épaules d'Élisabeth.

— Il m'arrive souvent d'avoir envie de partir, un vieux rêve un peu fou. M'accorder un an, faire le tour du monde ou essayer autre chose dans un autre pays. Me fixer de nouveaux objectifs, comme un défi !

— Et ton agence ?

— Elle peut fonctionner sans moi quelque temps. Et à notre âge, nous travaillons un peu pour le plaisir et beaucoup pour passer le temps…

Il la regarda et remarqua qu'elle fronçait les sourcils, perplexe. Elle but encore quelques gorgées de tisane. Elle pensait à toutes ces années à la tête de la porcelainerie, au nombre indéfinissable de journées épuisantes, de soirées où elle rentrait chez elle comme ce soir, la tête lourde et l'estomac vide. Les rencontres avec les clients, les réunions avec les chefs de service, les comités de direction ? Tous ces échanges, les décisions qui en découlaient. Faire preuve d'autorité et de diplomatie à chaque instant, et dans n'importe quelle circonstance. « C'est cela le secret, lui disait Legaret bien des années auparavant, accepter d'être encensé par certains, détesté par d'autres, et craint par tous… Comment pourrait-elle abandonner cette vie ? C'était sa vie.

— C'est pourtant ce que tu devrais faire ! rétorqua Maxime lorsqu'elle lui confia ses réflexions, laisse les rênes à ton fils quelques mois. S'il croit que c'est aussi facile, il se rendra compte par lui-même.

Elle essayait d'imaginer Louis à la tête de la société, seul.

— Il n'est pas prêt décréta-t-elle.

— En es-tu sûre ?

À vrai dire, elle n'était sûre de rien. Depuis quelques semaines, elle avait l'impression de vivre au jour le jour dans un no man's land au sol mouvant. Maxime tendit la main et effleura sa joue du bout des doigts, puis il l'attira à lui pour qu'elle s'appuie sur son épaule. Elle se laissa aller et, doucement, elle sentit le poids qui l'oppressait s'alléger. Il venait encore de la surprendre. Elle aurait juré que, pour lui comme pour elle, le travail surpassait tout. Il ne lui avait jamais avoué qu'il se sentait capable d'abandonner son quotidien pour partir à l'aventure. Elle réalisa qu'elle ne savait rien de lui en dehors de son cadre professionnel.

— Parle-moi de toi, demanda-t-elle à brûle-pourpoint, je sais si peu de choses excepté ta carrière dans la police.

— Je n'ai pas réussi grand-chose d'autre. Je suis même sûr d'avoir raté tout le reste.

Elle sentit qu'il cherchait son inspiration avant de poursuivre :

— À une époque, j'aurais pu me retrouver dans la même situation que ton mari.

— Tu veux dire en prison ?

— Oui, ou poignardé dans quelque bas-fonds. J'ai eu un sérieux problème d'alcool autrefois. Lié à mon travail sans doute, bien que ce ne soit pas une excuse. Le soir on rentre chez soi obsédé par l'affaire qu'on n'arrive pas à résoudre, hanté par le visage de la victime. On finit par ne plus dormir en se répétant pourquoi continuer, à quoi bon lutter ? Alors vient la tentation du premier verre, d'abord pour se calmer les nerfs. Et c'est deux verres, puis trois... jusqu'à boire pour s'abrutir et oublier ce travail à la con.

Élisabeth se redressa et planta son regard dans le sien avec une expression attentive.

— C'est pour tout cela que tu as divorcé ?

— Au début ma femme a admis les aléas de mon boulot, je dois même reconnaître qu'elle a été patiente. Mais un jour, Pierre, son demi-frère, a été renversé par un chauffard ivre. Les lois s'étaient quelque peu assouplies depuis l'affaire de ton mari. Le type qui a tué mon beau-frère s'en est tiré avec une suspension de permis et une tape sur les doigts. Toute ma belle-famille était effondrée. Il faut dire que Pierre était leur enfant chéri, celui qui réussit tout et à qui tout réussit.

Il semblait exposer les faits sans émotion apparente, mais Élisabeth devinait une profonde douleur dans ses yeux.

— Peu à peu, j'ai senti que tout le monde me tournait le dos. Ma femme, la première. Je crois qu'ils en voulaient à tous les alcooliques de la terre, et j'en faisais partie. Un beau matin, je me suis retrouvé seul. Je n'ai pas dessoûlé pendant quatre jours. Puis j'ai décidé de laisser le passé derrière moi, et l'alcool aussi. J'ai foncé séance tenante aux Alcooliques Anonymes et j'ai fréquenté leurs réunions pendant dix ans. J'y vais encore parfois, mais maintenant c'est pour aider les autres.

— Et moi qui croyais que tu étais allergique à l'alcool !

— D'une certaine façon, c'est ça...

— C'est courageux de ta part de m'en parler, rien ne t'y obligeait.

Il resserra son étreinte. Il avait pris un risque et il le savait.

— Je ne veux rien te cacher, Élisabeth. Ce n'est pas par des dissimulations qu'on commence une relation quand on veut qu'elle dure.

— Tu veux qu'elle dure ? demanda-t-elle sur le ton léger de la plaisanterie.

— Pas toi ?

Il était tellement sérieux. Une bouffée d'appréhension envahit Élisabeth. D'instinct, elle sut ce qu'il allait lui dire. Exactement ce qu'elle ne voulait pas entendre.

— J'ai beaucoup réfléchi à nous deux, et j'ai essayé de comprendre pourquoi tu occupes toutes mes pensées.

— Parce que je t'ai confié l'enquête la plus passionnante de ta longue carrière ?

Maxime ignora sa tentative de diversion.

— Parce que je t'aime, et je voudrais que nous vivions ensemble.

Elle se redressa et il vit son visage s'assombrir.

— Oh Maxime, pourquoi changer quelque chose à notre relation ? répliqua-t-elle après un moment d'hésitation, nous sommes si bien ainsi. Et il y a longtemps que je ne crois plus à la vie de couple.

— Moi je voudrais tellement y croire encore.

— Malgré tout ce que tu as souffert ?

Longtemps après son divorce lorsque Élisabeth pensait à l'accident causé par son mari, c'était toujours dans un esprit de déni. Parfois, elle regardait une coupure de presse, le portrait décrit par les journalistes. Un monstre imbibé d'alcool qui avait provoqué la mort de dix personnes. Mais il s'agissait de François, de l'homme qu'elle avait aimé, en qui elle avait placé sa confiance. Quelque chose alors s'était brisé. Inconsciemment, elle avait élevé une barrière de protection autour d'elle et de son enfant. Pour ne plus souffrir. Et elle aurait préféré mourir de solitude plutôt que d'accorder de nouveau sa confiance. Quand Hervé était arrivé dans sa vie, elle avait eu si peur qu'elle avait tout fait pour le tenir à distance. Et d'une certaine façon il l'avait trahie, lui aussi.

— Les années les plus importantes de ma vie, je les ai vécues seule, dit-elle. Je ne suis pas sûre d'être capable de vivre autrement. Toutes mes relations semblent vouées à l'échec.

— Il faut savoir forcer le destin parfois.

— Mais je n'ai pas autant de caractère que toi ! J'ai besoin d'être sûre…

Un nœud s'était formé au creux de son estomac, elle se mit à trembler. Elle appréciait sa relation avec Maxime. Mais à l'idée de se livrer complètement à travers les gestes, les habitudes du quotidien, elle se sentit perdre pied. Il lui prit le menton et l'obligea à le regarder. Il vit l'expression de panique qui passa dans ses yeux.

— Dans un couple, il y en a toujours un qui sait avant l'autre. Dès notre première nuit ensemble, j'ai su. Toi et moi, ça peut marcher, j'en suis convaincu. Nous devrions nous donner une chance. Et au fond, tu n'as rien à perdre.

Mais des regrets à gagner, pensa-t-elle. Comment lui faire comprendre qu'elle préférait le poids de sa solitude à la douleur d'une nouvelle déconvenue ?

— Mais je ne peux pas tout chambouler comme ça !

Brusquement, elle éclata en sanglots.

— Je ne sais même pas comment on fait pour changer sa vie. S'il te plaît… laisse-moi du temps. On peut rester comme ça en attendant ?

— Bien sûr, ma chérie.

— Tu es déçu ?

— Un peu… je me sentais si heureux à l'idée de te retrouver tous les soirs, de vivre comme un vrai couple. Mais tu as raison, nous en reparlerons plus tard.

Il la sentait à bout de forces, et si vulnérable. Il aurait dû comprendre qu'elle n'était pas dans son état normal. Au lieu de cela, il avait brûlé les étapes. À présent, il avait le sentiment que chaque mot qu'il prononcerait l'éloignerait un peu plus d'elle.

— Je n'aurais jamais dû évoquer cela ce soir, tu parais tellement épuisée.

— C'est vrai, je m'apprêtais à prendre un sédatif lorsque tu es arrivé.

— Je suis désolé. Mais la prochaine fois, réponds au téléphone et je ne me précipiterai pas chez toi comme un malade. J'étais inquiet !

Il se leva et reprit son blouson.

— Je vais te laisser te reposer, je t'appellerai demain.

Elle le raccompagna jusqu'à l'entrée et ils échangèrent un baiser. Il avait l'air si triste en se retournant au bout de la terrasse. Partager sa vie. Sa demande comme la plus belle des déclarations résonnait encore dans son cœur. «Je t'aime»: deux mots différents de ceux susurrés pendant l'amour ou qu'on lâche par habitude pour terminer une conversation téléphonique. Ce soir son «je t'aime» était plus qu'une déclaration, c'était une offrande, une promesse. Et il sonnait à ses oreilles comme un tocsin. Elle faillit courir vers lui sous la pluie, se jeter dans ses bras en le suppliant «S'il te plaît, ne me condamne pas à l'impossible…»

Elle se résigna à lui adresser un petit signe de la main avant de refermer la porte.

27

Hortense Denefer mourut le 20 novembre, la veille de l'anniversaire d'Élisabeth.

Ses funérailles eurent lieu quatre jours plus tard, alors que les premiers flocons de neige tombaient sur Limoges. Dans l'église bondée, la chaleur de deux radiateurs poussifs se perdait dans les voûtes. Les filles d'Hortense étaient assises au premier rang. Gisèle était entourée de Roger Legaret, de sa fille et de ses petits-enfants, Louis et Sophie. Claudie et la famille Gendron avait pris place de l'autre côté de la nef. Le prêtre prononça une courte homélie avant de rendre hommage à la défunte, «une personne pieuse qui avait su rester digne dans la maladie et la vieillesse, jusqu'au dernier jour de sa vie». Élisabeth ne put retenir un sourire. Ce n'était pas tout à fait le souvenir qu'elle garderait de sa grand-mère. Puis Claudie et Gisèle lurent un passage de la bible. Gisèle avait choisi le livre de Jacob. Aux premiers mots, elle marqua un temps, surprise d'entendre sa voix s'élever dans les voussures de la coupole. «Les âmes des justes…» Au fil de la lecture, elle ignora le cercueil de sa mère, elle ignora même sa famille. Quand elle levait la tête du livre sacré, c'était pour regarder en direction de Legaret.

Depuis sa place Élisabeth l'observait. Que ressentait-elle au fond de son cœur ? De la tristesse, certes, mais elle aurait juré que c'était surtout du soulagement. Fini de veiller Hortense qui n'était ni pieuse ni digne, mais une vieille femme dotée d'un caractère épouvantable. Et plus rien ne s'opposait désormais à ce que Gisèle quitte la maison de retraite où elle était restée aliénée aux exigences d'Hortense pendant dix ans.

Les communiants furent peu nombreux et le cortège quitta l'église tandis que les chœurs interprétaient «Donne lui ta lumière».

Autour du caveau familial, le cimetière n'était qu'un vaste parterre de chrysanthèmes. Des bourrasques de pluie et de neige fondue s'abattaient sur la foule qui s'avançait vers le catafalque où la famille recevait les condoléances. Sous l'assaut du vent, les gens avaient du mal à maintenir leur parapluie ouvert. Selon les personnes qui défilaient, Nathalie rappelait qu'après la cérémonie la collation serait servie chez elle. Puis elle se tournait vers Sylvain et le présentait. Personne ne pouvait ignorer que ce beau jeune homme en uniforme était son fils aîné et qu'il était venu de Reims pour les obsèques.

Soudain, Élisabeth vit Hervé devant elle… Il prononça quelques mots convenus. Elle le remercia.

— Tu es seule ? demanda-t-il en soulignant ainsi que son «remplaçant» n'était pas là.

— Avec mes enfants, répondit-elle en feignant d'ignorer le sous-entendu.

Maxime était à Montpellier pour trois jours. Il l'avait appelée deux fois depuis le décès de sa grand-mère, et ce matin il lui avait envoyé quelques mots par SMS. Pressé par la foule, Hervé s'éloigna non sans lui avoir jeté un dernier regard.

Le mauvais temps écourta la cérémonie. Nathalie s'avança vers Élisabeth et lui désigna ses enfants en grande conversation avec Louis et Sophie.

— Tu as vu? Nos enfants ne se quittent plus. Comme ils sont mignons! Je pars devant m'assurer que tout est prêt. Tu veux bien fermer la marche?

Élisabeth acquiesça. Elle avait volontiers accepté que sa cousine organise la réception, à la condition de partager les frais. Nathalie semblait à son affaire.

La veille, le notaire avait réuni la famille pour la lecture du testament. Les termes en étaient déjà connus de chacun. Bien que ne pouvant être considérée comme immensément riche, Hortense n'en possédait pas moins des biens qu'elle léguait à ses deux filles. Mais d'un commun accord avec Gisèle Astier, elle avait, dans la limite légale, favorisé Claudie qui n'avait pas fait un aussi beau mariage que sa sœur.

Élisabeth surveilla le départ des personnes invitées à la ferme, puis elle retrouva Manuelle à la sortie du cimetière. Avant les funérailles, son amie était passée la prendre au siège de la société. En conduisant au milieu des rafales de pluie, Manuelle commentait la cérémonie:

— Je t'ai vue sourire quand le prêtre a évoqué la longue vie pieuse de ta grand-mère. Je ne la trouvais pas si amène que ça. Je me souviens quand j'étais invitée chez toi pendant les vacances scolaires, elle me foutait la trouille.

— Tu as raison, elle était redoutable... et avec un franc-parler! Je me souviens du jour où je lui ai présenté François. Nous sortions du restaurant où il m'avait invitée, et tu sais ce qu'elle nous a dit en guise de félicitations à l'annonce de nos fiançailles ? « Au début on partage un repas, et à la fin on partage les casseroles ! »

Manuelle éclata de rire et faillit manquer l'entrée de la ferme des Aubiers. La cour était encombrée de voitures. Joël guidait chaque conducteur vers une place libre. Sur le seuil de la bâtisse, Nathalie et son fils accueillaient les visiteurs. La grande salle à manger avait été débarrassée de la moitié des meubles et un buffet était dressé sur tout un côté. Deux jeunes femmes proposaient des boissons chaudes ou froides. À peine entrée, Manuelle fut accostée par des connaissances. Élisabeth se rapprocha d'un radiateur. Depuis la cérémonie au cimetière, elle ne parvenait pas à se réchauffer. Christian la rejoignit avec une tasse de chocolat chaud.

— Quelque chose me dit que c'est ce qu'il te faut.

— Merci d'y avoir pensé ! Nathalie a bien fait les choses, c'est parfait.

— Tu devrais le lui dire, je suis sûre qu'elle appréciera. Elle ne pense qu'à ça depuis le décès d'Hortense : réussir la réception.

— C'est à elle que ça semble réussir, je la trouve en grande forme.

— Tu sais quand Sylvain est là... Et les mois à venir seront sans doute un peu plus faciles à vivre. Mes parents ne sont pas riches, mais ma mère affirme que leur retraite leur suffit. Et comme je suis son fils unique elle va me faire donation de sa part d'héritage. Il faut juste trouver le procédé pour limiter les frais. La constitution d'une SCI peut-être. En tout cas, je reconnais que ça va résoudre une bonne part de nos problèmes, même si j'ai un peu honte de dire que c'est grâce au décès de grand-mère.

— Elle avait plus de cent ans, Christian ! Tu n'as pas à avoir honte.

Mylène s'approcha d'eux avec une assiette garnie de toasts qu'elle tendit à Élisabeth.

— Je me suis aperçue que tu n'avais rien à manger... Excuse-moi, je n'ai pas encore eu le temps de te parler.

Grâce au prêt d'Élisabeth, les affaires de la jeune femme se portaient mieux. Elle avait fait réparer son matériel et engagé un ouvrier. Sa charge de travail allégée d'autant, elle avait prospecté de nouveaux clients et gagné quelques marchés intéressants. Par mesure de sécurité son fiancé n'avait pas complètement abandonné son travail à l'extérieur. À présent, Joël effectuait les livraisons pour son employeur à mi-temps, tout en s'occupant du personnel et de l'administratif de la fromagerie.

Les deux cousines bavardèrent encore un instant, puis Mylène s'éloigna. Élisabeth grignota deux ou trois canapés et posa l'assiette sur un guéridon. Elle traversa la foule en prêtant l'oreille aux conversations. Hortense était tombée aux oubliettes ! Elle se retira dans un coin et échangea un clin d'œil avec Manuelle qui s'entretenait avec des amis, son portable à la main. Elle l'imaginait montrant les photos de ses enfants et de ses petits-enfants. À l'autre bout de la salle, Louis et Sophie discutaient avec Sylvain. C'est vrai qu'il était superbe en uniforme, son filleul ! Quant à Sophie, elle avait presque retrouvé son corps d'adolescente, elle resplendissait dans un tailleur bleu marine sans doute un peu trop court pour un enterrement. Mylène rallia le groupe et la discussion s'anima. Ils riaient. Des visages jeunes, radieux. La parentèle recomposée. Élisabeth balaya la salle des yeux à la recherche de ses cousins. Ils étaient près de la cheminée et saluaient les visiteurs qui prenaient congé. Christian paraissait heureux, et Nathalie avait rajeuni de dix ans. Pour la première fois, Élisabeth décela une certaine harmonie entre eux. Des gestes, des sourires de connivence avec leurs enfants… Et jusqu'à sa mère tout près, accrochée au bras de Roger qui l'entourait de petites attentions pleines d'affection. Elle éprouva un pincement au cœur. Cette atmosphère paisible autour d'elle… Alors qu'elle sentait la vie lui glisser entre les doigts, ne laissant qu'une horrible impression de solitude. Elle n'avait pour ainsi dire pas vu Maxime au cours des deux dernières semaines. Il avait accepté de nouvelles affaires qui occupaient tout son temps. Un soir, il l'avait invitée au théâtre, puis il avait annulé à la dernière minute en prétextant un déplacement imprévu. Les rares occasions où ils s'étaient retrouvés pour dîner, il n'avait pas abordé le sujet de leur avenir commun. Mais elle l'avait senti sur la défensive. Leur complicité, leurs fous rires, la petite musique qui vibrait entre eux sonnait un peu faux. Mais comme il lui manquait ! Que se passerait-il quand il lui demanderait si elle avait réfléchi à sa proposition ?… Depuis quelque temps elle se demandait si elle pourrait vivre sans lui. Et, face à ce dilemme, elle se sentait triste et déprimée

Les menaces, les lettres anonymes avaient cessé depuis qu'Hervé était parti. La coïncidence la laissait dubitative. Elle mourait d'envie de dire à Maxime d'arrêter ses recherches. À l'instar du mystérieux corbeau, elle pensait que le passé devait rester secret. Tout cela était si loin. Même Louis avait pris une certaine distance avec l'histoire de son père. Depuis la naissance de son fils, il projetait son avenir. François était décédé et lui seul connaissait la vérité. Peut-être le temps était-il venu de tourner la page. Cependant une inquiétude la taraudait. Comment Maxime prendrait-il sa décision de mettre un terme à l'enquête ? Il pouvait l'interpréter comme une reculade à l'égard de leurs relations. Dans le fond…

— Et si nous repartions ? demanda Manuelle.

Il était 17 heures et le crépuscule était presque tombé. Manuelle alluma les phares et sa petite voiture s'engagea sur les routes de campagne détrempées. Elle poussa un soupir de soulagement lorsqu'elles abordèrent la route nationale en direction de Limoges.

— Alors vous avez repoussé le baptême de ton petit-fils ?

— Oui, avec la mort de ma grand-mère c'était difficile de faire autrement. Louis et Sophie se sont enfin mis d'accord pour reporter la cérémonie au dimanche 14 décembre.

— J'ai trouvé ton fils rayonnant. Il a pris de l'assurance. Vraiment il en impose ! Et je trouve qu'il te ressemble de plus en plus.

— Tu crois ? C'est la paternité qui lui réussit. À son âge tout est possible… Le désir de maîtriser sa vie, la certitude d'en être capable. Ça lui monte un peu à la tête. Il cherche à s'impliquer de plus en plus dans la société.

— Ça te gêne ?

— Non. Au fond, je crois que je l'envie de ne douter de rien.

Elle se rappelait les défis qu'elle avait dû relever en prenant les rênes de l'entreprise. C'était la première fois que la maison Astier était dirigée par une femme. Elle s'était battue pour imposer ses idées, atteindre ses objectifs.

— Je redoutais de ne pas prendre la bonne décision au bon moment. J'anticipais les conséquences en prévoyant toujours le pire. J'ai dû frôler bon nombre de dépressions sans m'en rendre compte.

Tout en conduisant, Manuelle posa une main sur celle de son amie.

— Nous n'avons pas eu une vie simple toutes les deux. Et il faut reconnaître que, volontairement ou pas, nos enfants ne nous ont guère facilité la tâche.

Elle venait de passer deux semaines avec sa fille cadette qui avait subi sa troisième fausse couche. Elle en était revenue triste et désemparée, ne sachant que faire pour réconforter Marine qui désespérait d'être mère un jour. De son côté, Élisabeth avait confié à son amie l'évolution de sa relation avec Maxime.

— Je suis complètement paumée en ce moment, avoua-t-elle.

— Vous n'êtes pas séparés quand même ?

— Non. Mais j'ai besoin de réfléchir. Et je ne comprends pas pourquoi il insiste tant pour que nous vivions ensemble.

— Parce qu'il t'aime et qu'il ne veut pas d'une relation a minima. Tu dois faire un choix.

— Tu as en de bonnes, toi ! Et si c'était un échec ? On ne peut pas éternellement se tromper. Surtout à mon âge.

— Ce n'est pas par la fuite que tu résoudras ton problème. Tu le fais depuis vingt ans et regarde où ça t'a menée… à ne plus oser prendre aucun risque, sauf celui de crever de solitude.

— Disons que je préfère la prudence.

— Et si c'était une forme d'égoïsme ? Peut-être qu'inconsciemment tu repousses tout ce qui pourrait te distraire de ton travail parce que c'est la seule chose qui compte pour toi ! Pardon, ma chérie, je raisonne en femme au foyer, en mère poule.

Manuelle avait lâché sa main et Élisabeth se recroquevilla dans un coin du siège. Et si c'était aussi simple que le prétendait son amie ? Si elle avait seulement peur d'aimer, peur de mettre fin à la longue errance qu'elle s'était imposée comme une punition ?

— J'ai la certitude qu'il existe une sorte de palier dans notre vie, au-delà duquel on ne peut plus rien changer. Parce que c'est trop tard. La personne qu'on est devenu le restera à jamais.

— Taratata ! Arrête de débloquer. Tu es tout le temps sur tes gardes à anticiper le pire. C'est normal que tu aies peur après toutes ces années de célibat. Mais cesse de t'accrocher au passé. Tu ne peux pas laisser tes souvenirs contrôler ta vie. Ne renonce pas à une histoire qui peut très bien marcher.

— Et si je préférais éviter de m'accrocher à une histoire qui ne marchera pas ?

— C'est le raisonnement le plus débile que j'aie jamais entendu ! Tu reconnais toi-même que c'est un homme bien, et tu l'aimes. Non ! Ne me dis pas le contraire surtout, je ne te croirais pas.

— Je ne suis pas sûre que ce soit suffisant. On ne peut jamais prévenir la routine, la dépendance, les attentes, l'inquiétude.

— L'amour est fait d'inquiétude et d'incertitudes. Tu connaîtras l'abandon, la tendresse, les engueulades aussi — tu n'y échapperas pas ! — Mais ne passe pas à côté des confidences partagées, de la solidité de l'autre, de pouvoir t'appuyer sur une épaule pour pleurer ou confier tes joies. Tu sais, il pourrait ne pas t'attendre.

Élisabeth regardait droit devant elle. La nuit qui gagnait doucement… Que redoutait-elle le plus ? Qu'il ne l'attende pas, ou au contraire qu'il l'attende ?

Elles étaient arrivées dans le centre de Limoges. Manuelle gara sa voiture près des Porcelaines Astier.

— On se retrouve pour dîner ?

— Ah non ! Après ce que nous avons mangé chez ma cousine, je suis incapable d'avaler ne serait-ce qu'une bouchée de pain.

Manuelle regarda l'heure. Puis elle donna un coup de volant et appuya sur l'accélérateur.

— Il n'est que 18 heures. Offrons-nous deux heures de shopping. Ça nous redonnera de l'appétit. Et je ne connais rien de mieux pour le moral. Surtout quelques semaines avant les fêtes !

28

Maxime raccompagna son client jusqu'à l'ascenseur et prit congé. Il avait accepté cette nouvelle affaire sans grand enthousiasme, en sachant qu'il la confierait à Alain Lemaître. En le ralliant à son équipe dix ans plus tôt, il avait su d'emblée qu'il pourrait escompter le meilleur de ce jeune homme ambitieux. Au fil des années, il était devenu son principal enquêteur, puis son plus proche collaborateur. Celui sur lequel il s'appuyait volontiers, auquel il pouvait déléguer une affaire épineuse sans la moindre hésitation.

En revenant sur ses pas, Maxime s'arrêta dans le bureau d'Alain et le pria de le rejoindre d'ici vingt minutes. Puis il se prépara un café dans la salle de repos et gagna son bureau. Il put enfin ouvrir sa messagerie électronique et, parmi tous ses e-mails il repéra aussitôt celui d'Élisabeth. Quelques mots gentils, puis elle lui demandait d'arrêter son enquête. Elle évoquait l'ambiance au sein de sa famille : *Nous avons retrouvé une certaine sérénité depuis le décès de ma grand-mère, je ne veux pas semer le trouble de nouveau...* Il devinait qu'elle avait pesé chaque mot de son message, et pourtant la démarche semblait hésitante. Et si elle n'avait pas osé en exprimer les véritables raisons ? Était-ce une façon courtoise de marquer son éloignement ? D'un air absent, il faisait coulisser ses doigts autour de son crayon et finit par tapoter l'embout sur le coin de son bureau. Que n'aurait-il donné pour revenir sur cette soirée où il lui avait demandé de partager sa vie. Rien ne s'était passé comme il l'avait prévu. Et depuis, même s'ils se retrouvaient de temps à autre, la magie de leurs premiers rendez-vous n'existait plus. Comment la situation avait-elle pu aussi mal tourner ? Il se maudissait. Qu'est-ce qui lui avait pris ? En la découvrant si perturbée ce soir-là, pourquoi ne s'était-il pas contenté de lui dire qu'il l'aimait ? D'autant plus que sa vie actuelle, ordonnée en une sorte de demi-célibat, ne lui déplaisait pas. La solitude l'avait accompagné de si longues années, peuplée de courtes aventures. Et il s'en était accommodé. Pourquoi cette soudaine envie de défier le destin ? Par peur de perdre Élisabeth alors qu'il se sentait de plus en plus attaché à elle. Et, quelque part dans son subconscient, la crainte de vieillir seul avait pesé.

Dans son e-mail, elle lui expliquait que les menaces avaient cessé depuis les aveux d'Hervé. Fallait-il y voir un lien de cause à effet ? Au vu des derniers éléments qu'il avait recueillis, il n'en était pas si sûr. Depuis deux jours, il était en possession d'une déclaration troublante. Un concours de circonstances qui, lorsqu'il se produisait, faisait le bonheur des enquêteurs. Un éleveur installé près du col de l'Épine se souvenait de l'anecdote racontée par son père. Celui-ci était arrivé le premier sur les lieux de l'accident, bien avant les secours. Et son récit accréditait l'hypothèse d'une seconde personne auprès de François Ranval cette nuit-là.

Maxime négligea les autres messages de sa boîte électronique et réfléchit. Pour l'instant, il ne savait rien de plus. Il s'apprêtait à prendre rendez-vous avec cet éleveur quand il avait reçu le courriel d'Élisabeth. Il hésitait. Sa curiosité d'enquêteur était piquée au vif. Que faire ? Transmettre ces dernières informations à Élisabeth et attendre de voir si elle persistait dans son désir d'abandonner, ou respecter sa volonté et laisser tomber sans plus attendre ?

Elle terminait son message par quelques mots : *Nous pourrions dîner ensemble un soir... téléphone-moi.* Une invitation à mots couverts qui marquait bien une certaine distance entre eux. Comme si elle imposait un ralenti à leur aventure, avant une rupture en douceur. Leur histoire ne pouvait pas s'achever sur un malentendu, sur des non-dits. Cela n'avait pas de sens ! Il se raccrochait à l'idée que c'était sans doute une accalmie passagère. Une pause dont elle avait besoin. Lui, d'habitude si prompt à résoudre les problèmes de ses clients, il se sentait démuni dans l'attente d'un geste d'Élisabeth qui ne venait pas. Et chaque jour, il se reprochait son manque de discernement qui l'avait poussé à exiger davantage d'elle. Alors qu'il aurait dû respecter sa façon de vivre, son besoin d'indépendance. Il devait rattraper son erreur et lui dire qu'au fond vivre ensemble n'était pas si important. Son angoisse grandissait avec le besoin désespéré de la revoir, d'être près d'elle, de la toucher, d'admirer les rides que les fous rires dessinaient au coin de ses yeux, l'éclat d'ambre pur de ses prunelles. Il était prêt à accepter la place qu'elle lui accorderait dans sa vie. Le pire serait de la perdre.

Il prit la décision d'interrompre son enquête et d'archiver le dossier de l'accident du col de l'Épine. Mais avant cela, il répondit au courriel d'Élisabeth. Et au lieu d'évoquer un hypothétique dîner un soir, il se montra déterminé : « Je t'attends samedi soir avec ton menu préféré, un poulet aux morilles et une charlotte aux marrons glacés.

*

* *

Depuis le décès d'Hortense, Élisabeth n'avait pas eu l'occasion de passer beaucoup de temps avec sa mère. Elle se promettait de réparer sa négligence en janvier, lorsque le rush des fêtes de fin d'année serait passé. Mais lorsque Gisèle prit les devants et l'invita à déjeuner dans leur restaurant préféré, elle oublia le déluge de dossiers qui s'était abattu sur son bureau.

Dénicher une place de stationnement dans le quartier du vieux château lui demanda un temps fou et elle hâta le pas jusqu'à l'entrée du restaurant. Sa mère était déjà installée dans un coin de la salle, près de la cheminée.

— Désolée, je suis en retard. C'est la bousculade en ville.

— Quelques jours avant les fêtes, c'est normal. Comme je suis un peu pressée, je me suis permis de commander en t'attendant.

— Tu as bien fait, répondit Élisabeth en dépliant sa serviette. Je suis ravie de ce déjeuner, maman. Je voulais te parler.

— Moi aussi, mais… commence ! Je t'écoute.

— J'ai eu une discussion avec Louis, et nous sommes tombés d'accord. À présent que tu n'as plus à t'occuper de grand-mère, tu n'as aucune raison de rester dans cette maison de retraite. Le deuxième étage de l'immeuble en centre-ville nécessite quelques travaux, mais rien de bien important.

Longtemps avant le mariage de Louis, Élisabeth avait prévu que le moment venu, elle lui abandonnerait les appartements du premier étage de l'hôtel particulier. Et elle avait engagé des travaux d'aménagement au second, en projetant de s'y installer un jour. Néanmoins, en faisant la connaissance de Sophie, elle avait changé d'avis et acquis sa maison à la campagne.

— Tu vas pouvoir t'installer dans l'appartement du second ma petite maman. Tu seras proche de Louis et de Sophie et, comme je suis moi-même à un quart d'heure du centre-ville, tu seras autonome sans être isolée. Et…

— Ma chérie, je t'arrête tout de suite. Merci d'avoir réfléchi à ma situation, mais c'est inutile. Je m'en vais.

La serveuse posa devant elles une assiette composée de foie gras à la gelée de raisin et de fines tranches de pain aux figues.

— Tu t'en vas, répéta Élisabeth après le départ de la jeune femme, mais où ?

— Tu sais que Roger possède une villa à Saint-Sébastien ? Eh bien, après les fêtes, nous partirons vivre là-bas.

Sa mère l'aurait-elle giflée qu'Élisabeth n'aurait pas eu l'air plus stupéfaite. Elle resta bouche bée, les yeux écarquillés. Et soudain son visage s'empourpra.

— Mais maman, tu ne peux pas partir comme ça… à des centaines de kilomètres. Il peut t'arriver n'importe quoi ! Tu imagines la distance ?

— Tu penses à une maladie ou un accident ? Mais il y a des médecins, des hôpitaux en Espagne. Et des assurances pour un rapatriement d'urgence. Ne t'inquiète pas.

— C'est facile à dire !

— À faire aussi, crois-moi.

En buvant une petite gorgée de vin doux, Gisèle s'essayait à déchiffrer les sentiments sur le visage de sa fille.

— Tu parais contrariée par ma décision.

— Seulement surprise. Je persiste à dire que c'est imprudent, mais c'est ta vie, maman.

— Alors laisse-moi en disposer, veux-tu ?

Gisèle surprit le froncement de sourcils d'Élisabeth.

— Tu ne m'imagines pas capable de faire mes propres choix ? Ça ne me surprend pas. Personne ne m'en a jamais crue capable. Je ne me suis pas imposée dans la société. Je n'ai fait qu'entériner les décisions de Roger, puis les tiennes. Pour preuve, tu viens même d'organiser ma vie après la mort de ta grand-mère sans m'en toucher un mot ! Je suis navrée de te décevoir, ma fille, mais pour une fois je vais décider seule, en femme libre. Je me suis occupée de toi enfant, puis de Louis, et enfin j'ai veillé Hortense jusqu'à son dernier souffle, jusqu'au dernier de ses gémissements, de ses caprices. Aujourd'hui j'ai envie de calme, de soleil, d'ouvrir mes fenêtres sur la mer, de me faire de nouveaux amis. Et d'avoir un homme tendre et joyeux à mes côtés.

Pendant la tirade de sa mère, Élisabeth avait gardé le silence.

— Tu me désapprouves à ce point?

— J'ai du mal à me faire à l'idée que tu nous abandonnes.

— Je ne vous *abandonne* pas. Tu viendras me voir, et Louis aussi. Des vacances à Saint-Sébastien, c'est tentant, non? Beaucoup apprécieraient… Et honnêtement, t'ai-je été un tant soit peu indispensable? J'ai le sentiment de n'avoir guère compté parfois.

— Comment peux-tu dire une chose pareille? C'est faux.

— Allons donc! Tu ne m'avais même pas parlé des lettres anonymes que tu recevais ni des menaces qui planaient sur Louis.

— Je ne voulais pas t'alarmer.

— Admettons… Et tes relations avec Hervé? Il a fallu les obsèques de ta grand-mère pour que j'apprenne que tu avais rompu avec lui. Alors que depuis des années j'attendais que tu m'annonces ton remariage. Et c'est Louis qui m'a confié qu'il y avait un autre homme dans ta vie.

Le sommelier s'approcha et offrit d'emplir leurs verres. Élisabeth refusa. Un groupe d'hommes d'affaires s'installa à la table voisine. S'ensuivirent dix minutes de danse bruyante pour définir qui s'assoirait à côté de qui… Après cet intermède, Élisabeth et Gisèle se regardèrent.

— Je ne sais rien de cet homme avec qui tu sors, mais si tu es heureuse, tant mieux. Profite de chaque instant, tu le mérites… Tu ne veux vraiment pas me parler de lui? ajouta-t-elle après une seconde d'hésitation.

Élisabeth ne répondit pas, et Gisèle en ressentit une immense tristesse.

— Comme tu voudras. Je suis désolée, je ne pensais pas te décevoir à ce point en pensant un peu à moi à quatre-vingts ans !

— Ce n'est pas de la déception.

Gisèle reposa son verre et il heurta le bord de son assiette avec un bruit cristallin.

— Tu as raison, dit-elle sur un ton agacé, ce n'est pas de la déception que tu ressens, c'est de la colère ! Tu es furieuse, comme chaque fois que les événements ne se plient pas à ta volonté.

Élisabeth se cabra. Si elle n'avait pas eu affaire à sa mère, elle serait sortie de ses gonds depuis longtemps.

— C'est une des raisons pour lesquelles j'ai accepté la proposition de Roger, nous ne voulons pas être témoins de tes sempiternelles querelles avec Louis.

Élisabeth posa ses couverts en travers de son assiette. Elle n'avait plus faim. Sa mère qui avait toujours montré tant de retenue en toutes circonstances ! Elle levait un coin du voile sur de curieuses facettes de son caractère. Et c'était pour la désapprouver, pour critiquer ses agissements et ses choix. Des critiques qu'elle ne releva pas. Mais elle lutta contre l'envie de sortir du restaurant et de la planter là. Et elle se rendit compte que ce désir de fuir une situation désagréable lui traversait l'esprit de plus en plus souvent ces temps derniers.

— Ne fais pas cette tête, ma chérie, dit Gisèle en posant la main sur celle de sa fille par-dessus la table, et si tu te donnais l'opportunité de vivre enfin pour toi, en laissant ton fils prendre en main son destin ?

— Merci du conseil, maman.

Elle se retint de dire que cette recommandation était surprenante venant d'une femme qui avait attendu quatre-vingts ans pour faire des projets. Elle s'apprêtait à commander leurs cafés lorsque Roger Legaret s'approcha de leur table. Il embrassa Élisabeth et tendit le bras à Gisèle qui se leva aussitôt.

— Tant pis pour le café, nous allons visiter la nouvelle exposition au château de Ligoure.

Après leur départ, Élisabeth commanda un double expresso et le laissa refroidir dans la tasse, ignorant les mignardises qui l'accompagnaient. Elle fixait les flammes dans l'âtre, leur chemin entre les bûches incandescentes. Dévier ses pensées, taire cette voix dans sa tête, ne plus souffrir… elle était venue à ce déjeuner en pensant rendre sa mère heureuse. Elle l'imaginait déjà installée au deuxième étage de leur immeuble. Elles auraient pu se voir chaque jour, aller au théâtre, au cinéma. Au lieu de cela, Gisèle avait choisi de s'exiler en compagnie de l'homme qu'elle aimait en secret depuis des années. Pourquoi rejetait-elle cette idée ? Elle finit par comprendre qu'en réalité, c'était elle qui avait besoin de sa mère, de sa présence, de se sentir aimée. Même si leurs relations n'étaient pas parfaites. Mais sa mère allait la quitter. Elle eut l'impression que la terre entière se liguait contre elle. Elle se leva enfin et, après avoir réglé l'addition, elle rejoignit le parking, prête à rassembler ses forces en prévision d'un après-midi qui s'annonçait difficile. Mais au moment de tourner la clé de contact, elle s'interrompit. Elle n'avait pas envie de rejoindre le bureau. Depuis trente ans, c'était la première fois qu'elle éprouvait cette vague sensation de rejet. Peut-être enchaînait-elle les années de travail, sans répit, depuis trop longtemps. Peut-être s'était-elle trompée en privilégiant la vie, le bien-être des autres au détriment de ses propres désirs. Et si le départ de sa mère était un signe du destin ? Certes, il n'était pas trop tard pour reprendre sa vie en main. Mais pouvait-elle encore redevenir une femme capable d'aimer, d'accorder sa confiance ?

Elle pêcha son téléphone mobile dans son sac et demanda à Louis de la remplacer à la réunion des représentants commerciaux en régions.

— Le dossier est prêt. Il est sur mon bureau, une chemise grise.

— Mais…

Sans attendre la réponse de son fils, elle raccrocha. Cinq minutes plus tard, elle se garait rue d'Isly. Elle pressa la pas, se surprit même à courir jusqu'à l'agence. Elle appela l'ascenseur, mais il lui sembla si lent qu'elle se précipita à l'assaut de l'escalier. Elle espérait que Maxime serait seul à cette heure et elle poussa un soupir de soulagement en entendant sa voix dans l'interphone. Quelques secondes à peine, et ses derniers doutes s'envolèrent lorsqu'il apparut dans l'embrasure de la porte. Elle se jeta dans ses bras.

— Élisabeth que se passe-t-il ?

Mon dieu, que lui dire ? Par où commencer ?

— Je t'aime, murmura-t-elle, je t'en prie, aide-moi.

Il la prit dans ses bras, la serra tellement fort qu'elle ne pouvait plus respirer.

Puis ils se regardèrent. Il l'embrassa et la précéda jusque dans son bureau où ils s'assirent côte à côte.

— Je me suis trompée, Maxime. J'étais prête à te quitter, pas parce que je ne t'aime pas, mais pour me rassurer. Pour me prouver que je n'étais pas faite pour aimer. Et j'ai compris que je devais nous donner une chance. Mais j'ai peur d'échouer, de ne pas prendre la bonne voie.

— Et si c'était moi cette voie ? C'est si effrayant que ça à envisager ?

— Mais tu ne comprends pas, je suis terrifiée à l'idée de bouleverser ma vie. Il y a tant d'anciennes blessures en moi, j'ai peur qu'elles ne guérissent jamais. J'ai l'impression d'être passée à côté de l'essentiel. Je voudrais remonter le temps, faire un autre mariage, avoir beaucoup d'enfants, être une virtuose, ou une grande romancière, ou…

— Arrête, arrête ! Tu es la femme que j'aime, celle qui me rend heureux, et avec qui j'ai envie de vivre, et moi ça me suffit.

— Et si tu cessais de m'aimer ?

Il se pencha vers elle et, avec douceur, il lui prit le menton entre le pouce et l'index.

— Ça n'arrivera pas.

— Comment peux-tu en être sûr ? Tu n'es pas effrayé à l'idée de t'engager ainsi pour l'éternité ?

— L'éternité c'est beaucoup ! Mais pour le reste de ma vie, ça va, je suis partant ! Et tu peux me faire confiance, je ne te trahirai pas.

Sa vie entière, elle avait supporté le fardeau de sa méfiance, de ses doutes. Elle avait barricadé son cœur de multiples barrières en ne laissant aucune chance à quiconque de les renverser, prisonnière de la peur qui ne l'avait pas quittée un seul jour depuis cette nuit de février 1990.

Elle se laissa enfermer dans les bras de Maxime et un sentiment de paix l'envahit, comme un bonheur oublié depuis très longtemps. Et il était là, ce bonheur, à portée de cœur.

Elle eut alors la certitude de se retrouver.

29

— Tu me fais confiance ? demanda Louis avec un brin d'inquiétude dans la voix.

Élisabeth appuya les coudes sur son bureau et croisa les doigts.

— Bien sûr, mais ça ne veut pas dire que je ne garderai pas un œil sur ce que tu vas faire. Allons ! montre-moi ce budget.

Il développa les grandes lignes de son prévisionnel. Elle souriait en l'écoutant, attendrie par la vague d'enthousiasme qu'il avait du mal à contenir.

— D'accord, mon grand, lança-t-elle, lorsqu'à bout de souffle il s'arrêta de parler. Organise une réunion avec le directeur financier et le banquier pour le 3 janvier au matin.

Elle se leva, enfila son manteau et sortit une paire de gants de son sac.

— Si tu es libre, on déjeune ensemble ?

— Non merci, je suis déjà invitée.

Il lui jeta un coup d'œil malicieux.

— OK ! Salue Max de ma part.

Élisabeth embrassa son fils et quitta rapidement le bureau.

Elle venait de passer une semaine à remettre toute sa vie en question. D'abord, admettre le départ de sa mère sans transformer cet événement en une impression confuse d'abandon. En cela, Manuelle l'avait aidée. Et un soir, Maxime avait sonné à sa porte avec deux énormes valises. Ils s'étaient mis d'accord pour vivre chez elle, après qu'il lui eut avoué son coup de foudre pour sa maison aux immenses baies ouvertes sur la forêt, aux pièces lumineuses où le moindre rayon de soleil s'imposait dans le décor sobre et terriblement chic. Il avait suggéré de réserver sa propre demeure pour les week-ends.

— Chouette, avait-elle gloussé, les résidences principale et secondaire à trois kilomètres l'une de l'autre, au moins on évitera les embouteillages du retour le dimanche soir !

Hilares, ils firent le tour de la maison d'Élisabeth et partagèrent l'espace dans la penderie, dans la salle de bains. Tout fut prétexte à des plaisanteries, des éclats de rire. À compter de cette soirée, elle se sentit légère, vivante et ne cessa de s'interroger sur les sensations nouvelles qui l'habitaient. Une impression déroutante d'épanouissement.

Ce fut une période propice au long entretien qu'elle devait avoir avec son fils. Elle finit par accepter l'idée qu'elle ne serait plus seule à décider du devenir des Porcelaines Astier. Elle lui donna le feu vert pour créer une collection de seconde catégorie. « Juste un essai sur un an », avait-elle concédé prudemment. Toutefois, elle avait posé deux conditions, que cette production soit essentiellement réservée à l'exportation vers les pays émergents et que l'estampille « Astier » n'apparaisse pas au premier plan, mais en accompagnement d'une marque déposée. Elle avait proposé que chaque série porte le nom d'une grande ville européenne. «Et pourquoi ne pas baptiser la première collection *Venise*?» Louis avait trouvé l'idée géniale! Le nom de la ville italienne lui était venu spontanément à l'esprit. Maxime l'avait convaincue d'y passer une semaine mi-janvier. Leur premier voyage en amoureux, libérés de toute contrainte professionnelle.

Le baptême du petit François s'était déroulé dans une ambiance familiale apaisée. Louis avait demandé à sa mère d'être la marraine de son petit-fils. Bien qu'émue, Élisabeth avait refusé. «Puisque le parrain et la marraine sont censés vous remplacer si vous êtes défaillants, autant choisir quelqu'un de votre génération, les enfants!»

Elle leur avait conseillé de demander à Mylène. Et en ce dimanche de décembre les deux branches de la famille s'étaient retrouvées devant les fonts baptismaux. À cette occasion, Maxime avait conquis sa place au côté d'Élisabeth. Louis avait mis en réserve son affection pour Hervé qu'il voyait encore de temps en temps, pour une partie de golf. Il avait cordialement accueilli son remplaçant, conscient de son intérêt à ménager sa mère. Pendant la cérémonie et le repas qui avait suivi, Gisèle et Roger avaient marqué une certaine distance. Comme si déjà ils étaient un peu ailleurs.

*

* *

Élisabeth rentra de son jogging peu avant 9 heures. Elle prépara du thé et emporta sa tasse dans la salle de bains où elle se doucha. Elle sécha ses cheveux, se maquilla légèrement avant d'enfiler un jean noir et un chandail écru à torsades. Une tenue parfaite pour un samedi. Maxime était parti à l'agence pour boucler une affaire urgente. Ce matin il lui avait laissé un Post-it collé sur la boîte à thé : *Je rentrerai vers 15 heures et sur le chemin du retour je me chargerai du ravitaillement pour le week-end.* C'était devenu un rituel. Ils se laissaient de petits messages un peu partout dans la maison, des renseignements sur leur emploi du temps, des mots doux. Ou un simple *Je t'aime.* Élisabeth n'avait jamais autant lu et écrit ces deux mots… Pour un oui, pour un non, ils résonnaient dans sa tête.

Elle brossa ses cheveux et les laissa négligemment tomber sur ses épaules. Puis elle redescendit au salon, bien décidée à prendre son temps. Elle jeta un coup d'œil sur la liste des cadeaux de Noël qui l'attendait sur la table basse. Elle devait prendre Sophie à 11 heures afin de comparer leurs listes et commencer les emplettes ensemble. Élisabeth s'adonnait aux préparatifs des fêtes dans une liesse qui ne cessait de la ravir. Le réveillon était prévu en compagnie des enfants, de sa mère et de Roger. Et pour le 25 à midi, elle avait convié les Gendron pour la première fois depuis vingt-quatre ans. Elle avait refusé que Maxime concocte le repas. À l'idée de l'imaginer campé dans la cuisine, un tablier noué autour des hanches, elle ne savait pas si elle devait rire ou taper du pied en signe de protestation ! Il avait fini par céder. Ils feraient donc appel à un traiteur. Toutefois il avait exigé de choisir le prestataire et de composer le menu «Pas mal ton compromis, avait-elle lancé en riant, ça marche!»

Elle gagna la cuisine et alluma la bouilloire électrique afin de rajouter de l'eau chaude dans la théière. Puis elle tira le store, et les rayons d'un soleil pâlot se faufilèrent dans la pièce. Plantée devant la fenêtre, elle regarda dehors. Les dernières feuilles mortes volaient au vent. Le jardinier avait bêché les parterres, et dans quelques jours les fleurs d'hiver égaieraient le jardin. Elle soupira d'aise. Amusée, elle se rappela une petite phrase qu'affectionnait Hortense : «Cœur qui soupire n'a pas ce qu'il désire, mais cœur content soupire souvent.» Avec le temps, elle avait trouvé ce proverbe stupide. Allez donc vous y retrouver! Elle se servit une nouvelle tasse de thé et, par la baie, elle aperçut le véhicule jaune du facteur. Elle enfila son manteau et sortit récupérer le courrier dans la boîte aux lettres. De retour dans le salon, elle jeta les prospectus dans la corbeille à papier et posa les factures sur la première marche de l'escalier qui menait à la mezzanine. Restait une grande enveloppe blanche... Elle la retourna. Le nom et l'adresse de la seconde femme de François figuraient au dos. Elle eut un petit sursaut d'appréhension en décachetant le pli. Elle lut le message qui accompagnait un paquet d'enveloppes reliées par un ruban élastique. Après les civilités d'usage, Roseline expliquait qu'elle était contrainte de mettre la librairie de François en gérance, n'ayant guère le temps de s'y consacrer elle-même.

«En débarrassant les tiroirs et le coffre des effets personnels de mon mari, j'ai trouvé ces lettres. Je ne vous cacherai pas que je les ai lues et j'ai hésité avant de vous les envoyer. Finalement j'ai jugé que vous deviez savoir.»

Élisabeth ouvrit la première enveloppe… Ce fut comme un gong qui explosa dans sa tête, suivi d'une onde de choc si violente que ses tympans lui firent mal. Elle comprit enfin, et sentit l'air se bloquer dans sa poitrine. Les battements de son cœur s'accélérèrent. La tasse lui glissa d'entre les doigts et se brisa sur le sol. Le fracas la fit sursauter. Ce n'était pas possible, ce ne pouvait pas être vrai. Il y avait forcément une erreur. Elle ouvrit une seconde enveloppe, puis une autre et encore une autre… Les dernières pièces du puzzle trouvèrent enfin leur place, si évidentes qu'elle se demanda pourquoi elle n'avait pas compris plus tôt. Un nœud d'angoisse se forma à la hauteur de son sternum. Elle pensa à François, à leur dernière rencontre à Paris quelques mois plus tôt. Elle revoyait son trouble, l'expression gênée dans son regard… de la culpabilité qu'elle avait attribuée à sa responsabilité dans la mort de dix personnes innocentes. À présent, elle comprenait que cette gêne pouvait avoir de multiples lectures. Un froid étrange se propagea en elle. Elle eut alors l'impression qu'on la coupait de quelque chose… une chose d'une importance vitale. Elle se rendit compte qu'elle pleurait. Elle alla chercher une pelle et une balayette dans la cuisine et ramassa les éclats de porcelaine brisée. Ensuite, elle s'assit au creux d'un fauteuil, se courba, les mains serrées entre ses genoux. Elle resta ainsi tassée sur elle-même, la gorge sèche. Peu à peu, sa respiration se fit plus calme mais horriblement douloureuse. Pourtant ses larmes ne coulaient plus. Les larmes finissent toujours par se tarir, pensa-t-elle, même si le chagrin n'a pas de fin.

Elle relut deux ou trois lettres au hasard. Et plus d'une heure s'écoula encore avant qu'elle admette la vérité et qu'elle trouve assez de courage en elle pour prendre une décision. Elle rassembla les enveloppes, saisit son sac à main et ses clés de voiture.

30

— C'est moi qui conduisais la voiture de François…

Dans le hall brillamment éclairé, elles se faisaient face. Les lettres étaient éparpillées sur un guéridon, certaines avaient glissé par terre.

— Raconte! ordonna Élisabeth.

Prise au piège, Manuelle avoua sa liaison avec François.

— Tu sais à quel point c'était difficile pour moi, à l'époque. Les relations avec mon ex-mari avaient atteint les limites du tolérable. Il m'avait démolie. Je ne savais plus vers qui me tourner pour chercher un peu de réconfort.

— Et tu t'es tout naturellement adressée à mon mari?

Il y eut un silence pesant, puis Manuelle reprit d'une voix étranglée:

— Ce n'est pas ce que je voulais. Je te jure que je n'avais rien prémédité. Un soir, il est passé à la maison… je ne me souviens même plus pourquoi. J'étais en train de boire. Il m'a arrêtée en me demandant si je voulais perdre mes enfants. J'avais tellement besoin d'être rassurée en tant que femme. Entendre un autre discours que celui de mon mari qui me traitait de bonne à rien, de nullité. Je ne sais pas comment c'est arrivé… j'ai tendu les bras à François. Avec le recul je suis sûre qu'il ne m'a pas repoussée par pure politesse.

Élisabeth refréna les insultes qui lui montaient à la gorge. Elle maudit le poids de l'éducation qui lui clouait les lèvres. Manuelle s'interrompit une seconde pour reprendre haleine. Elle porta les mains devant son visage et renifla bruyamment. Élisabeth la regardait fixement sans rien dire. Elle serrait les dents. Encore sous le choc comme si on l'avait frappée, elle ne réalisait toujours pas. Elle avait pourtant lu et relu les lettres que sa meilleure amie avait envoyées à son mari en prison. Des pensées terrifiantes lui traversaient l'esprit. Son mari, sa meilleure amie. Elle imaginait des gestes, devinait des mots. Que lui trouvait-il qu'elle n'avait pas su lui apporter ?

— François n'a jamais pris cette aventure au sérieux, reprit Manuelle comme si elle saisissait ses pensées, il t'aimait, il était terrorisé à l'idée que tu découvres la vérité. Il savait qu'il te ferait souffrir, que tu le mépriserais et ça, il ne le supportait pas. Il avait trop besoin de ton estime. C'est moi qui me suis accrochée.

— Et tu l'as accompagné à Florence cette semaine-là ?

— Oui… C'était mon idée, et je l'ai presque forcé à accepter.

— Je te croyais chez tes parents à Compiègne.

— Officiellement, c'était le cas. J'y avais conduit mes enfants avant de retrouver François.

Élisabeth n'avait plus une perception très claire de l'enchaînement des événements cette nuit-là. Elle avait si souvent alterné l'envie d'oublier et le besoin de se souvenir. Pourtant, un détail restait précis dans sa mémoire. Elle avait appelé son amie juste après la visite des gendarmes. C'était sa mère qui lui avait répondu en lui expliquant que Manuelle était repartie pour Limoges en lui confiant les enfants quelques jours.

— Je me souviens de son embarras au téléphone en prétendant que tu étais juste repartie...

— Ça n'aurait jamais dû se passer comme ça. Nous avions prévu de rester à Florence jusqu'au lendemain. Mais il y a eu ton appel et François a décidé de rentrer. J'ai compris qu'il avait atteint un tel degré de culpabilité qu'il allait forcément rompre avec moi. Nous nous sommes disputés avant de quitter l'hôtel. J'étais furieuse, et j'ai pris le volant sans lui laisser le choix. Après une courte pause, on est repartis et en abordant le col de l'Épine, on a recommencé à s'engueuler. J'ai cessé de regarder la route une fraction de seconde, et je n'ai pas vu ce p... de car dans le virage. Quand il a versé dans le fossé ce fut l'horreur. On était pétrifiés. Et j'ai réalisé ! C'était évident, je ne pouvais pas être dans cette voiture.

Élisabeth resserra le poing sur son trousseau de clés. Elle regarda les lettres éparses, puis se tourna vers Manuelle :

— Tu m'as complètement abusée pendant toutes ces années...

— Comprends-moi, j'étais coincée. Moi aussi, j'avais bu, beaucoup moins que François certes, mais si on m'avait déclaré responsable j'aurais tout perdu. Une liaison, un accident avec un verre de trop, pour mon mari c'était le jackpot! Il en aurait profité pour obtenir la garde des enfants. Je devais les protéger de leur père à tout prix. Finalement, François a pris ma place au volant. Au début il était réticent, il savait que son taux d'alcoolémie lui causerait des problèmes. Je l'ai convaincu en soulignant qu'il n'avait pas intérêt à dévoiler notre liaison. Et à ce moment-là, nous ne pensions pas que l'accident était aussi grave. Au pire, il risquait une belle amende et un retrait de permis. Comment aurions-nous pu prévoir la mort de tous ces enfants?

Élisabeth pâlit malgré elle. Elle luttait contre la vague de rage qui l'étouffait depuis qu'elle était arrivée. Elle mourait d'envie de se ruer sur Manuelle, de la gifler. Elle en avait le vertige.

— Et tu l'as planté là, au milieu des emmerdes! Comment as-tu réussi à t'échapper?

Manuelle raconta; dans un premier temps, elle s'était cachée dans un fossé. Puis les gens avaient afflué. Et les secours. Dans la cohue, elle avait demandé à un couple de badauds de l'emmener à la gare la plus proche. Elle prétexta que la femme qui l'avait prise en auto-stop était repartie sans elle.

— Ce que je ne comprends pas, lança Élisabeth, c'est pourquoi François a accepté de te couvrir, de se laisser enfermer pendant dix ans.

— Dans la voiture, je lui avais fait croire que j'étais enceinte de lui. Plus tard, je lui ai écrit en prison en disant que je m'étais trompée.

— Il n'a pas gardé cette lettre, mais il y a toutes les autres. Pourquoi as-tu continué à lui écrire?

— Je savais combien il t'aimait, j'imaginais ce qu'il endurait en étant séparé de toi et de Louis.

J'étais morte de trouille à l'idée qu'il pouvait revenir sur ses aveux.

— Tu as vraiment bien manœuvré.

— Essaie de me comprendre, je n'avais pas le choix !

Élisabeth ne se laissa pas atteindre par sa voix plaintive et ses supplications.

— Si, tu avais le choix. Au moment du verdict, quand tu as su qu'il écopait de quinze ans de prison à ta place, tu aurais pu tout arrêter, prévenir la police, te dénoncer.

— C'était trop tard. Je ne me sentais pas de taille à affronter la vérité. Et j'étais terrorisée, les problèmes étaient loin d'être résolus avec mon ex… Tu comprends ?

— Non.

— Je voulais une autre chance. L'occasion de tourner la page, de commencer une autre vie.

— Et François te l'a donnée cette chance, au prix de sa propre vie.

Effondrée, Élisabeth s'évertuait à rassembler les écrits de François, les aveux de Manuelle. Chaque petit morceau du puzzle se glissait dans le cadre, l'un après l'autre. Et tant de questions lui venaient à l'esprit. Elle se contenta d'une seule. Celle qui lui broyait le cœur dans un étau :

— Comment as-tu pu nous faire ça ? Car l'autre personne qui nous harcèle depuis des mois, c'est toi n'est-ce pas ?

— Les premières lettres anonymes, je n'y étais pour rien. Mais après la mort de François lorsque tu m'as parlé de son dernier message à Louis et de ton intention de mettre ton détective sur l'affaire j'ai paniqué. Je devais t'empêcher de faire éclater la vérité au grand jour, à n'importe quel prix ! Car si ton ami réussissait à prouver que François ne conduisait pas la voiture, c'était forcément quelqu'un d'autre. Et je te connais, tu n'aurais eu de cesse de découvrir qui…

Élisabeth essayait d'imaginer Manuelle s'appliquant à dessiner des caractères bâton sur une feuille de papier… Elle revit l'effroi de sa mère en découvrant le DVD dans sa boîte aux lettres.

— Et les menaces que tu as reçues toi-même ?

— Je savais qu'une autre personne te harcelait. Alors je me suis envoyée une lettre à mon tour. J'ai saisi l'opportunité de détourner les soupçons, de faire diversion en quelque sorte. Je sais que j'ai eu tort, je n'essaie pas de me justifier.

Élisabeth eut un petit rire sarcastique. Ses pensées remontaient jusqu'à leur adolescence, ces années où elles s'étaient juré fidélité pour la vie. *Des jumelles de cœur.* Elle avait été le témoin de son second mariage. Manuelle rayonnante de bonheur lui adressant un clin d'œil complice tandis qu'elle échangeait les anneaux avec Bruno. Manuelle toujours présente, dévouée. Alors que son amitié n'était qu'imposture et dissimulation. Elle en avait la nausée.

— À l'époque des faits, je peux comprendre que tu étais terrorisée par ton ex-mari, même si ce n'est pas une excuse, mais par la suite ? Pourquoi n'avoir rien dit après le centenaire d'Hortense ?

— Ce serait tout aussi dramatique de dévoiler la vérité aujourd'hui ! Bruno, mes enfants, ils ne me le pardonneraient jamais. Tu sais bien que rien ne compte plus à mes yeux que ma famille.

— Et ma famille à moi, tu y as pensé, espèce de garce! lança Élisabeth soudain folle de rage, non seulement tu couchais avec mon mari, mais tu as séparé Louis de son père. J'avais confiance en François, je pensais que nous formions un couple solide. Tu as détruit toutes mes certitudes, tu as brisé ma vie. Et tu n'as jamais eu le moindre remords en jouant le rôle de l'amie dévouée et aimante? En abusant de mon amitié?

— Bien sûr que j'avais honte! Mais en te réconfortant dans les moments difficiles j'ai eu l'impression de me racheter. Et je ne pouvais pas m'empêcher de penser au mauvais sort qui s'était acharné sur nous. Il aurait suffi que tu n'appelles pas François, ce soir-là… ou que nous ne perdions pas une heure à nous disputer à l'hôtel et nous n'aurions jamais croisé le car. Je me suis promis que je ne commettrais plus la moindre petite incartade, que je serais la meilleure épouse, la meilleure mère, la meilleure amie. Je te jure que j'ai tenu ma promesse.

— Et tu t'es accommodée de ces mensonges, de cette souffrance, rien que pour te permettre de garder intacte ton image de mère modèle… Tu me dégoûtes. Jamais tu ne te rachèteras! Et je te préviens, il vaut mieux que tu prennes les devants et que tu parles à ton mari. Car, même si les faits sont prescrits aujourd'hui, j'ai bien l'intention de dire la vérité à Louis.

— Non, tu ne peux pas faire ça! cria Manuelle en s'accrochant à son bras.

— Je vais me gêner!

— Par pitié, Élisabeth, je ferai tout ce que tu voudras pour me faire pardonner.

— Il n'y a rien que tu puisses faire, c'est trop tard. Je ne vais pas laisser mon fils croire que son père était un assassin alors qu'il a payé pour toi. La prétendue meilleure amie de la famille.

— Mais ton fils apprendra aussi que son père te trompait. Je ne suis pas sûre que c'est ce à quoi il s'attendait.

— Je crois qu'il s'en remettra.

À présent, Manuelle pleurait à gros sanglots, accrochée au bras d'Élisabeth.

— Je sais que j'ai eu tort, que j'ai été lâche, mais je n'ai jamais voulu te faire de mal. C'est pour ça que c'était préférable que tu ne saches rien. Je t'en prie, laisse-moi au moins une chance.

— Qu'est-ce qui te fait penser que tu la mérites ? As-tu jamais laissé une chance à quelqu'un ? À mon fils, à moi, à François ?

— Parce que tu prends sa défense ? Même si je conduisais sa voiture, je te rappelle que pour ce qui est de coucher ensemble, on était deux !

— Inutile de me le rappeler, ça ne m'avait pas échappé...

— Mais si tu déballes tout, je vais être la seule à subir les conséquences aujourd'hui, c'est injuste !

— Ce n'est pas mon problème. Pour la première fois de ta vie, prends tes responsabilités, répliqua Élisabeth en tentant de se dégager de l'emprise de Manuelle, et surtout disparais ! Que je ne te revoie plus jamais.

Soudain, Manuelle lâcha prise et s'écroula sur le sol. Élisabeth rassembla les enveloppes et se dirigea vers la porte, éblouie par les rayons du soleil qui traversaient le vitrail de l'imposte et dessinaient un arc-en-ciel sur les dalles de marbre blanc. Elle sortit, poursuivie par les cris de Manuelle.

Elle monta dans sa voiture et roula au pas pour regagner l'immeuble du centre-ville où Sophie devait l'attendre depuis belle lurette. Elle pensait à tous ses proches qui s'étaient imposés dans sa vie… François, Nathalie, Hervé et Manuelle… Elle leur avait fait confiance. Ils l'avaient dupée. Tout cela s'était déroulé sous ses yeux et elle n'avait rien vu. Elle avait été d'une naïveté désarmante. Un pion dans une partie truquée.

Épilogue

Élisabeth ouvrit la porte-fenêtre qui donnait sur le balcon. Elle respira à pleins poumons l'air frais et humide du petit matin. Il avait plu cette nuit et une odeur boisée de terre mouillée montait jusqu'à elle. Elle sortit sur la terrasse qui surplombait le parc. Elle ne se lassait pas d'admirer le ciel minéral où moutonnaient quelques nuages frangés de gris. Toute la douceur, la transparence d'un matin de mai à Londres.

Quatre mois avaient passé. Il lui arrivait souvent de se remémorer les événements qui avaient suivi les aveux de Manuelle…

Jusqu'à Noël, Maxime fut son unique confident. Il s'en était voulu de n'avoir rien vu venir, de ne pas avoir pu la préparer au choc, alors qu'il était si près de résoudre l'enquête.

— C'est moi qui t'avais demandé de tout arrêter, avait-elle protesté.

Il ne s'était pas senti soulagé pour autant. Furieux, révolté, il en arrivait presque à regretter la prescription des faits : « C'est ce genre d'injustice qui m'a fait quitter la police ! »

Quand elle l'informa de son intention de dévoiler la vérité à Louis, il se montra inquiet. Était-ce bien nécessaire ? Pour la mémoire de son père, elle était convaincue qu'elle le devait. « Le moment venu, je serai là », avait-il dit.

Ils avaient fêté Noël ensemble comme prévu. Elle avait reçu ses invités, comblé son petit-fils de cadeaux et épuisé ses dernières forces à donner le change.

Elle n'avait pas revu Manuelle qui avait pourtant essayé de l'appeler à maintes reprises. Dès qu'elle voyait son numéro s'afficher, Élisabeth rejetait l'appel. Le soir du réveillon, Gisèle lui avait appris que Manuelle était partie quelques jours chez son fils aîné à Lyon. Son départ hâtif évita à Élisabeth de trouver une explication à son absence. Car depuis des décennies, il y avait toujours eu un repas de fête qui les réunissait, chez l'une ou l'autre, à tour de rôle. Elles choisissaient le menu ensemble. Élisabeth se chargeait de la décoration, des petits cadeaux, du vin et du champagne, Manuelle des plats et de la bûche. En pensant à elle, Élisabeth enrageait de sa duplicité, de ses mensonges, et elle pestait contre son propre aveuglement. Elle avait fière allure, la femme d'affaires avisée !

Que se passerait-il lorsqu'elles se croiseraient de nouveau ? Limoges n'était pas une si grande ville. Les magasins, les restaurants, les manifestations culturelles. Ce n'était pas la réaction de Manuelle qu'elle redoutait. C'était la sienne. Il y avait tant de fureur en elle. Des abysses de violence rentrée qui ne demandait qu'à fuser.

Entre Noël et le nouvel an, Élisabeth invita Louis et Sophie à dîner. Et sans préambule, elle leur dit la vérité. Dans un premier temps, Louis avait refusé de la croire. Il avait même failli s'emporter contre elle et elle avait vu Maxime s'agiter dans son fauteuil, prêt à prendre sa défense. Acculée, elle fit ce qu'au fond d'elle-même, elle ne voulait pas. Elle montra les lettres. Louis s'était effondré en découvrant la trahison de son père et, tout aussi douloureuse, celle de Manuelle pour laquelle il avait tant d'affection. Enfant, il l'appelait tante Manuelle et plus tard Manue, avec un *e*, insistait-il, parce que c'est une fille. Il avait rassemblé le paquet d'enveloppes et l'avait rendu à sa mère : « Comment as-tu eu ces lettres ? » Élisabeth le lui avait expliqué et il n'avait pas trouvé de mots assez durs à l'égard de Roseline. « Cette garce devait jubiler en t'expédiant ces saloperies… » Soudain il avait éclaté en sanglots et Sophie s'était précipitée pour le consoler. Déconcertée en voyant les larmes sur le visage de son fils, Élisabeth n'avait pas bougé. Elle avait senti la main de Maxime serrant doucement la sienne. Il lui avait fallu un certain temps pour trouver le courage de parler.

— Dis-moi que je n'ai pas eu tort de te mettre au courant, Louis ? Quelles que soient les erreurs de ton père, il n'a pas tué ces enfants ni cette jeune femme. C'est l'essentiel, et c'est ce que nous devons retenir.

Il avait tourné vers elle un regard désespéré avant de répondre :

— Je suis tellement désolé pour toi, tu ne méritais pas ça. Tu vas faire rouvrir la procédure ?

Maxime avait entrepris d'expliquer que pour la justice c'était trop tard.

— Et c'est mieux ainsi, avait conclu Élisabeth, il faut laisser toute cette histoire derrière nous maintenant.

Ils avaient essayé de parler d'autre chose pendant le dîner, mais le sujet était régulièrement revenu dans leurs propos. Jusqu'à Sophie qui avait lancé à brûle-pourpoint dans la conversation :

— Dire qu'on a eu la bonne idée d'appeler notre fils François ! Et si nous utilisions plutôt son deuxième prénom ? Alexandre, c'est pas mal...

Élisabeth avait éprouvé un réel élan de tendresse pour sa belle-fille.

— C'est gentil, Sophie, avait-elle répondu en souriant, mais je crois que je surmonterai cela. Et François c'est aussi un très beau prénom !

Ignorant les récents rebondissements, Gisèle et Roger étaient partis s'installer en Espagne dès le 28 décembre. Leur départ agit comme un catalyseur sur Élisabeth. Peut-être n'attendait-elle que ce signal pour craquer. Elle enchaîna des nuits d'insomnie, refusa de s'alimenter. Au grand dam de Maxime qui lui mitonnait des veloutés de légumes, de succulents desserts. Les migraines, les courbatures ne la quittèrent plus. Elle célébra le nouvel an en « mode automate » selon la formule de Louis.

Toujours aussi mal en point, elle reprit le chemin du bureau dès le 2 janvier. Elle commit plusieurs erreurs qui affolèrent le directeur de production. Il s'en ouvrit à Louis qui, à son tour appela Maxime. Élisabeth surprit leurs conversations en catimini, et à partir de ce jour, elle se sentit surveillée par son fils. Le soir, Maxime prenait le relais. Elle rongea son frein pour ne pas les envoyer paître tous les deux. Elle n'avait pas besoin d'eux pour comprendre qu'elle filait un mauvais coton. Elle avait beau se raisonner, l'horrible sensation de dégoût persistait. Elle savait qu'avec le temps la douleur s'atténuerait. Elle maîtriserait cette immense lassitude et, l'esprit libre, elle passerait à autre chose. D'ailleurs elle sentait déjà une transformation s'opérer en elle. Au fil des jours sa rage se faisait moins virulente, comme la promesse que le cauchemar ne durerait pas. Mais il lui faudrait du temps. Beaucoup de temps.

Le 12 janvier, elle reçut un appel de Malcolm O'Neill reportant la livraison de toutes ses commandes. Il ne supportait pas la chimiothérapie et le chirurgien lui avait prescrit six mois de repos dans un centre spécialisé. Il avait cherché quelqu'un pour assurer une gérance provisoire de son showroom au cœur de Londres. En vain. Désemparé, il s'était résigné à fermer son magasin pendant un semestre.

En l'écoutant, Élisabeth pensa aux propos de Maxime, quelques semaines plus tôt : « Partir, s'offrir de nouveaux défis, prendre le large… »

Ce fut comme un déclic. Et une certitude. Il n'existait qu'un remède pour retrouver le goût de l'avenir… s'éloigner un certain temps du théâtre de son passé. Quelques secondes à peine lui suffirent. Elle prit sa décision sans consulter personne. Ni Louis. Ni Maxime.

— Si vous me laissez quelques jours pour m'organiser, Malcolm, je veux bien me charger de votre magasin jusqu'à ce que vous soyez rétabli.

Lorsqu'elle en parla à Maxime, il déborda d'enthousiasme. En une semaine, il s'aménagea de nouvelles activités à Londres. Quelques heures de cours de criminologie hebdomadaires dans un institut privé. Et depuis longtemps, il rêvait de rédiger les mémoires de ses trente-cinq années d'enquêteur.

La surprise terrassa Louis pendant quelques minutes. Lui qui réclamait davantage de responsabilités, il se montra réticent en apprenant que sa mère s'absenterait aussi longtemps. Au terme de longues discussions, ils convinrent qu'elle reviendrait à Limoges quatre jours chaque mois, afin d'assurer un suivi à ses côtés. D'une voix pleine d'entrain, elle avait fini de le rassurer :

— Puisque nous avons la chance d'avoir des vols directs Limoges-Londres, profitons-en ! Nous nous téléphonerons aussi souvent que nécessaire, nous échangerons des e-mails tous les jours. Et c'est seulement pour six mois !

Malcolm O'Neill fut si heureux de la venue d'Élisabeth qu'il la pressa d'occuper son appartement en ville. Quatre-vingt-dix mètres carrés sur Kensington road. Dès qu'elle posa ses valises dans l'entrée, Élisabeth sut que dans cette ville, dans ce décor qui lui étaient étrangers, elle saurait se construire de nouveaux souvenirs.

Appuyée sur la balustrade, elle regardait le soleil se lever sur Hyde Park. Aucun bruit ne perturbait l'atmosphère, hormis la mélodie du vent dans les arbres.

Elle devait lancer son ordinateur et vérifier si elle avait un message de Louis. Puis elle partirait au magasin. L'air était si doux... elle repoussa le moment de rentrer.

Elle n'en finissait pas de s'interroger sur ce sentiment confus qui l'habitait. C'était violent, poignant... Comme les promesses d'un bonheur paisible dont elle avait obscurément l'intuition. Soudain, elle aperçut Maxime sur le trottoir. À grandes enjambées, il marchait vers sa voiture garée de l'autre côté de l'avenue. Elle l'appela et il leva la tête vers elle. Ils échangèrent un signe de la main, puis elle le regarda partir. Elle entrevit alors la réponse à ses interrogations. Ce sentiment qui l'animait, c'était la liberté.

L'appel de Malcolm était arrivé juste au bon moment. Elle avait quitté les Porcelaines Astier sur un coup de tête. Avec la certitude grisante de commettre une folie. La toute première folie de sa vie.

Après les aveux de Manuelle, brisée par le chagrin et la haine, elle s'était sentie éparpillée en mille fragments éclatés. Chaque jour, Maxime l'aidait à écarter les morceaux inutiles et à recoller les autres.

Lorsqu'ils avaient débarqué à Londres, il lui avait murmuré dans le creux de l'oreille : « Dans six mois nous rentrerons à Limoges avec des étoiles plein les yeux. Comme les enfants... »

Quatre mois s'étaient écoulés. Ils n'avaient jamais évoqué leur retour.

Composition :
Soft Office – 5, rue Irène Joliot-Curie – 38320 Eybens

Achevé d'imprimer par GGP Media GmbH, Pößneck
en novembre 2015
pour le compte de France Loisirs,
Paris

N° d'éditeur : 83148
Dépôt légal : décembre 2015

Imprimé en Allemagne